SER CANALHA

Outros títulos desta série

O inimigo imediato — Ross Macdonald
Um tom cinzento de culpa — John D. MacDonald
Fletch venceu — Gregory Macdonald
A tragédia Blackwell — Ross Macdonald
Continental Op — Dashiell Hammet
A noiva estava de preto — Cornell Woolrich
Dinheiro sujo — Ross Macdonald
Clientes demais — Rex Stout
É sempre noite — Léo Malet
Sexta-feira o rabino acordou tarde — Harry Kemelman
Cozinheiros demais — Rex Stout
Sábado o rabino passou fome — Harry Kemelman
Aranhas de ouro — Rex Stout
O labirinto grego — Manuel Vásquez Montalbán
Também se morre assim — Ross Macdonald
Mulheres demais — Rex Stout
Neutralidade suspeita — Jean-Pierre Gattégno
Edições perigosas — John Dunning
O diabo vestia azul — Walter Mosley
A noite do professor — Jean-Pierre Gattégno
Domingo o rabino ficou em casa — Harry Kemelman

REX STOUT

SER CANALHA

Tradução:
ISA MARA LANDO

COMPANHIA DAS LETRAS

Título Original:
And be a villain

Projeto gráfico da capa:
João Baptista da Costa Aguiar

Capa:
Ettore Bottini

Foto da capa:
Hilton Ribeiro

Preparação:
Cecília Ramos

Revisão:
Maria Cecília Madarás
Carmen S. da Costa

Dados Internacionais de Catalogação na Publicação (CIP)
(Câmara Brasileira do Livro, SP, Brasil)

Stout, Rex, 1886-1975.
Ser canalha / Rex Stout ; tradução Isa Mara Lando.
— São Paulo : Companhia das Letras, 1996.

Título original: And be a villain.
ISBN 85-7164-545-0

1. Romance norte-americano I. Título.

96-1020 CDD-813.5

Índices para catálogo sistemático:
1. Romances : Século 20 : Literatura norte-americana 813.5
2. Século 20 : Romances : Literatura norte-americana 813.5

1996

EDITORA SCHWARCZ LTDA.
Rua Bandeira Paulista, 702, cj. 72
04532-002 — São Paulo — SP
Telefone: (011) 866-0801
Fax: (011) 866-0814

Preciso registrar,
Que se pode sorrir, e sorrindo, ser canalha.

Hamlet, ato I, cena 5
(*Tradução: Millôr Fernandes*)

1

Pela terceira vez repassei as somas e subtrações finais na primeira página do Formulário 1040, para garantir que as contas estavam certas. Girei então minha cadeira para virar-me de frente para Nero Wolfe, que estava sentado atrás de sua escrivaninha, à direita da minha, lendo um livro de poemas de um sujeito chamado Van Doren, Mark Van Doren. Sendo assim, achei que cairia bem usar uma palavra poética.

"Isso aqui é tétrico", disse eu.

Ele não deu sinal de ter ouvido.

"Tétrico", repeti. "Se isso significa mesmo o que eu estou pensando, é realmente tétrico!"

Ele não ergueu os olhos do livro, mas murmurou: "O que é tétrico?".

"Esses números." Inclinei-me e deslizei o Formulário 1040 sobre o tampo encerado da sua escrivaninha. "Estamos em 13 de março. Aqui está: 4312 dólares e 68 centavos, além das quatro prestações trimestrais já pagas. Daí temos de mandar um 1040-ES referente a 1948, junto com um cheque de dez mil dólares." Cruzei as mãos na nuca e perguntei, sombrio: "É soturno ou não é?".

Ele perguntou qual era o saldo no banco e eu lhe disse. "Naturalmente", admiti, "o saldo dá conta das duas doações do nosso tio rico que acabamos de mencionar, além de um filão de pão e um nadinha de caviar, mas as semanas vão passando e as contas vão chegando, isso sem cometer a grosseria de lembrar que também é preciso pagar Fritz, Theodore e eu."

Wolfe deixara de lado o livro de poesia e estava olhando para o Formulário 1040 de testa franzida, fingindo que conseguia somar. Levantei a voz:

"Mas o senhor é proprietário desta casa e de toda a mobília, exceto as cadeiras e outros objetos do meu quarto, que eu mesmo comprei, e o senhor é o patrão e é quem sabe das coisas. Claro. Aquele sujeito da companhia de eletricidade poderia render pelo menos mil dólares, descontando as despesas, com aquele probleminha de falsificação, mas o senhor não queria se incomodar. Aquela dona fulana teria pago o dobro disso, sem problemas, para saber a verdade sobre o tal músico, mas o senhor estava muito ocupado lendo um livro. Aquele tal advogado Clifford estava passando por maus bocados e precisava contratar ajuda profissional, mas ele tinha caspa. Aquela atriz e o cavalheiro que a protege..."

"Archie. Cala a boca."

"Sim, senhor. E então, o que é que o senhor faz? Anteontem o senhor desce do seu lindo orquidário, entra alegremente no escritório e me manda fazer outro cheque tamanho gigante. Quando eu menciono humildemente que a ciência da contabilidade tem dois ramos principais, a adição e a subtração..."

"Saia da sala!"

Dei um rosnado na direção dele, girei de volta na minha cadeira, peguei a máquina de escrever, enfiei o papel com carbono e comecei a martelar, copiando do meu rascunho, o item G para linha 6 do item C. O tempo passava e eu continuava no serviço, lançando-lhe de vez em quando um olhar para ver se ele tivera o topete de recomeçar a ler o livro. Mas não. Ele estava recostado na sua poltrona, onde cabiam duas pessoas, mas não dois Nero Wolfe, imóvel, de olhos fechados. Ali a tempestade rugia. Disfarcei um sorrisinho e continuei meu trabalho. Um pouco depois, quando eu ia terminando o item F para linha 16 do item C, ele deu um grunhido:

"Archie."

"Sim, senhor." Girei na cadeira.

"Um homem que condena o Imposto de Renda pelo aborrecimento que lhe causa ou pelas despesas que lhe custa não passa de um cão arreganhando os dentes, e perde o direito aos privilégios da conversa civilizada. Mas é permissível criticá-lo por outros motivos, motivos impessoais. Um governo, assim como um indivíduo, gasta dinheiro por uma destas três razões, ou todas elas: porque precisa, porque quer ou simplesmente porque tem dinheiro para gastar. A última é a desculpa mais esfarrapada. Porém é bem provável, se não manifesto, que uma proporção substancial dessa enchente primaveril de bilhões de dólares que vai inundar o Tesouro Federal será gasta, na verdade, por essa última razão, a mais esfarrapada."

"Sim. E então, subtraímos alguma coisa? O que posso escrever aqui?"

Wolfe abrira os olhos. "Você tem certeza desses números?"

"Certeza total."

"Trapaceou muito?"

"Na média. Nada de indecente."

"E eu tenho de pagar as quantias que você mencionou?"

"Ou isso, ou perder alguns privilégios."

"Muito bem." Wolfe deu um suspiro, ficou sentado um minuto, e endireitou-se na poltrona. "Puxa vida. Houve uma época em que mil dólares por ano era mais que suficiente para mim. Ligue para o senhor Richards da Companhia Federal de Radiodifusão."

Franzi a testa, tentando adivinhar o motivo; mas como eu sabia que ele estava usando muita energia para sentar-se ereto, desisti. Encontrei o número na agenda, disquei e, citando o nome de Wolfe, consegui o senhor Richards em três minutos menos do que se espera para um vice-presidente. Wolfe pegou o telefone, trocou as saudações de praxe e continuou:

"Senhor Richards, dois anos atrás, quando o senhor me deu um cheque no meu escritório, o senhor disse que ainda se sentia em dívida para comigo — apesar do montante do cheque. Portanto, estou me atrevendo a lhe pedir um favor. Gostaria de obter uma informação confidencial. Qual é a quantia de dinheiro envolvida, digamos por semana, no programa de rádio da senhorita Madeline Fraser?"

"Ah." Houve uma pausa. A voz de Richards fora amigável, até calorosa. Agora ela recuou um pouco: "Como foi que o senhor entrou em contato com isso?".

"Não estou em contato com isso, de modo algum. Mas eu gostaria muito de receber essa informação — confidencialmente. Será que é demais para mim?"

"É uma situação extremamente infeliz, para a senhorita Fraser, para a estação de rádio, para os patrocinadores — para todos os envolvidos. O senhor não poderia me dizer por que está interessado?"

"De preferência, não." Wolfe foi brusco. "Lamento tê-lo incomodado..."

"O senhor não está me incomodando, ou, se está, é muito bem-vindo. A informação que o senhor quer não é divulgada, mas todos no rádio a conhecem. No rádio, todo mundo sabe de tudo. O que, exatamente, o senhor deseja?"

"A soma total envolvida."

"Bem... vejamos... O programa vai ao ar em quase duzentas estações... Contando a produção, os profissionais, os roteiros, tudo... Mais ou menos trinta mil dólares por semana."

"Absurdo", interrompeu Wolfe.

"Por que absurdo?"

"Isso é monstruoso. Dá mais de um milhão e meio por ano."

"Não, dá por volta de um milhão e um quarto, descontando as férias de verão."

"Mesmo assim. Imagino que a senhorita Fraser ganhe um segmento substancial dessa soma?"

"Bastante substancial. Todo mundo sabe disso também. A retirada dela é de cerca de cinco mil dólares por semana, mas a maneira como ela a divide com sua agente, a senhorita Koppel, é algo que ninguém sabe — eu, pelo menos, não sei." A voz de Richards voltara a aquecer-se. "Sabe, senhor Wolfe, se o senhor quisesse me devolver o favorzinho, poderia me dizer confidencialmente o que o senhor quer com isso."

Mas tudo o que ele conseguiu de Wolfe foi um obrigado, e foi cavalheiresco o suficiente para aceitar o agradecimento sem insistir no favorzinho. Depois que Wolfe empurrou o telefone para longe, observou para mim:

"Deus do céu. Um milhão e duzentos mil dólares!"

Eu, me sentindo melhor porque era óbvio o que ele estava planejando, dei-lhe um largo sorriso. "Sim, senhor. O senhor faria um belo papel no ar. Poderia ler poesia. Aliás, se quiser ouvir a senhorita Fraser ganhar seu segmento substancial, ela vai ao ar todas as terças e sextas de manhã, das onze ao meio-dia. Daria para conseguir umas boas dicas. Era essa a sua idéia?"

"Não", disse ele, ríspido. "Minha idéia é conseguir um trabalho que eu sei fazer. Pegue seu caderno. Essas instruções serão um pouco complicadas, devido às contingências especiais."

Tirei meu caderno da gaveta.

2

Naquele sábado, depois de três tentativas de ligar para o número de Madeline Fraser que constava da lista telefônica de Manhattan, conseguindo apenas um "não atende", acabei recorrendo a Lon Cohen, jornalista da *Gazette*, que descobriu para mim que tanto a senhorita Fraser como sua agente, a senhorita Deborah Koppel, estavam passando o fim de semana em Connecticut.

Como bom cidadão — ou pelo menos razoável —, minha tendência natural era desejar boa sorte ao Departamento de Polícia de Nova York em seus contatos com o crime, mas francamente eu esperava que o inspetor Cramer e seus cientistas do homicídio não fechassem o caso Orchard antes de termos uma chance de examiná-lo. Julgando pelas notícias de jornal, não parecia provável que Cramer já estivesse prestes a soar sua trombeta, mas, como nunca se sabe que cartas eles estão guardando na manga, eu estava ardendo para pegar o carro e ir até Connecticut participar do fim de semana das moças, mas Wolfe vetou minha idéia e me mandou esperar até segunda-feira.

Ao meio-dia de domingo ele terminara o livro de poemas e estava desenhando cavalos em folhas de seu bloco de anotações, testando uma teoria que lera em algum lugar que afirmava que se pode analisar o caráter de um homem pela maneira como ele desenha um cavalo. Eu completara os Formulários 1040 e 1040-ES, e, anexando os cheques, já os despachara. Depois do almoço fiquei um pouco pela cozinha, ouvindo Wolfe e Fritz Brenner, mestre-cuca e jóia da casa, discutindo se a cavala branca é tão boa como o atum do Mediterrâneo para o *vitello tonnato* — que, preparado por Fritz, é o que há de mais excelso na face da terra para se fazer com a carne macia de vitelo. Quando a discussão começou a me entediar, já que não havia por ali nenhum atum do Mediterrâneo, subi ao último andar para ver as estufas de plantas no telhado, e passei umas duas horas com Theodore Horstmann, revisando os registros de germinação das orquídeas. Daí, lembrando que devido a um encontro com uma dama eu não teria tempo à noite, desci três lances de escadas até o escritório, levei para minha escrivaninha os jornais dos últimos cinco dias e li tudo que havia sobre o caso Orchard.

Quando terminei, fiquei livre de toda e qualquer preocupação de que o jornal de segunda-feira fosse me apresentar uma manchete dizendo que os tiras já haviam resolvido tudo.

3

Só consegui no telefone um encontro para as três da tarde, de modo que na segunda-feira a essa hora entrei num edifício na rua 78, entre as avenidas Madison e Park. O saguão lembrava um palácio, com tapetes comprados por hectare, mas com o efeito um tanto estragado, como tantas vezes acontece, por uma passadeira de borracha na via de tráfego principal só porque a calçada estava molhada de chuva. Não é assim que se administra um palácio. Se o tapete ficar sujo com marcas de sapatos, que diabos, arranque o tapete dali e desenrole outro — é esse o espírito de um palácio.

Falei ao distinto funcionário que me abriu a porta que meu nome era Archie Goodwin e estava me dirigindo ao apartamento da senhorita Fraser. Ele tirou um pedaço do papel do bolso, consultou-o, deu um sim de cabeça e perguntou:

"Deseja algo mais?"

Estiquei o pescoço, levei a boca a um palmo do seu ouvido e cochichei:

"Um mingau de aveia."

Ele fez que sim de novo, deu um sinal ao ascensorista, que esperava na porta do elevador, e disse numa voz cultivada: "Dez B".

"Me diga", perguntei, "toda essa história de senha para entrar, isso é desde o crime ou sempre foi assim?"

Ele me lançou um olhar gélido e virou as costas. Falei para as costas dele:

"Isso lhe custou um níquel. Eu tinha total intenção de lhe dar um níquel pela informação."

Com o ascensorista decidi não falar nada. Ele concordou. No décimo andar, encontrei-me numa saletinha não maior que o elevador — outro truque do palácio — com uma porta à esquerda dizendo 10A e outra à direita, 10B. O ascensorista ficou ali parado observando enquanto eu apertei a campainha, esperei a porta abrir e entrei.

A mulher que me recebeu, que poderia ter sido uma campeã de luta livre vinte anos atrás, disse: "Desculpe, estou com pressa", e chispou dali a galope. Gritei: "Meu nome é Goodwin!", mas não obtive reação.

Avancei quatro passos, tirei o chapéu e o casaco, larguei-os numa cadeira e dei uma olhada em volta. Eu estava num grande vestíbulo quadrado, com portas à esquerda e também na parede em frente. À direita havia uma enorme sala de estar que continha pelo menos vinte tipos diferentes de móveis. Meus olhos são treinados profissionalmente para notar e assimilar qualquer coisa, desde uma complicada cena de rua até um fiapo no colarinho de um homem, mas para descrever com precisão aquela sala eu cobraria em dobro. Os dois móveis mais destacados eram um bar em metal e couro, com banquinhos combinando, e uma maciça mesa antiga de nogueira, com as pernas e as bordas entalhadas. Isso deve bastar para transmitir o estilo do lugar.

Não havia ninguém à vista, mas ouvi vozes. Adiantei-me para pegar uma cadeira para sentar, mas, como não vi nenhuma que me agradasse muito, optei por um divã de três metros de comprimento e um e meio de largura, coberto de lona verde. A cadeira ao lado era estofada em seda cor-de-rosa. Eu estava tentando imaginar como seria um cavalo desenhado por quem mobiliou aquela sala, quando entraram algumas pessoas, vindas da outra sala — dois homens, um jovem e bem-parecido, o outro careca de meia-idade, ambos carregados de equipamentos fotográficos, incluindo um tripé.

"Ela já está mostrando a idade que tem", disse o jovem.

"Idade o escambau", retorquiu o careca, "ela passou por um assassinato, não passou? Você já passou por um assassinato?" Ao avistar-me, perguntou ao companheiro: "Quem é esse?".

"Não sei, nunca vi." O rapaz estava tentando abrir a porta da frente sem deixar cair nada. Conseguiu, os dois passaram e a porta se fechou atrás deles.

Dali a um minuto abriu-se outra porta do vestíbulo e entrou a campeã de luta livre. Veio trotando na minha direção, mas ao chegar perto seguiu reto, foi até uma porta num canto à esquerda, abriu-a e saiu.

Eu já estava começando a me sentir abandonado.

Dali a dez minutos decidi tomar a ofensiva. Levantei-me e dei dois passos quando houve outra entrada, também vinda de uma porta interna no final do vestíbulo, e estaquei. A recém-chegada veio em minha direção, não a trote, mas deslizando tranqüilamente e dizendo ao aproximar-se:

"Senhor Goodwin?"

Confirmei que era eu.

"Sou Deborah Koppel." Ofereceu-me a mão. "Desculpe, isso aqui é uma correria, a gente nunca consegue dar conta de tudo."

Ela já me dera duas surpresas. À primeira vista pensei que seus olhos fossem pequenos e insignificantes, mas, quando me olhou de frente e falou comigo, vi que eram negros, bem grandes e muito astuciosos. E, como ela era baixinha e gordinha, eu esperava que iria pegar numa mão gorducha e úmida, mas era firme e forte, embora pequena. O rosto era moreno e o vestido, preto. Tudo nela era negro ou escuro, exceto os fios prateados que apareciam no seu cabelo de um negro noturno.

"O senhor disse no telefone para a senhorita Fraser", falou numa vozinha fina e aguda, "que quer dar uma sugestão para ela da parte do senhor Nero Wolfe."

"Isso mesmo."

"Ela está muito ocupada. Naturalmente, sempre está. Sou sua agente. O senhor se importaria de me dizer o que é?"

"Eu lhe diria qualquer coisa", declarei. "Só que trabalho para o senhor Wolfe. As instruções dele são para falar com a senhorita Fraser, mas agora, depois de conhecê-la, gostaria de falar com ela e com a senhora também."

Ela sorriu. O sorriso era amistoso, mas fez seus olhos parecerem ainda mais astutos. "Muito boa a sua improvisação", disse com aprovação. "Eu não gostaria que o senhor desobedecesse às instruções que recebeu. Vai demorar muito?"

"Depende. De cinco minutos a cinco horas."

"Cinco horas de maneira nenhuma. Por favor, seja o mais breve possível. Venha por aqui."

Virou-se, foi para o vestíbulo e eu a segui. Passamos por uma porta, atravessamos uma sala que tinha um piano, uma cama e uma geladeira elétrica, o que deixava a gosto de cada um saber que nome tinha o aposento, e passamos por outra porta até uma sala de canto, tão grande que tinha seis janelas, três de um lado e três de outro. Cada objeto que havia lá, e a sala não estava nada vazia, era amarelo-claro ou azul-claro. A madeira, tanto os acabamentos da sala como a mobília, era pintada de azul, mas as outras coisas — tapetes, estofamentos, cortinas, a coberta da cama — se dividiam indiscriminadamente entre as duas cores. Entre as poucas exceções estavam os livros encadernados nas estantes e as roupas de um rapaz loiro sentado numa cadeira. A mulher reclinada na cama combinava com a decoração, com um robe de chambre cor de limão e o azul-claro dos chinelos.

O jovem loiro levantou-se e veio nos encontrar, mudando de expressão no caminho. Meu primeiro olhar me mostrara um pesado cenho franzido, mas agora seus olhos brilhavam dando-me as boas-vindas e a boca se organizara num sorriso que faria o orgulho de qualquer vendedor de escovas de dentes. Suponho que ele o fazia por força do hábito, mas era inadequado porque eu é quem viera com intenção de vender.

"Este é o senhor Goodwin", disse Deborah Koppel. "Apresento o senhor Meadows."

"Bill Meadows. Me chame de Bill, como todo mundo." Seu aperto de mão estava meio fora de forma, mas ele compensava exercitando a musculatura. "Então você é Archie Goodwin? Mas que prazer! É quase como encontrar o grande Nero Wolfe em pessoa!"

Uma rica voz de contralto nos interrompeu:

"Estou no meu período de descanso, senhor Goodwin, e eles não me deixam levantar. Na verdade não devo nem falar, mas quando é que posso ficar sem falar?!"

Dei um passo até a cama, e quando apertei sua mão Madeline Fraser ofereceu um sorriso. Não era um sorriso astuto como o de Deborah Koppel, nem sintético como o de Bill Meadows, mas simplesmente um sorriso dela para mim. Seus olhos de um verde acinzentado não davam a impressão de que ela estivesse me medindo, embora provavelmente estivesse, e eu com certeza a media de cima a baixo. Era esguia, mas não magricela, e parecia muito longa, estendida na cama. Sem maquiagem nenhuma, era perfeitamente possível encará-la sem precisar resistir ao impulso de desviar o olhar, o que não era nada mau para uma mulher já perto ou mesmo um pouco passada dos quarenta — em especial porque eu, pessoalmente, não vejo motivo para gastar meus olhos com mulheres com mais de trinta.

"Sabe", disse ela, "muitas vezes já tive a tentação — Bill, traga umas cadeiras — de convidar Nero Wolfe para vir ao meu programa."

Disse isso como uma radialista bem treinada, dividindo as pausas para dar naturalidade à frase, mas organizando as inflexões de modo que os ouvintes de qualquer idade mental pudessem compreender.

"Temo", disse eu com um sorriso, "que ele não aceitaria, a menos que vocês instalassem uns cabos no escritório dele e transmitissem dali. Nero Wolfe nunca sai de casa a negócios, e aliás raramente sai para qualquer coisa." Sentei numa das cadeiras que Bill havia trazido, e ele e Deborah Koppel sentaram-se nas outras duas.

"Sim, já sei disso", disse Madeline Fraser. Ela virara um pouco de lado para me olhar sem precisar torcer o pescoço, e a curva do quadril sob o fino robe amarelo a fazia parecer não tão esguia assim. "Isso é apenas um truque de publicidade ou ele gosta mesmo de ficar em casa?"

"Acho que as duas coisas. Ele é muito preguiçoso, e tem um medo mortal de coisas que se movem, especialmente de objetos sobre rodas."

"Maravilha! Me conte tudo sobre ele."

"Algum outro dia, Lina", interrompeu Deborah Koppel. "O senhor Goodwin tem uma sugestão para você, e você tem um programa amanhã e ainda nem leu o roteiro."

"Meu Deus, já é segunda-feira?"

"Segunda-feira, três e meia da tarde", disse Deborah com paciência.

A prima-dona do rádio ergueu o torso na perpendicular como se alguém lhe tivesse dado um violento puxão. "Qual é a sugestão?", perguntou, e voltou a reclinar-se.

"A idéia ocorreu ao senhor Wolfe", falei, "por causa de algo que lhe aconteceu no sábado. Esta grande nação lhe causou uma mágoa. Duas mágoas. As mágoas de março."

"O Imposto de Renda? Eu também! Mas o quê..."

"Essa é boa!", exclamou Bill Meadows. "Onde você arranjou isso? Foi no rádio?"

"Não que eu saiba. Criei ontem de manhã, escovando os dentes."

"Vamos lhe dar dez paus por isso — não, espere um pouco." Virou-se para Deborah: "Que porcentagem do nosso público já ouviu falar em águas de março?".

"Metade de 1%", disse ela como se estivesse citando uma estatística bem conhecida. "Esquece."

"Pode ficar com ela por um dólar", ofereci generosamente. "A sugestão do senhor Wolfe vai lhe custar muito mais. Como todo mundo nas faixas superiores de renda, ele está quebrado." Meus olhos estavam encontrando o olhar verde acinzentado de Madeline Fraser. "Ele sugere que vocês o contratem para investigar o assassinato de Cyril Orchard."

"Ah, meu Deus", protestou Bill Meadows, tapando os olhos com as mãos. Deborah Koppel olhou para ele, depois para Madeline Fraser, inspirou e deu um profundo suspiro. A senhorita Fraser abanou a cabeça, e de repente pareceu mais velha e mais necessitada de maquiagem.

“Nós decidimos”, disse ela, “que a única coisa que podemos fazer a respeito é esquecer o mais rápido possível. Resolvemos eliminar esse assunto da conversa.”

“Isso seria ótimo e muito sensato”, reconheci, “se vocês conseguissem fazer todo mundo obedecer a essa norma, incluindo os tiras e os jornalistas. Só que, além da dificuldade de fazer as pessoas calarem a boca a respeito de um crime, mesmo um crimezinho chato qualquer, o show foi bom demais. Talvez vocês nem percebam o quanto foi bom. Seu programa tem oito milhões de ouvintes, duas vezes por semana. Os convidados eram um especialista em corridas de cavalo e um professor de matemática de uma grande universidade. E aí, paf! Bem no meio do programa um deles começa a fazer barulhos horríveis com a boca encostada no microfone, se dobra em dois e daí a pouco está morto, envenenado — com veneno colocado no produto de um dos patrocinadores.”

Lancei olhares aos outros dois e de novo à mulher reclinada na cama. “Eu esperava encontrar aqui muitas atitudes diferentes, mas esta com certeza não. Se vocês não sabem, deveriam saber que uma coisa assim não se pode excluir das conversas, nem em uma semana nem em vinte anos — quando continua em aberto a questão de saber quem colocou o veneno. Daqui a vinte anos as pessoas ainda vão estar discutindo quem foi — Madeline Fraser ou Deborah Koppel, Bill Meadows ou Nathan Traub, o professor Savarese ou Elinor Vance, Nancylee Shepherd ou Tully Strong...”

A porta abriu, a lutadora entrou apressada e anunciou, ofegante:

“O senhor Strong está aqui.”

"Mande ele entrar, Cora", disse a senhorita Fraser.

Eu me espantaria com o contraste entre Tully Strong e seu nome, se já não soubesse o que esperar pelas suas fotos nos jornais. Ele estava longe de ser "forte", e se parecia com as fotos nos pontos mais óbvios — os óculos sem aro, os lábios finos, o pescoço comprido, o cabelo achatado, bem penteado para trás —, mas em carne e osso não parecia tão fraquinho, vazio e estúpido como nas fotos. Reparei nisso tudo enquanto ele cumprimentava a todos. Fui o último a ser apresentado:

"O senhor Strong", disse-me Deborah Koppel, "é o secretário do nosso Conselho de Patrocinadores."

"Sim, eu sei."

"O senhor Goodwin", continuou ela, "veio nos trazer uma sugestão de Nero Wolfe. O senhor Wolfe é detetive particular."

"Sim, eu sei." Tully Strong sorriu para mim. Com alguém de lábios tão finos às vezes é difícil saber se se trata de um sorriso ou de uma careta, mas eu teria chamado de sorriso, especialmente quando ele acrescentou: "Nós dois somos famosos, não é? Naturalmente, você está acostumado com a luz dos refletores, mas para mim é novidade". Ele sentou-se. "Qual é a sugestão do senhor Wolfe?"

"Ele acha que senhorita Fraser deveria contratá-lo para investigar o assassinato de Cyril Orchard."

"Dane-se Cyril Orchard." Sim, fora um sorriso, pois agora era uma careta, e era muito diferente. "Ele que vá para o inferno!"

"Não seja tão duro", objetou Bill Meadows. "Ele pode estar lá agora mesmo."

Strong ignorou-o e me perguntou: "Será que precisamos contratar outra pessoa para nos dar mais trabalho? Já não basta a polícia?".

"Claro que basta", concordei, "mas isso é uma visão muito estreita das coisas. Quem realmente está lhes dando trabalho é a pessoa que colocou o veneno no Hi-Spot. Como eu estava explicando quando o senhor chegou, esse problema vai continuar se arrastando durante anos, a menos que seja resolvido. Naturalmente a polícia pode resolvê-lo, mas eles já estão trabalhando há seis dias e o senhor viu até onde eles chegaram. Vocês sabem que o senhor Wolfe é muito perspicaz — ou devo me deter nesse assunto?"

"Eu esperava", interrompeu Deborah Koppel, "que a sugestão do senhor Wolfe fosse algo de concreto. Que ele tivesse... alguma idéia."

"Nada disso", falei num tom decidido. "Sua única idéia é receber vinte mil dólares para acabar com o problema."

Bill Meadows soltou um assobio. Deborah Koppel sorriu para mim. Tully Strong protestou, indignado:

"Vinte mil!"

"De mim é que não", disse Madeline Fraser, tão decidida como eu. "Agora realmente preciso trabalhar no meu roteiro, senhor Goodwin."

"Senhorita Fraser, um momento." Concentrei-me nela. "Acabar com o problema foi apenas um dos meus argumentos, e nem foi o melhor deles. A senhora e seu programa conseguiram muita publicidade com isso, não é mesmo?"

Ela gemeu: "Publicidade! Meu Deus! Esse homem chama isso de publicidade!".

"E é mesmo", insisti, "mas do tipo errado. E vai continuar existindo, sempre do tipo errado, quer a senhora queira, quer não. Amanhã, mais uma vez, todos os jornais da cidade publicarão o seu nome na manchete da primeira página. A senhora não pode evitar isso, mas pode decidir o que a manchete irá dizer. Do jeito que as coisas estão, a senhora sabe muito bem o que vai ser. E se, em vez disso, os jornais anunciarem que a senhora contratou Nero Wolfe para investigar o assassinato do convidado do seu programa, em vista do seu ardente desejo de justiça? O artigo explicaria os termos do arranjo: a senhora pagará as despesas da investigação — só as despesas reais, nós não falsificamos despesas — e é só isso que a senhora vai pagar, a menos que o senhor Wolfe consiga descobrir o assassino, com provas para condená-lo. Se ele conseguir, a senhora lhe pagará vinte mil dólares. Isso daria uma manchete ou não? E que publicidade seria essa — ainda do tipo errado? Que porcentagem do seu público e do público em geral ela iria convencer não só de que a senhora e os seus colaboradores são inocentes, mas também de que a senhora é uma heroína por sacrificar uma fortuna pela causa da justiça? Noventa e nove e meio por cento. Pouquíssima gente pararia para considerar que tanto as despesas como os honorários serão dedutíveis do seu imposto de renda e, na sua faixa, seu custo real seria de cerca de quatro mil dólares, não mais. Para o público, a senhora não seria mais uma entre os suspeitos de um crime sensacional, caçada pela polícia — a senhora seria uma heroína, *à caça* de um criminoso."

Abri os braços. "E a senhora conseguiria tudo isso, senhorita Fraser, mesmo que o senhor Wolfe tivesse o pior fracasso da sua carreira e só lhe desse despesas. Ninguém poderia dizer que a senhora não tentou. É uma tremenda pechincha. O senhor Wolfe quase nunca assume um caso com pagamento condicional, mas quando precisa de dinheiro ele quebra muitas normas, especialmente as dele mesmo."

Madeline Fraser fechara os olhos. Agora abriu-os de novo, e mais uma vez lançou um sorriso apenas dela para mim. "Do jeito que o senhor diz, é uma pechincha mesmo. O que você acha, Debby?"

"Acho que gosto da idéia", disse a senhorita Koppel cautelosamente. "Teria que ser discutida com a rádio, as agências de publicidade e os patrocinadores."

"Senhor Goodwin."

Virei a cabeça. "Sim, senhor Strong?"

Tully Strong tirara os óculos e estava piscando miopemente para mim. "O senhor compreende que sou apenas secretário do Conselho dos Patrocinadores do programa da senhorita Fraser, e de fato não tenho autoridade. Mas sei como os patrocinadores estão se sentindo, dois deles em especial, e naturalmente é meu dever relatar esta conversa para eles sem demora. Posso lhe dizer, confidencialmente, que é muito provável que eles mesmos prefiram aceitar o oferecimento do senhor Wolfe. Pela impressão que causará no público, creio que irão achar desejável que o senhor Wolfe seja pago por eles próprios — nos termos que o senhor colocou. Ainda confidencialmente, acredito que isso se aplique em especial aos fabricantes do Hi-Spot. Foi esse o refrigerante em que foi colocado o veneno."

"Sim, eu sei." Olhei em torno, para os quatro rostos. "Estou numa encrenca. Minha esperança era fechar negócio com a senhorita Fraser antes de sair daqui, mas a senhorita Koppel diz que é preciso conversar com outras pessoas, e agora o senhor Strong crê que os patrocinadores talvez queiram assumir o negócio. O problema é a demora. O caso já tem seis dias, e o senhor Wolfe deveria começar a trabalhar imediatamente. Hoje à noite se possível, no máximo amanhã."

"Isso sem falar", disse Bill Meadows, sorrindo para mim, "que ele tem de passar na frente da polícia e continuar na frente, se quiser receber o dinheiro. Para mim parece... olá, Elinor!" Levantou depressa. "O que é que há?"

A moça que entrara sem avisar lançou-lhe uma palavra e um aceno de cabeça e veio até a cama em passos rápidos. Digo moça porque, embora, segundo os jornais, Elinor Vance já tivesse um diploma da Smith, uma peça de teatro escrita e quase produzida e dois anos como roteirista do programa de Madeline Fraser, parecia ainda ter pela frente pelo menos oito anos para atingir o meu limite. Quando a vi andando, me ocorreu como há poucas pessoas que ainda parecem atraentes mesmo quando estão com o sono atrasado e esgotadas quase a ponto de cair no chão.

"Desculpe estar tão atrasada, Lina", disse ela de um fôlego só, "mas eles me seguraram o dia todo lá na delegacia de polícia... Não consegui convencê-los... Aqueles homens são terríveis..."

Parou, e começou a tremer inteira.

"Mas que coisa", disse Bill Meadows, furioso. "Espere, vou te fazer um drinque."

"Já estou fazendo, Bill", disse Tully Strong do outro lado da sala.

"Pode desmaiar aqui mesmo", disse a senhorita Fraser, afastando-se para fazer lugar na cama.

"Já são quase cinco horas." Era a voz tranqüila e decidida da senhorita Koppel. "Vamos começar a trabalhar agora mesmo, senão vou telefonar e cancelar o programa de amanhã."

Levantei, olhando bem de frente Madeline Fraser. "E então? Podemos resolver tudo hoje à noite?"

"Não vejo como." Ela acariciava o ombro de Elinor Vance. "Tendo que preparar o programa, consultar as pessoas..."

"Então amanhã de manhã?"

Tully Strong, chegando com o drinque, passou-o para Elinor e então me disse:

"Eu lhe telefono amanhã, se possível antes do almoço."

"É o melhor que vocês têm a fazer", disse eu, e dei o fora.

4

Sem ter a menor intenção, eu havia valorizado a nossa mercadoria.

O único fato novo naquela segunda-feira à noite não veio dos compradores potenciais, mas do inspetor Cramer do Departamento de Homicídios, sob a forma de um telefonema, logo antes de Fritz chamar Wolfe e eu para jantar. Não foi nada que abalasse nossas estruturas. Cramer apenas pediu para falar com Wolfe e perguntou:

"Quem está pagando o senhor no caso Orchard?"

"Ninguém", Wolfe respondeu, breve.

"Não? Quer dizer que Goodwin foi de carro até a rua 78 só para testar os pneus?"

"O carro é meu, senhor Cramer, e eu contribuo para a manutenção das ruas."

A coisa terminou num impasse, e eu e Wolfe fomos até a sala de jantar para comer camarões fritos e moluscos de Cape Cod. Como acompanhamento, Fritz serve um molho agridoce espesso, cheio de cogumelos, que pode acabar viciando.

Na terça-feira de manhã começou a festa, com o primeiro telefonema ainda antes de Wolfe descer para o escritório. Isso não quer dizer que fosse o romper da aurora, já que suas horas matinais na cobertura com Theodore e as orquídeas vão invariavelmente das nove às onze. Primeiro foi Richards, da Companhia Federal de Radiodifusão. Fica a meu critério tocar ou não o telefone no orquidário, e a ocasião parecia exigir isso, já que Richards nos fizera um favor no dia anterior. Quando passei a ligação para Wolfe, o que ele queria era apresentar-lhe outro vice-presidente da CFR, um tal de senhor Beech. E o que o senhor Beech queria era perguntar por que diabos Wolfe não dirigira direto à CFR sua sugestão sobre o assassinato, embora não dissesse claramente isso. Foi muito afável, e a impressão que tive, ouvindo na outra linha segundo a ordem de Wolfe, é que a rádio estava há anos com a língua de fora, esperando uma oportunidade para botar na mão de Wolfe uma batelada de grana. Wolfe foi educado com ele, mas na verdade não pediu desculpas.

O segundo telefonema foi de Tully Strong, o secretário do Conselho dos Patrocinadores, e eu mesmo conversei com ele. Tinha grandes esperanças de que nós ainda não tivéssemos nos comprometido com a senhorita Fraser, nem com a rádio ou com ninguém, pois, tal como ele imaginara, alguns patrocinadores estavam interessados e um deles realmente empolgado com a idéia. Este, como ele me disse confidencialmente, era a companhia Hi-Spot. Já que o veneno fora servido para a vítima numa garrafa de Hi-Spot, A Bebida dos Seus Sonhos, esta lutaria pelo direito de contratar Wolfe com exclusividade. Eu lhe disse que passaria essa informação completa a Wolfe quando ele descesse, às onze horas.

Em terceiro lugar ligou Lon Cohen da *Gazette*, dizendo que estava havendo muito falatório e me pedindo que eu lembrasse, por gentileza, que no sábado ele havia movido céus e terras para eu descobrir onde estava Madeline Fraser. Em que posição estava ele agora? Travamos um pingue-pongue verbal e desligamos sem nada de concreto.

O quarto telefonema foi de um homem de voz grave e macia, que deu o nome de Nathan Traub — um dos nomes que já haviam se tornado familiares para o público pelos artigos de jornal. Eu sabia, naturalmente, que ele era um executivo da agência de publicidade que tinha as contas de três patrocinadores de Fraser, pois lera isso nos jornais. Ele parecia um pouco confuso quanto ao que realmente queria, mas compreendi que achava que seria imoral da parte de Wolfe fechar negócio com qualquer pessoa envolvida sem antes ter o OK da agência. Já tendo conhecido alguns publicitários em minhas viagens, achei que foi até legal da parte deles não estender essa exigência a qualquer tipo de negócio, feito com qualquer pessoa, acerca de qualquer coisa. Falei que talvez mais tarde o procurássemos.

A quinta pessoa a ligar foi Deborah Koppel. Disse que a senhorita Fraser iria ao ar dali a vinte minutos e estava muito ocupada para falar com as pessoas que deviam ser consultadas, mas que estava inclinada favoravelmente para a sugestão de Wolfe e nos daria uma resposta definitiva antes do final do dia.

Assim, às onze horas, quando duas coisas aconteceram ao mesmo tempo — Wolfe entrou no escritório e eu liguei o rádio na WPIT, a estação da rede CFR —, o mercado estava, sem dúvida nenhuma, a nosso favor.

Durante todo o programa de Madeline Fraser, Wolfe ficou recostado em sua poltrona atrás da escrivaninha, de olhos fechados. Fiquei sentado até sentir-me inquieto, e então comecei a andar pela sala, interrompido apenas por um ou dois telefonemas. Bill Meadows estava com ela, naturalmente, servindo-lhe de "escada" e dando-lhe todas as dicas, como era sua função. Os convidados do dia eram um renomado estilista de moda e uma das Dez Mulheres

Mais Bem Vestidas. Os convidados foram eminentemente péssimos e Bill também não foi nada do outro mundo, mas não havia como negar que Fraser era boa. Sua voz era boa, seu *timing* era bom, e até quando falava sobre o sabão White Birch a gente tinha mais vontade de escutar do que de desligar o rádio. Eu ouvira seu programa na sexta-feira anterior pela primeira vez, sem dúvida junto com vários milhões de outros ouvintes, e de novo fui obrigado a tirar-lhe o chapéu por conseguir equilibrar-se naquela frigideira quente sem nem piscar, sem um tremor na voz.

A temperatura no estúdio devia estar fervendo quando ela chegou no ponto do programa em que eles abriram as garrafas de Hi-Spot e as serviram nos copos — para os dois convidados, para Bill Meadows e para ela mesma. Não sei quem decidira na sexta-feira anterior, seu primeiro programa depois da morte de Orchard, continuar servindo o Hi-Spot, mas, se foi ela, a mulher tinha nervos de aço. Quem quer que tivesse tomado a decisão, cabia a ela segurar a peteca, e ela segurou tão firme como se nunca, jamais uma garrafa de Hi-Spot tivesse feito alguém nem arrotar, muito menos soltar um grito lancinante, arranhar o ar em desespero, dobrar-se em convulsões e morrer. Hoje ela repetiu o mesmo número. Não houve uma nota falsa, um tremor, um ritmo mais lento ou mais acelerado, nada; e tenho de reconhecer que Bill também levou a coisa muito bem. Os convidados eram terríveis, mas o público já tinha se acostumado a esse estilo.

Quando terminou e desliguei o rádio, Wolfe murmurou:

"Essa mulher é extremamente perigosa."

Eu ficaria mais impressionado se não conhecesse tão bem sua convicção de que todas as mulheres são extremamente perigosas ou então extremamente burras. Assim, limitei-me a dizer:

"Se o senhor quer dizer que ela é superesperta, concordo. Ela é boa à beça."

Ele abanou a cabeça: "Estou falando do objetivo a que se destina sua esperteza. Aquela abominável mistura para biscoitos! Eu e Fritz já experimentamos. Aquelas porcarias que ela chama de docinhos! Fúúú! E aquele molho para salada, que terror — já experimentamos também, numa emergência. O que essas coisas fazem no estômago só Deus sabe, mas essa mulher está conspirando, com total frieza e determinação, para corromper o palato de milhões de pessoas. Alguém tem de fazê-la parar com isso!".

"OK, veja se o senhor consegue pará-la. Acuse-a de assassinato. Embora eu precise reconhecer, depois de ver..."

O telefone tocou. Era o senhor Beech da CFR, querendo saber se tínhamos feito qualquer promessa para Tully Strong ou para qualquer outra pessoa ligada a qualquer dos patrocinadores, e, em caso positivo, para quem e exatamente o quê. Depois de cuidar dele, observei para Wolfe:

"Acho que seria um bom plano chamar Saul, Orrie e Fred para..."

O telefone tocou. Era um homem que deu o nome de Owen, dizendo que era o relações públicas da companhia Hi-Spot, e perguntando se poderia dar uma passada na rua 35 oeste para uma conversa com Nero Wolfe. Eu o dissuadi com alguma dificuldade e desliguei. Wolfe observou, abrindo uma garrafa de cerveja que Fritz lhe trouxera:

"Primeiro tenho de descobrir o que está acontecendo. Se a polícia estiver tão perdida como..."

O telefone tocou. Era Nathan Traub, o publicitário, querendo saber de tudo.

Até a hora do almoço, durante o almoço e depois do almoço, o telefone tocou. Eles estavam ocupadíssimos tentando resolver de que modo iriam dividir as honras. Wolfe começou a ficar realmente irritado, e eu também. Seu horário lá em cima com as plantas é das quatro às seis, e foi justamente quando ele ia saindo do escritório, dirigindo-se para seu elevador no saguão, que recebemos a notícia de que naquele instante se realizava uma conferência de cúpula no escritório de Beech, no edifício da CFR na rua 46.

Pelo jeito, depois que eles se reuniram, passaram a dar as cartas e a jogar sem mais enrolação, pois antes das cinco horas o telefone tocou de novo. Atendi e me deparei com uma voz que já tinha ouvido naquele dia:

"Senhor Goodwin? Aqui é Deborah Koppel. Já está tudo arranjado."

"Muito bem. Como?"

"Estou falando em nome da senhorita Fraser. Eles acham que o senhor deve receber as informações dela, por meu intermédio, já que a sugestão foi feita em primeiro lugar a ela; portanto o senhor vai gostar de saber que o arranjo é satisfatório para ela. O advogado da CFR está redigindo um acordo para ser assinado pelo senhor Wolfe e as outras partes."

"O senhor Wolfe detesta assinar qualquer papel escrito por um advogado. Aposto dez contra um como ele não vai assinar. Ele vai insistir em ditar o acordo para mim, de modo que a senhora pode ir me dando os detalhes."

Ela objetou: "Nesse caso, alguma outra pessoa pode recusar-se a assinar".

"Sem chance", falei. "Todas as pessoas que telefonaram para cá o dia todo assinariam qualquer coisa. Qual é o acordo?"

"Bem, é exatamente como o senhor sugeriu. Tal como o senhor propôs à senhorita Fraser. Ninguém fez nenhuma objeção. O que eles estão discutindo é como dividir a conta, e o acordo foi o seguinte..."

Enquanto ela me dizia, anotei no meu caderno, desta maneira:

	Porcentagem das despesas	*Valor do pagamento*
Hi-Spot	50	10.000
CFR	28	5.500
M. Fraser	15	3.000
Sabão White Birch	5	1.000
Docinhos	2	500
	100	20.000

Reli alto os números para confirmar e falei: "Se estiver bom para a senhorita Fraser, para nós tudo bem. Ela está satisfeita?".

"Ela concorda", disse Deborah. "Ela preferiria fazer tudo sozinha, mas, nas circunstâncias, não foi possível. Sim, ela está satisfeita."

"OK. O senhor Wolfe vai ditar os termos, provavelmente sob a forma de uma carta, com cópias para todos. Mas isso é apenas uma formalidade, e ele quer começar logo. Nós não sabemos mais nada além do que lemos nos jornais. Segundo eles, há oito pessoas que a polícia considera, ahn... possibilidades. Seus nomes..."

"Eu sei os nomes. Incluindo o meu."

"Claro que sabe. A senhora pode trazer todas essas pessoas aqui no nosso escritório às oito e meia de hoje?"

"Todos?"

"Sim, senhora."

"Mas é necessário mesmo?"

"O senhor Wolfe pensa que sim. É isso que ele está dizendo através de mim para a senhorita Fraser, por intermédio da senhora. Devo preveni-la de que ele é capaz de ser uma verdadeira peste quando disso depende um bom pagamento. Em geral, quando se contrata alguém para fazer um serviço, quem contrata é que manda. Quando se contrata Wolfe, ele acha que quem manda é ele. Ele é um gênio, e essa é apenas uma das maneiras como isso aparece. Pode-se aceitar isso ou lutar contra. O que vocês querem, só a publicidade ou o serviço feito?"

"Não me pressione, senhor Goodwin. Queremos o serviço feito. Não sei se consigo trazer o professor Savarese. E aquela garota Shepherd — ela é uma peste muito pior do que o senhor Wolfe poderia ser."

"Daria para a senhora trazer todos os que conseguir? Às oito e meia. E me manter a par de tudo?"

Ela disse que sim. Depois que desliguei chamei Wolfe pelo interfone para lhe dizer que tínhamos vendido nosso peixe.

Logo ficou claro que também tínhamos comprado alguma coisa. Eram apenas cinco e trinta e cinco, menos de quarenta e cinco minutos depois de eu ter falado com Deborah Koppel, quando a campainha tocou. Às vezes Fritz atende, às vezes eu — em geral sou eu, quando estou em casa e não estou ocupado com algo que não posso interromper. Assim, fui até o saguão e abri a porta.

No degrau havia uma festa surpresa. Na frente vinha um cavalheiro com uma casaca que o duque de Windsor poderia muito bem usar. À sua esquerda, um pouco atrás, estava outro cavalheiro, gorducho e de rosto corado. Atrás deles havia outros três, de diversos tipos, com uma quantidade de caixas e sacolas. Quando vi o que tinha de enfrentar, fiquei segurando a porta, deixando apenas uma pequena abertura para os ombros.

"Gostaríamos de falar com o senhor Nero Wolfe", disse o da casaca, como um velho amigo.

"Ele está ocupado. Sou Archie Goodwin. Posso ajudá-lo?"

"Claro! Sou Fred Owen, relações públicas da companhia Hi-Spot." Como ele estava com a mão estendida, eu a apertei. "E este aqui é o senhor Walter B. Anderson, presidente da Hi-Spot. Podemos entrar?"

Dei a mão ao presidente e continuei fazendo um firme bloqueio na porta. "Se fosse possível", falei, "gostaria muito que os senhores me dessem uma idéia geral de suas intenções".

"Claro, com prazer! Eu ia telefonar, só que esse negócio tem que ser rápido, para conseguirmos alcançar os jornais da manhã. Assim, convenci o senhor Anderson, chamei os fotógrafos e vim. Não deve demorar mais que dez minutos — digamos, uma foto do senhor Anderson olhando para o senhor Wolfe enquanto ele assina o acordo, ou vice-versa, uma dos dois apertando a mão, e outra deles lado a lado inclinados sobre a mesa, examinando algum objeto que a legenda pode dizer que é uma pista — que tal essa?"

Dei-lhe um largo sorriso: "Maravilha! Mas, puxa vida, hoje não. O senhor Wolfe se cortou com o barbeador, está com um esparadrapo, e do jeito que ele é vaidoso seria muito arriscado apontar uma máquina fotográfica para ele".

Isso mostra como um homem se degrada por causa de dinheiro. Estou falando de mim. A atitude mais adequada e natural seria chutar todos eles pelos sete degraus abaixo até a calçada, especialmente o da casaca, e por que não fiz isso? Dez mil mangos. Talvez mesmo vinte, pois, se a Hi-Spot fosse insultada, podia até estragar todo o nosso negócio.

O esforço, incluindo o sacrifício dos princípios, que me custou para fazê-los ir embora sem magoá-los demais me deixou num estado de espírito que foi responsável pela minha reação posterior, quando Wolfe chegou no escritório, eu lhe expliquei o acordo a que os nossos clientes haviam chegado e ele disse:

"Não, de jeito nenhum." Continuou, enfático: "Não vou redigir nem assinar nenhum acordo em que uma das partes seja aquele tal de Docinhos".

Eu sabia perfeitamente que isso era razoável, até mesmo nobre. Mas o que me chateou é que eu sacrificara princípios sem hesitação, e agora ele se recusava a prosseguir. Lancei-lhe um olhar duro:

"Muito bem." Levantei-me. "Peço demissão. O senhor é convencido demais, excêntrico demais e gordo demais. Não dá para ser seu assistente."

"Archie. Sente-se."

"Não."

"Sim. Não estou mais gordo do que era cinco anos atrás. Sou convencido, mas você também é, e por que raios não deveríamos ser? Algum dia haverá uma crise. Ou você vai ficar insuportável e eu vou despedi-lo, ou eu vou ficar insuportável e você vai se demitir. Mas hoje não é o dia, e você sabe disso. Sabe também que eu preferiria me tornar um policial e receber ordens do senhor Cramer a trabalhar para qualquer pessoa ou qualquer coisa que se chame Docinhos. O seu desempenho ontem e hoje foi altamente satisfatório."

"Não tente me comprar."

"Conversa. Repito que eu não estou mais gordo do que cinco anos atrás. Sente-se e pegue o seu caderno. Vamos colocar as coisas sob a forma de uma carta, para todos eles conjuntamente, e eles podem rubricar a nossa cópia. Vamos ignorar os Docinhos", fez uma careta, "e acrescentar aqueles 2% e aqueles quinhentos dólares à parte da CFR."

Foi o que fizemos.

Quando Fritz nos chamou para jantar já tínhamos recebido telefonemas de Deborah Koppel e de outros, e a festinha da noite estava combinada.

5

Há quatro aposentos no andar térreo do velho casarão de Wolfe na rua 35 oeste, não longe do rio Hudson. Ao entrar pela frente, vê-se à direita um enorme armário antigo de carvalho com espelho, o elevador, a escada e a porta para a sala de jantar. À esquerda ficam as portas que dão para a sala da frente, que não é muito usada, e para o escritório. A porta da cozinha fica nos fundos, no final do saguão.

O escritório é duas vezes maior que qualquer outro aposento. Na verdade é também nossa sala de estar, e, já que Wolfe passa lá a maior parte do tempo, temos de concordar com sua regra em relação a móveis e acessórios: nenhum objeto entra nem permanece lá se não lhe agradar a vista. Ele gosta do contraste entre sua escrivaninha de cerejeira e o couro de sua poltrona, uma legítima Meyer. O sofá amarelo brilhante precisa de limpeza a cada dois meses, mas ele gosta de amarelo brilhante. O globo de quase um metro acima das estantes de livros é grande demais para uma sala daquele tamanho, mas ele gosta de fitá-lo. Wolfe ama tanto uma cadeira confortável que não admite nenhum outro tipo no escritório, embora nunca sente em outra a não ser na sua poltrona.

Assim, naquela noite pelo menos, os traseiros dos nossos convidados estavam confortáveis, mesmo que o restante deles não estivesse. Havia nove presentes, seis convidados e três penetras. Dos oito que pedi para Deborah Koppel trazer, Nancylee Shepherd não fora convidada e o professor F. O. Savarese não pôde vir. Os três penetras eram Anderson, presidente da Hi-Spot, e Owen, seu relações-públicas, que antes só haviam conseguido chegar até o umbral da porta, e ainda Beech, o vice-presidente da CFR.

Às nove horas eles estavam todos ali sentados, olhando para Wolfe. Não ocorrera nenhum atrito, exceto uma pequenina fricção que tive com Anderson. A melhor cadeira da sala, sem contar a poltrona de Wolfe, é uma vermelha de couro que sempre fica perto da escrivaninha de Wolfe. Assim que entrou, Anderson a avistou e logo se aboletou. Quando lhe pedi cortesmente que se acomodasse do outro lado da sala, ele foi mal-educado comigo. Disse que estava gostando de sentar ali.

"Acontece", falei, "que esta cadeira e aquelas ali estão reservadas para os candidatos."

"Candidatos a quê?"

"Aos papéis principais num julgamento de assassinato. O senhor Wolfe gostaria que todos eles ficassem mais ou menos juntos, debaixo das suas vistas."

"Então trate de colocá-los dessa maneira."

Ele não se mexia. Fui incisivo: "Não posso lhe pedir que me mostre seu ingresso numerado, pois esta é uma casa particular, o senhor não foi convidado, e meu único argumento é a conveniência e o prazer do seu anfitrião".

Ele me lançou um olhar ferino, porém sem mais palavras levantou-se e foi sentar no sofá do outro lado. Passei Madeline Fraser para a cadeira vermelha de couro, o que deu aos outros cinco candidatos mais espaço para se acomodarem num semicírculo em frente à escrivaninha de Wolfe. Beech, que estava em pé conversando com Wolfe, pegou uma cadeira perto da ponta do sofá. Owen seguira seu patrão, de modo que os três penetras ficaram juntos atrás, como deveria ser.

Wolfe correu o olhar pelo semicírculo, começando pela senhorita Fraser. "A senhora vai achar tudo isso cansativo", disse ele, amável, "pois estou apenas começando, e precisarei repassar detalhes que a senhora já está cansada de ouvir e repetir. Todas as informações que tenho vieram dos jornais, e portanto muitas devem ser inexatas, e algumas falsas. O quanto a senhora vai ter de me corrigir, não sei."

"Depende muito", disse Nathan Traub com um sorriso, "de quais jornais o senhor lê."

Traub, o publicitário, era o único dos seis que eu ainda não conhecia, tendo apenas ouvido sua voz grave e macia no telefone, quando ele praticamente me disse que tudo deveria passar por ele em primeiro lugar. Era muito mais jovem do que eu esperava — mais ou menos da minha idade; mas, tirando isso, não foi uma grande surpresa. A maior diferença entre um publicitário e outro é que um vai comprar seu terno na Brooks Brothers pela manhã e o outro vai à tarde. Depende do horário das reuniões. O terno que esse Traub tinha comprado era um sobretudo cinza de quatro botões que combinava muito bem com seu cabelo escuro e a cor saudável do seu rosto.

"Eu li todos." Wolfe voltou a passar o olhar da esquerda para a direita. "Fiz isso quando decidi que queria trabalhar neste caso. Falando nisso, suponho que todos vocês sabem quem me contratou, e para quê?"

Todos concordaram de cabeça. "Sabemos de tudo isso", disse Bill Meadows.

"Ótimo. Então vocês sabem por que a presença dos senhores Anderson, Owen e Beech está sendo tolerada. Com eles, e naturalmente a senhorita Fraser, 95% dos interesses dos clientes estão representados aqui. Os únicos ausentes são os representantes do sabão White Birch."

"Eles não estão ausentes", disse Nathan Traub polidamente, mas mal contendo a indignação. "Eu falo por eles."

"Preferiria que o senhor falasse por si mesmo", retorquiu Wolfe. "Os clientes estão aqui para ouvir, não para falar." Descansou os cotovelos nos braços da poltrona e juntou os polegares. Com os penetras colocados em seus devidos lugares, continuou: "Quanto aos senhores, damas e cavalheiros, isso aqui seria muito mais interessante se eu pudesse começar dizendo que meu serviço é descobrir qual de vocês é culpado de assassinato — e prová-lo. Infelizmente não posso ter esse incentivo, já que dois dos oito — a senhorita Shepherd e o senhor Savarese — não vieram. Fiquei sabendo que o senhor Savarese tem um compromisso, e há uma certa relutância a respeito da senhorita Shepherd que eu gostaria de compreender melhor".

"Ela é metida e tagarela", disse Tully Strong, que tirara os óculos e fitava Wolfe com um olhar intenso.

"Ela é um chute na canela", disse Bill Meadows.

Todos sorriram, alguns nervosos, alguns tentando dar um laivo de humor ao sorriso.

"Não tentei chamá-la", disse Deborah Koppel. "Ela não viria a não ser que a senhorita Fraser em pessoa a convidasse, e não achei necessário. Ela odeia todos nós."

"Por quê?"

"Porque acha que nós tentamos afastá-la da senhorita Fraser."

"E vocês tentam mesmo?"

"Sim. Tentamos."

"Espero que não tentem afastá-la de mim também." Wolfe deu um fundo suspiro, que inflou ainda mais sua barriga, e segurou firme os braços da poltrona. "Agora, vamos aos fatos. Quando eu falo, em geral não gosto de interrupções, mas esta é uma exceção. Se vocês discordarem de qualquer coisa que eu disser, ou acharem que estou errado, digam imediatamente. Dito isso, vamos lá.

"Com muita freqüência, duas vezes por semana ou mais, vocês consideram o problema dos convidados para o programa da senhorita Fraser. É de fato um problema, porque vocês querem pessoas interessantes, se possível famosas, mas elas devem estar dispostas a submeter-se à indignidade de emprestar sua presença, e no mínimo seu consentimento pelo silêncio às ridículas afirmações feitas pela senhorita Fraser e pelo senhor Meadows quanto aos produtos anunciados. Recentemente..."

"O que tem isso de indigno?"

"Não há nenhuma afirmação ridícula!"

"O que isso tem a ver com o trabalho que estamos lhe pagando para fazer?"

"Vocês discordam", disse Wolfe, inabalável. "Bem, eu provoquei. Archie, inclua aí nas suas anotações que o senhor Traub e o senhor Strong discordam. Pode ignorar o protesto do senhor Owen, já que meu convite para interromper não foi extensivo a ele."

Voltou a passar a vista pelo semicírculo. "Recentemente foi sugerido que vocês aliciassem como convidado um homem que vende dicas sobre corridas de cavalos. Pelo que entendi, vocês discordam quanto à data em que essa sugestão foi feita."

Madeline Fraser disse: "Isso vem sendo discutido há mais de um ano".

"Eu sempre fui firmemente contra", afirmou Tully Strong.

Deborah Koppel sorriu. "O senhor Strong achava que seria inadequado. Segundo ele, o programa nunca deve ofender ninguém, o que é impossível. Tudo, qualquer coisa, sempre acaba ofendendo alguém."

"E o que o fez mudar de idéia, senhor Strong?"

"Duas coisas", disse o secretário do Conselho dos Patrocinadores. "Primeiro, tivemos a idéia de pedir ao público do programa para votar, e em mais de catorze mil cartas 92,6% foram a favor. Segundo, uma das cartas veio de um professor de matemática da Universidade de Colúmbia, sugerindo que o segundo convidado do programa fosse ele mesmo, ou algum outro especialista na lei das probabilidades. Isso deu um enfoque totalmente novo ao assunto, e passei a apoiar a idéia. Nathan Traub, da agência de publicidade, continuou contra."

"E ainda sou", declarou Traub. "Quem vai me censurar por isso?"

Wolfe perguntou a Strong: "Quer dizer que o senhor Traub foi uma minoria de um?".

"Certo. Nós fomos em frente com a idéia. A senhorita Vance, que faz as pesquisas para o programa além de escrever o roteiro, fez uma lista de possíveis convidados. Fiquei surpreso, e os outros também, ao descobrir que só em Nova York há mais de trinta jornaizinhos especializados em corridas de cavalo. Nós os reduzimos a cinco e todos eles foram contatados."

Wolfe franziu a testa: "Todos os cinco foram convidados?".

"Não, não. Nós marcamos reuniões com os editores desses jornais e a senhorita Fraser. Ela tinha que descobrir qual deles poderia ir ao ar sem dizer nada que prejudicasse o programa. A escolha final foi dela."

"E como esses cinco foram escolhidos?"

"Cientificamente. Há quanto tempo estavam no ramo, a qualidade do papel e da impressão, as opiniões dos redatores de esporte, coisas assim."

"Quem foi o cientista? O senhor?"

"Não... Não sei..."

"Fui eu", disse alguém em voz baixa, porém firme. Era Elinor Vance. Eu a colocara numa cadeira próxima à minha porque Wolfe não é o único que gosta de ter na sala coisas bonitas para olhar. Era óbvio que ela ainda não recuperara o sono, e de vez em quando tinha de cerrar os dentes para conter o tremor do queixo, mas era a única pessoa ali que poderia me fazer lembrar que eu não era apenas um detetive, mas em primeiro lugar um homem. Fiquei curioso para saber como seriam seus olhos castanhos se, e quando, eles voltassem a ter um brilho de vivacidade algum dia. Ela explicou:

"Primeiro eliminei os que eram totalmente impossíveis, mais da metade, e aí conversei com a senhorita Koppel, o senhor Meadows e mais uma ou duas pessoas... acho que foi o senhor Strong — sim, tenho certeza de que conversei —, mas a decisão foi minha, mais do que deles. Fui eu que escolhi os cinco nomes."

"E todos eles vieram ver a senhorita Fraser?"

"Só quatro. Um deles estava viajando — na Flórida."

Wolfe voltou o olhar para a esquerda. "E então, senhorita Fraser, foi a senhora que escolheu o senhor Cyril Orchard entre esses quatro?"

"Sim."

"E como foi que a senhora fez isso? Cientificamente?"

"Não." Ela sorriu. "Em mim não há nada de científico. Ele parecia um homem inteligente. Dos quatro, era de longe o que falava melhor e o que tinha a melhor voz. Também gostei do nome do seu jornal, *O Almanaque das*

Pistas. E, pensando bem, acho que fui um pouquinho esnobe. O jornal dele era o mais caro — dez dólares por semana."

"Foram essas as considerações que a levaram a escolhê-lo?"

"Sim."

"A senhora nunca o tinha visto nem ouvido falar dele antes de ele vir procurá-la como um dos quatro editores?"

"Eu não o conhecia mas já tinha ouvido falar dele, e já tinha visto seu jornal."

"Ah!" Wolfe cerrou um pouquinho os olhos. "É mesmo?"

"Sim, mais ou menos um mês antes, talvez um pouco mais, quando voltou à baila a idéia de convidar para o programa um coruja — um especialista em corridas. Resolvi assinar alguns desses jornais — três ou quatro — para ver como eram. Não no meu nome, naturalmente. Esse tipo de coisa sempre é feito em nome da minha agente, a senhorita Koppel. Um dos jornais era esse tal *Almanaque das Pistas.*"

"E como foi que a senhora escolheu esse?"

"Meu Deus, não sei!" Por um instante os olhos de Madeline Fraser brilharam de irritação. "Debby, você se lembra?"

Deborah abanou a cabeça. "Acho que telefonamos para alguém."

"A Comissão Hípica do estado de Nova York", sugeriu Bill Meadows com sarcasmo.

"Bem." Wolfe inclinou-se para apertar um botão na sua mesa. "Vou tomar uma cerveja. Vocês não estão com sede?"

Foi o sinal para fazermos um intervalo. Antes, ninguém havia aceitado quando lhes ofereci refrescos, mas agora todos concordaram unanimemente, e tratei de servi-los, indo até a mesa já posta junto à parede. Dois acompanharam Wolfe na cerveja, trazida da cozinha por Fritz, e os outros seguiram suas respectivas inclinações. Eu havia sugerido a Wolfe que seria conveniente colocar uma caixa de Hi-Spot na mesa num lugar de destaque, mas ele apenas rejeitou a idéia com uma careta de desprezo. Nessas ocasiões ele sempre insistia em servir um vinho tinto e um vinho branco gelado. Em geral esses não encontravam freguês, mas desta vez houve duas pessoas, a senhorita Koppel e Traub, que pediram o Montrachet; e, como aprecio muito a maneira como o gosto desse vinho vai se infiltrando por todo o interior da cabeça da gente, também ajudei a esvaziar as garrafas. Há apenas um problema quando servimos drinques variados no escritório para um bando de gente que veio a negócios. Eu afirmo que é um item legítimo a se listar na conta dos clientes, e Wolfe diz que não, que tudo que qualquer pessoa coma ou beba na sua casa é por conta dele. Mais uma excentricidade. Ele também faz questão de que cada um tenha uma mesinha lateral para colocar seus drinques.

E assim foi feito.

6

Wolfe, para quem a primeira garrafa de cerveja é apenas um preâmbulo, encheu seu copo com a segunda garrafa, colocou-a na mesa e reclinou-se na poltrona.

"O que estou procurando", disse ele, voltando a um tom educado, "é saber de que maneira esse indivíduo, o senhor Cyril Orchard, veio a ser convidado para esse programa. A conclusão dos jornais é que nenhum de vocês, incluindo a senhorita Shepherd e o senhor Savarese, o conhecia há muito tempo. Entretanto, ele foi assassinado. Mais tarde discutirei isso com cada um em particular, mas no momento quero colocar esta pergunta para todos vocês: alguém teve alguma relação com, ou conexão com, ou conhecimento de Cyril Orchard antes de ele aparecer no programa? Além do que acabo de ouvir?"

Começando com Madeline Fraser, cada um dos seis deu um não, ou oral ou de cabeça.

Wolfe deu um grunhido. "Presumo que a polícia não descobriu nenhuma contradição às negativas de vocês, pois, se assim fosse, vocês não cometeriam a tolice de tentar manter a mesma posição comigo. Minha maneira de abordar esse crime é muito diferente do que seria se eu não soubesse que a polícia já passou sete dias e sete noites trabalhando no caso. Eles já foram atrás de vocês, e eles também são treinados e têm pessoas talentosas; têm também autoridade, e mil homens em serviço — aliás, vinte mil. A questão é saber se sua capacidade e seus métodos estão à altura desses serviços; tudo que eu posso fazer é usar os meus."

Wolfe tomou mais um gole de cerveja, limpou a boca com o lenço e voltou a recostar-se na poltrona.

"Mas eu preciso saber o que aconteceu — saber por vocês, não pelos jornais. Bem, agora temos vocês no estúdio do rádio na terça-feira de manhã — hoje faz uma semana. Os dois convidados — senhor Cyril Orchard e o professor Savarese — já chegaram. São quinze para as onze. Todos os demais, vocês todos, também estão lá, sentados à mesa com os microfones, ou ali por perto. De um lado daquela mesa comprida e estreita estão a senhorita Fraser e o professor Savarese; do outro lado, de frente para eles, estão o senhor Orchard e o senhor Meadows. Os técnicos estão regulando os níveis de som. A cerca de seis metros da mesa fica a primeira fileira de cadeiras do auditório. O público consiste em cerca de duzentas pessoas, quase todas mulheres, muitas delas devotas seguidoras da senhorita Fraser, que com freqüência assistem às transmissões. Digam-me: esse quadro está correto — não aproximadamente correto, mas correto?"

Todos fizeram que sim. "Nada de errado", disse Bill Meadows.

"Muitas dessas pessoas do público", disse a senhorita Fraser, "viriam com muito mais freqüência se conseguissem ingressos. Há sempre o dobro de pedidos de ingresso do que podemos oferecer."

"Sem dúvida", rosnou Wolfe. Ele já demonstrara grande autocontrole ao não lhe dizer o quanto ela era perigosa. "Mas as pessoas que pediam ingressos e não conseguiam, não estando lá, não são do nosso interesse. Um elemento essencial do quadro que não mencionei ainda não está visível. Atrás da porta fechada de uma geladeira elétrica encostada na parede estão oito garrafas de Hi-Spot. Como é que elas chegaram até lá?"

Veio uma resposta do sofá, de Fred Owen. "Nós sempre deixamos três ou quatro caixas no estúdio, num armário tranc..."

"Por favor, senhor Owen." Wolfe sacudiu o dedo para ele. "Quero ouvir o máximo possível a voz destas seis pessoas aqui."

"As garrafas estavam lá no estúdio", disse Tully Strong. "Num armário trancado, do contrário elas não durariam muito tempo por lá."

"Quem pegou as oito garrafas do armário e as colocou na geladeira?"

"Fui eu", disse Elinor Vance, e levantei a vista do meu bloco de anotações para dar mais uma olhada nela. "É um dos meus deveres em todos os programas."

Um dos problemas que ela tem, pensei, é o excesso de trabalho. Roteirista, pesquisadora, garçonete — que mais?

"A senhora não pode carregar oito garrafas de uma só vez", observou Wolfe.

"Sei que não. Por isso peguei quatro e depois voltei para pegar mais quatro."

"Deixando o armário destrancado. Não", Wolfe se interrompeu. "Esses detalhes mais finos terão que esperar." Percorreu com o olhar toda a fileira de novo. "Então ali estão elas, as garrafas, dentro da geladeira. Aliás, pelo que entendi, a presença de todos vocês, menos um, durante os programas era rotineira. A exceção foi o senhor Traub. O senhor raramente assiste ao programa. Por que assistiu dessa vez?"

"Porque eu estava ansioso, senhor Wolfe." O sorriso publicitário de Traub e sua voz macia e grave não demonstravam nenhum ressentimento por ser alvo da atenção de Wolfe. "Eu continuava achando que ter um coruja no programa era um erro, e queria estar por ali."

"Achava que não se podia prever o que o senhor Orchard poderia dizer?"

"Eu não sabia nada sobre Orchard. Achava toda aquela idéia péssima."

"Se o senhor está falando do programa em geral, eu concordo — mas não é isso que estamos tentando resolver. Vamos continuar com o programa. Primeiro, mais uma pecinha do quebra-cabeça. Onde estão os copos com que eles irão beber?"

"Numa bandeja na ponta da mesa", disse Deborah Koppel.

"A mesa do programa? Onde eles se sentam junto aos microfones?"

"Sim."

"Quem os colocou ali?"

"Aquela garota, Nancylee Shepherd. A única maneira de segurá-la sentada no auditório seria amarrá-la na cadeira. Ou, naturalmente, não deixá-la entrar, mas a senhorita Fraser não permitiria isso. Foi ela quem organizou o maior fã-clube Fraser de todo o país. Portanto nós..."

O telefone tocou. Atendi, cochichando.

"É o senhor Blefe", falei para Wolfe, usando um dos meus quinze pseudônimos para o cavalheiro que nos procurava. Wolfe atendeu no seu telefone, dando-me sinal para continuar escutando no meu.

"Sim, senhor Cramer?"

Pela voz sarcástica de Cramer parecia que ele estava com um charuto enfiado na boca, como devia mesmo estar. "Como é que vocês estão indo por aí?"

"Devagar. A bem dizer, ainda não começamos."

"Isso é má notícia, já que ninguém está lhe pagando pelo caso Orchard. É o que o senhor me disse ontem."

"Só que hoje é hoje. O jornal de amanhã lhe dirá tudo a respeito. Desculpe, senhor Cramer, mas estou ocupado."

"Com certeza está, pelos relatórios que tenho aqui. Qual deles é o seu cliente?"

"O senhor vai ver amanhã nos jornais."

"Então não há motivo..."

"Sim. Há motivo. O motivo é que estou extremamente ocupado e exatamente uma semana atrás do senhor. Até logo, senhor Cramer."

O tom da voz de Wolfe e sua maneira de desligar despertaram uma reação nos penetras. O senhor Walter B. Anderson, presidente da Hi-Spot, quis saber se quem ligou foi Cramer, o inspetor de polícia, e ao saber que sim externou uma crítica. Segundo ele, Wolfe não devia ter sido grosseiro com o inspetor. Era falta de tática, e também falta de educação. Wolfe, sem se dar ao trabalho de puxar a espada, o dispensou com duas ou três palavras, mas Anderson pulou no seu pescoço. Disse que ainda não tinha assinado nenhum acordo, e se essa ia ser a atitude de Wolfe, quem sabe nem assinaria.

"Não diga." Wolfe ergueu as sobrancelhas cerca de dois milímetros. "Nesse caso, é melhor o senhor avisar a imprensa imediatamente. Deseja usar o telefone?"

"Quem me dera pudesse usar. Eu tenho o direito de..."

"Aqui o senhor não tem direito nenhum, senhor Anderson, exceto o de pagar a sua parte dos meus honorários, caso eu consiga ganhá-los. O senhor está sendo apenas tolerado aqui no meu escritório. Ora bolas, estou tentando resolver um problema que deixou o senhor Cramer tão perplexo que ele vem me pedir uma dica desesperadamente, ainda antes de eu começar a investigar. Ele não se importa com minha falta de educação; está tão acostumado com isso que se eu fosse amável ele iria me arrastar para a delegacia como suspeito. O senhor vai usar o telefone?"

"O senhor sabe muito bem que não."

"Pois eu gostaria que o senhor usasse. Quanto melhor enxergo o quadro geral, menos me agrada." Wolfe voltou para a fileira de candidatos. "A senhora diz, senhorita Koppel, que essa adolescente xereta, a senhorita Shepherd, colocou a bandeja de copos na mesa?"

"Sim, ela..."

"Ela pegou de mim", interrompeu Elinor Vance, "quando eu tirei os copos do armário. Como ela estava bem ali com a mão estendida, eu lhe entreguei a bandeja."

"A senhora está falando do armário trancado onde se guarda o Hi-Spot?"

"Sim."

"E os copos são pesados, de um azul-escuro bem opaco, de modo que qualquer coisa que haja neles fica invisível?"

"Sim."

"A senhora não olhou de cima para dentro dos copos?"

"Não."

"Se um desses copos tivesse algo dentro, a senhora não teria visto?"

"Não." Elinor continuou: "Se o senhor está achando que minhas respostas estão muito curtas e rápidas, é porque já respondi a essas perguntas, e a muitas outras, centenas de vezes. Seria capaz de respondê-las até dormindo".

Wolfe concordou: "É claro. De modo que agora estamos com as garrafas na geladeira e os copos na mesa, e o programa está no ar. Durante quarenta minutos tudo correu tranqüilo. Os dois convidados se saíram bem. Nenhum dos temores do senhor Traub se realizou".

"Foi um dos melhores programas do ano", disse a senhorita Fraser.

"Excepcional", declarou Tully Strong. "Houve trinta e duas risadas no estúdio na primeira meia hora."

"E que tal você achou a segunda meia hora?", perguntou Traub, afiado.

"Já vamos chegando lá." Wolfe deu um suspiro. "Bem, aqui estamos nós. Chega o momento em que o Hi-Spot deve ser servido, bebido e elogiado. Quem o trouxe da geladeira? A senhora de novo, senhorita Vance?"

"Não, fui eu", disse Bill Meadows. "Faz parte do show. Tudo vai ao ar pelos microfones: eu arrasto minha cadeira, levanto, dou uns passos, abro a porta da geladeira, fecho e volto com as garrafas. Daí alguém..."

"Havia oito garrafas na geladeira. Quantas o senhor pegou?"

"Quatro."

"Como o senhor resolveu quais iria pegar?"

"Não resolvi. Eu sempre pego as quatro que estão na frente. Veja, todas as garrafas de Hi-Spot são exatamente iguais. Não haveria como distinguir uma da outra; portanto, como eu poderia resolver?"

"Não sei. Seja como for, o senhor não escolheu?"

"Não. Como já disse, eu simplesmente peguei as quatro garrafas que estavam mais perto de mim. É natural."

"De fato. E o senhor as levou para a mesa e abriu as tampas?"

"Eu as levei para a mesa, mas, quanto a abrir as tampas, esse é um ponto sobre o que nós não estamos de pleno acordo. Nós todos concordamos que eu não abri, porque eu coloquei as garrafas na mesa, como de costume, e logo voltei para a minha cadeira, depressa, para poder falar no microfone. É outra pessoa que abre as garrafas, nem sempre a mesma pessoa. Aquele dia Debby — a senhorita Koppel — estava bem ali, assim como a senhorita Vance, Strong e Traub. Eu estava falando no microfone e não vi quem abriu as tampas. Na verdade, nesse momento a ação é um tanto rápida, e é preciso que todos ajudem a tirar as tampas, servir a bebida e passar os copos em volta da mesa — e, aliás, as garrafas também."

"Quem costuma passá-las?"

"Ah, alguém — ou melhor, mais de uma pessoa. Sabe como é, elas simplesmente vão passando — tanto as garrafas como os copos. Depois de despejar a bebida nos copos, as garrafas ainda estão mais ou menos pela metade, de modo que elas também são passadas."

"Quem serviu e passou naquele dia?"

Bill Meadows hesitou, constrangido. "É sobre isso que nós não concordamos. Como já disse, todos eles estavam logo ali — a senhorita Koppel, a senhorita Vance, Strong e Traub. É por isso que tudo é confuso."

"Confuso ou não", disse Wolfe, obstinado, "deve ser possível lembrar o que aconteceu, uma coisa tão simples como essa. Nesse detalhe, mais do que em qualquer outro, a clareza é essencial. Nós sabemos que o senhor Orchard pegou a garrafa e o copo que continha o cianeto, porque bebeu o suficiente para matá-lo. Mas não sabemos, ou pelo menos eu não sei, se ele ficou com aquele copo por um capricho das circunstâncias ou por uma manobra deliberada de uma pessoa, ou mais de uma, entre as aqui presentes. Obviamente, esse é um ponto crucial. Aquele copo e aquela garrafa foram colocados na frente do senhor Orchard por alguém — não por esta pessoa nem por aquela, mas sim por aquela outra. Quem foi?"

Wolfe passou em revista a fila toda. Todos sustentaram seu olhar. Ninguém tinha nada a dizer, mas ninguém tampouco precisou desviar a vista. Por fim Tully Strong, que recolocara os óculos, falou:

"Nós simplesmente não nos lembramos, senhor Wolfe."

"Fúú!" Wolfe ficou revoltado. "Vocês com certeza se lembram. Não é para menos que o senhor Cramer não chegou a nada. Vocês estão mentindo, todos vocês."

"Não", objetou a senhorita Fraser. "Na verdade eles não estão mentindo."

"A senhora está usando o pronome errado, senhorita Fraser", Wolfe disparou para ela. "Meu comentário incluía a senhora também."

Ela sorriu para ele. "O senhor pode me incluir, se quiser, mas eu não me incluo. O fato é o seguinte: estas pessoas não estão apenas associadas uma à outra devido ao meu programa, mas também são amigas. É claro que há discussões — é inevitável haver algum atrito quando duas pessoas estão sempre juntas, e mais ainda cinco ou seis —, mas eles são amigos e gostam um do outro." O ritmo dela, suas inflexões, eram tão perfeitos como se ela estivesse no ar. "Isso que aconteceu foi uma coisa terrível, foi horroroso, e nós todos percebemos já no momento em que o médico chegou, olhou para ele e depois disse que ninguém deveria sair da sala nem tocar em nada. Sendo assim, será que o senhor espera, realmente, que um deles diga — ou, já que o senhor me incluiu, o senhor espera que um de nós diga: *sim, eu dei a ele o copo com veneno*?"

"O que restou na garrafa também estava envenenado."

"Tudo bem, a garrafa também. Será que o senhor espera que um de nós diga: *sim, eu vi meu amigo, ou minha amiga, dar a ele o copo e a garrafa*? E dizer o nome da pessoa?"

"Então a senhora concorda comigo. Que todos vocês estão mentindo."

"De jeito nenhum." A senhorita Fraser estava agora falando sério, sem nenhum sorriso. "Isso de servir e passar os copos e as garrafas era rotina, e não havia motivo para nós repararmos nos detalhes e gravá-los na memória. Daí veio aquele choque arrasador, aquela confusão, depois veio a polícia, toda aquela tensão nervosa, e nós simplesmente não lembramos. Isso não tem nada de surpreendente. Eu ficaria surpresa, isso sim, se alguém se lembrasse com certeza — por exemplo, se o senhor Traub dissesse que foi o senhor Strong, sem sombra de dúvida, que colocou o copo e a garrafa na frente do senhor Orchard. Isso apenas provaria que o senhor Traub odeia o senhor Strong, e me surpreenderia porque não creio que algum de nós aqui odeie o outro."

"Nem tampouco", murmurou Wolfe, seco, "que algum de vocês odiava o senhor Orchard, ou queria matá-lo."

"Mas quem neste mundo poderia querer matar aquele homem?"

"Não sei. É para isso que fui contratado — para descobrir quem foi —, assumindo que o veneno atingiu o alvo a que se destinava. A senhora disse que não está surpresa, mas eu estou. Estou surpreso ao ver que a polícia ainda não trancafiou todos vocês."

"Eles quase fizeram isso", disse Traub, soturno.

"Eu, com certeza, achei que eles iriam me prender", declarou Madeline Fraser. "Foi isso que me veio à cabeça — aliás, foi só isso que me veio à cabeça — assim que ouvi o médico falar em cianeto. Não pensei em saber quem lhe deu o copo e a garrafa, nem mesmo em que efeito aquilo teria sobre o meu programa, mas sim na morte do meu marido. Ele morreu de envenenamento por cianeto, seis anos atrás."

Wolfe assentiu: "Os jornais não se esqueceram disso. Foi isso que primeiro lhe veio à mente?".

"Sim, quando ouvi o médico dizer cianeto. Acho que o senhor não entenderia — ou talvez entenda. Mas, de qualquer forma, foi assim."

"Foi assim comigo também", interrompeu Deborah Koppel, num tom que implicava que alguém fora acusado de alguma coisa. "O marido da senhorita Fraser era meu irmão. Eu o vi logo depois que ele morreu. Daí, naquele dia em que vi Cyril Orchard, eu..." Aqui ela se interrompeu. Como ela estava de perfil para mim, eu não podia ver seus olhos, mas vi suas mãos enlaçadas com força. Dali a um momento ela continuou: "Sim, isso me veio à mente".

Wolfe mexeu-se, impaciente. "Bem, não vou fingir que estou exasperado ao ver que vocês todos são tão bons amigos que não conseguem se lembrar do que aconteceu. Se vocês lembrassem, e tivessem contado à polícia, eu não pegaria esse serviço." Deu uma olhada para o relógio na parede. "Já são mais de onze horas. Achei que eu talvez conseguisse abrir uma brechinha mínima nessa muralha chamando aqui vocês todos juntos, mas parece que não tem jeito. Vocês gostam demais um do outro. Nosso tempo foi completamente desperdiçado. Não consegui nada, nem uma migalha microscópica, que eu já não soubesse pelos jornais. Talvez eu nunca chegue a nada, mas pretendo tentar. Qual de vocês vai passar a noite aqui comigo? Não a noite toda; provavelmente umas quatro ou cinco horas. Vou precisar desse tempo, mais ou menos, com cada um de vocês, e gostaria de começar agora. Quem fica?"

Nenhum voluntário se ofereceu.

"Meu Deus!", protestou Elinor Vance. "Tudo de novo, outra vez!"

"Meus clientes", disse Wolfe, "são a sua empregadora, a sua estação de rádio e os seus patrocinadores. Senhor Meadows?"

"Preciso levar a senhorita Fraser para casa", objetou Bill Meadows. "Eu poderia voltar depois."

"Eu a levo", ofereceu Tully Strong.

"Isso é bobagem", disse Deborah Koppel, aborrecida. "Eu moro a um quarteirão da casa dela, e podemos tomar um táxi juntas."

"Vou com vocês", sugeriu Elinor Vance. "Deixo vocês duas e sigo com o táxi para o centro, até minha casa."

"Eu acompanho vocês", insistiu Tully Strong.

"Mas você mora no Village!"

"Conte comigo", disse Bill Meadows, teimoso. "Posso estar de volta aqui em vinte minutos. Graças a Deus amanhã é quarta-feira."

"Tudo isso é desnecessário", interrompeu o presidente da Hi-Spot, autoritário. Tinha se levantado do sofá e estava entre os candidatos, todos também já em pé. "Meu carro está aí fora e posso levar todos vocês que vão para o centro. Meadows, você pode ficar aqui com Wolfe." Voltou-se e veio até a escrivaninha. "Senhor Wolfe, não fiquei muito impressionado com os resultados da noite. Nada impressionado, mesmo."

"Nem eu", concordou Wolfe. "As perspectivas são sombrias. Eu preferiria abandonar o caso, mas tanto o senhor como eu estamos comprometidos por aquele comunicado à imprensa." Vendo que algumas pessoas já estavam indo para o corredor, levantou a voz. "Por favor? Um momento. Gostaria de marcar os encontros. Um de vocês amanhã das onze à uma, outro das duas às quatro, outro à noite das oito e meia à meia-noite, e outro da meia-noite em diante. Querem decidir antes de irem embora?"

Foi o que fizeram, comigo ajudando e anotando suas decisões. Houve algum debate, mas todos eram tão bons amigos que não houve discussão. A única coisa que azedou a despedida foi quando Owen aproveitou uma oportunidade para me lançar um comentário irônico, dizendo que não havia nenhum corte nem curativo no rosto de Wolfe. Ele podia ter a decência de deixar o assunto quieto.

"Eu não disse que era no rosto", falei friamente. "Só disse que ele se cortou com o barbeador. Ele depila as pernas. Achei que vocês queriam que ele tirasse as fotos de saiote escocês."

Owen ficou tão ofendido que não respondeu. Sujeito totalmente destituído de senso de humor.

Depois que os outros saíram, Bill Meadows teve a honra de sentar-se na cadeira vermelha de couro. Numa mesinha ao seu lado coloquei um copo cheio e Fritz pôs uma travessa com três sanduíches feitos com seu próprio pão, um de carne moída de coelho, um de pastrami e outro de presunto da Geórgia. Acomodei-me na minha mesa com meu bloco, um prato de sanduíches que fazia par com o de Bill, uma jarra de leite e um copo. Wolfe só tomava cerveja. Ele nunca come nada entre o jantar e o café da manhã. Se comesse, não conseguiria dizer que não está mais gordo do que cinco anos atrás — o que aliás não é verdade.

De certa forma é um prazer observar Wolfe dar uma geral num homem, ou numa mulher, mas por outro lado também é algo que pode deixar a gente rangendo os dentes de raiva. Quando você sabe exatamente o que ele está procurando, e ele vai se encaminhando pé ante pé para esse fim, sem fazer o menor ruído para não alarmar a vítima, é um privilégio estar ali. Mas, quando ele não está atrás de nada em especial, ou se está você não sabe o que é, e ele cutuca um pouquinho aqui, depois ali, depois tenta outro buraco, depois volta para o primeiro, e a gente não o vê chegar a lugar nenhum, e as horas passam, e o seu sanduíche e o seu leite já acabaram há muito tempo, mais cedo ou mais tarde chega uma hora em que você não se dá ao trabalho nem de tapar com a mão os seus bocejos, muito menos engoli-los.

Se, às quatro horas daquela madrugada, Wolfe tivesse começado mais uma vez a interrogar Bill Meadows a respeito das suas conexões com apostadores, ou sobre os principais assuntos de conversas das pessoas em que estávamos interessados, quando elas não estavam falando de negócios, ou sobre como ele entrou no rádio e se gostava dessa atividade, eu teria jogado meu caderno na cara dele, ou ido até a cozinha pegar mais leite. Mas ele não fez nada disso. Afastou a cadeira e numa complexa manobra ficou em pé. Quem quiser saber o que escrevi no meu caderno pode vir ao escritório a qualquer hora em que eu não estiver ocupado e lerei minhas anotações por um dólar a página, mas seria jogar o dinheiro fora.

Levei Bill até a porta. Quando voltei, Fritz estava arrumando o escritório. Ele nunca vai dormir antes de Wolfe. Ele me perguntou:

"A carne assada estava com bastante molho, Archie?"

"Meu Deus, como vou lembrar de uma coisa que aconteceu há tanto tempo? Isso foi há dois dias." Fui trancar o cofre e mexi na maçaneta, observando para Wolfe:

"Parece que ainda estamos nas preliminares; nem chegamos à linha de largada. Quem o senhor quer entrevistar de manhã? Saul, Orrie, Fred e Johnny? Para quê? Por que não pede a eles que sigam o senhor Anderson?"

"Não pretendo", disse Wolfe, abatido, "começar a gastar dinheiro antes de saber o que eu quero comprar — nem mesmo o dinheiro dos nossos clientes. Se esse envenenador vai ser descoberto através de investigações tais como as vendas de cianeto de potássio, ou as fontes dessa substância disponíveis a essas pessoas, isso cabe ao senhor Cramer e aos seus vinte mil homens. Sem dúvida eles já fizeram todo o possível nessa direção, e em muitas outras; do contrário ele não teria me telefonado implorando ajuda. A única pessoa que eu quero ver pela manhã é — quem é? Quem vai vir às onze?"

"Debby. A senhorita Koppel."

"Você poderia ter chamado primeiro os homens, assumindo que poderíamos encontrar o que procuramos antes de chegar nas mulheres." Ele já estava na porta do corredor. "Boa noite."

7

Se, trinta e três horas depois, quinta-feira ao meio-dia, alguém quisesse saber como as coisas estavam caminhando, poderia satisfazer a sua curiosidade observando o comportamento de Wolfe durante o almoço, que consistiu em bolinhos de milho fritos com mel, salsichas e uma tigela de salada. Nas refeições ele é sempre expansivo, falante e bem-humorado, mas nesse dia ele ficou o tempo todo taciturno, irritado e mal-humorado. Fritz estava rígido de preocupação.

Na quarta-feira tínhamos atendido a senhorita Koppel das onze à uma, a senhorita Fraser das duas às quatro, a senhorita Vance das oito e meia da noite até depois das onze, e Nathan Traub da meia-noite em diante; e na quinta-feira Tully Strong das onze da manhã até a hora do almoço.

Tínhamos centenas de páginas de anotações de coisa nenhuma.

Naturalmente, algumas lacunas haviam sido preenchidas, mas com o quê? Tínhamos até mesmo confissões, mas de quê? Tanto Bill Meadows como Nathan Traub confessaram que costumavam apostar em cavalos. Elinor Vance confessou que seu irmão trabalhava com galvanoplastia e usava materiais que continham cianeto. Madeline Fraser confessou que era difícil acreditar que alguém colocaria veneno numa garrafa sem a menor preocupação de saber para qual dos quatro locutores ela seria servida. Tully Strong confessou que a polícia encontrou suas impressões digitais nas quatro garrafas, e explicou o fato dizendo que, enquanto o médico se ajoelhava para examinar Cyril Orchard, ele, Strong, ficara horrorizado com a possibilidade de que houvesse algo de errado com uma garrafa de Hi-Spot, produto do mais importante patrocinador do programa. Em pânico, ele agarrou as quatro garrafas, com a idéia idiota de escondê-las em algum lugar, mas Traub e a senhorita Fraser haviam lhe tomado as garrafas e as recolocado na mesa. Essa confissão foi bem bacana, pois explicava por que os policiais não haviam chegado a lugar nenhum a partir das impressões digitais nas garrafas.

Deborah Koppel confessou que sabia muito sobre os cianetos — seus usos, efeitos, sintomas, doses e acessibilidade, pois havia lido muito a respeito após a morte de seu irmão, seis anos atrás. Em todas as sessões, essas foram as únicas duas vezes em que Wolfe ficou realmente desagradável, ao perguntar sobre a morte de Lawrence Koppel — primeiro com Deborah, a irmã, e depois com Madeline Fraser, a viúva. Os detalhes, naturalmente, já tinham sido um prato cheio para os jornais na semana passada, devido à coincidência do cianeto, e um tablóide chegara ao ponto de publicar um artigo de um especialista discutindo se realmente se tratara de suicídio, embora isso nunca tivesse despertado dúvidas, nem na época do ocorrido, nem depois.

Mas não era esse aspecto que fazia Wolfe tornar-se desagradável. A morte de Lawrence Koppel ocorrera em sua residência, numa pequena cidade de Michigan chamada Fleetville, e o que Wolfe queria saber era se havia qualquer pessoa em Fleetville ou nas proximidades que se chamasse Orchard, ou tivesse parentes chamados Orchard, ou tivesse mudado seu nome para Orchard. Não sei como foi entrar na cabeça dele que essa era uma idéia quente, mas ele a espremeu ao máximo, e a todo momento voltava a dar mais uma espremidinha. Passou tanto tempo nisso com Madeline Fraser que às quatro horas, hora de seu encontro vespertino com as orquídeas, ainda não tinha lhe perguntado absolutamente nada sobre corridas de cavalos.

As entrevistas com esses cinco não foram a única coisa que aconteceu naquele dia. Wolfe e eu tivemos várias conversas — sobre as numerosas maneiras de uma pessoa decidida e inteligente botar as mãos numa dose de cianeto, sobre o fácil acesso às garrafas na geladeira do estúdio, sobre a conveniência de tentar fazer o inspetor Cramer ou o sargento Purley Stebbins vomitarem alguns dados sobre impressões digitais e coisas do gênero. Isso tudo nos levou exatamente aonde as entrevistas já tinham nos levado. Daí houve mais alguns telefonemas de Cramer, Lon Cohen e vários outros; e ainda o pequeno detalhe de acertar uma visita com o professor Savarese.

Também havia a questão de trazer Nancylee Shepherd para ser passada pela nossa máquina de moer; mas nesse ponto estávamos parados. Já sabíamos de tudo sobre ela: tinha dezesseis anos, morava com os pais na avenida Wixley, 829, no Bronx, tinha cabelos claros e olhos cinzentos, e seu pai trabalhava num depósito. Não tinham telefone, de modo que às quatro horas da quarta-feira, quando a senhorita Fraser foi embora e Wolfe subiu para suas orquídeas, tirei o carro da garagem e fui até o Bronx.

O número 829 da avenida Wixley era uma espécie de prédio de apartamentos em que as pessoas moram não porque querem, mas porque precisam. O prédio deveria sentir uma certa vergonha, e provavelmente sentia mesmo. Não ouvi nenhum ruído quando apertei a campainha na portaria com o nome Shepherd; assim, fui até o porão e desencavei o zelador. Ele combinava bem com o edifício. Falou que eu estava muito atrasado se esperava conseguir resultados — foi isso que ele disse — ao apertar a campainha dos Shepherd. Eles já tinham ido embora há três dias. Não, não a família inteira, só a senhora Shepherd e a garota. Ele não sabia onde elas tinham ido, nem ninguém por ali sabia. Alguns achavam que elas tinham fugido, outros que a polícia as prendera. Ele pessoalmente achava que elas poderiam ter morrido. Não, o senhor Shepherd não. Todos os dias ele saía para o trabalho às seis e meia da manhã e chegava às cinco da tarde.

Olhando para o relógio e vendo que eram dez para as cinco, ofereci àquele animal um dólar para ficar por ali na entrada e me fazer um sinal quando Shepherd aparecesse. A expressão nos seus olhos me disse que eu acabava de desperdiçar um mango do dinheiro dos clientes.

Não foi uma longa espera. Quando Shepherd apareceu, vi que não teria sido necessário contratar o zelador para avisar, pois a distância desde as sobrancelhas até o início do cabelo era a mesma do que até a ponta do queixo, de modo que bastaria uma descrição sucinta. Quem quer que desenhou aquele rosto havia perdido todo o senso de proporção. Enquanto ele entrava no vestíbulo, passei na sua frente e perguntei, sem o menor toque de condescendência:

"Senhor Shepherd?"

"Dá o fora", ele rosnou.

"Meu nome é Goodwin, e estou trabalhando para a senhorita Madeline Fraser. Pelo que compreendo, sua esposa e sua filha..."

"Dá o fora!"

"Mas eu só quero..."

"Dá o fora!"

Ele não pôs a mão em mim nem me empurrou com o ombro, e ainda não compreendo como ele conseguiu passar por mim e ir até o vestíbulo sem ter um atrito comigo, mas foi o que ele fez, e enfiou a chave na fechadura. Naturalmente, havia dez possibilidades de ação para mim, desde agarrá-lo pelo casaco até dar-lhe um murro no queixo, mas, embora isso pudesse dar-me algum alívio emocional, não me ajudaria a conseguir o que eu queria. Era claro que enquanto ele tivesse consciência, não iria me contar onde estava Nancylee, e se estivesse inconsciente não poderia falar. Deixei passar.

Voltei para a rua 35, estacionei o carro, entrei no escritório e liguei para Madeline Fraser. Atendeu Deborah Koppel, e eu lhe perguntei:

"Vocês sabiam que Nancylee foi embora de casa? Com a mãe?"

Sim, eles sabiam.

"A senhora não tocou nesse assunto quando esteve aqui hoje de manhã. Nem a senhorita Fraser hoje à tarde."

"Ora, não havia motivo para falar nisso. Ninguém nos perguntou."

"Vocês foram interrogadas a respeito de Nancylee, vocês duas."

"Mas ninguém nos perguntou se ela tinha saído de casa nem onde ela estava."

"Nesse caso, posso perguntar agora? Onde está ela?"

"Não sei."

"Será que a senhorita Fraser sabe?"

"Não. Nenhum de nós sabe."

"Como a senhora sabia que ela foi embora?"

"Ela ligou para a senhorita Fraser e lhe disse que estava indo embora."

"Quando foi isso?"

"Foi... foi no domingo."

"Ela não disse aonde estava indo?"

"Não."

Isso foi tudo que eu consegui. Quando desisti de continuar tentando e desliguei, fiquei sentado refletindo. Havia uma chance de que Purley Stebbins, da Delegacia de Homicídios, estivesse a fim de me atirar um osso, já que Cramer vinha gastando suas moedas para nos telefonar, mas se eu lhe pedisse alguma coisa ele iria propor um negócio, e eu não tinha nada para oferecer. Assim, quando voltei ao telefone, não disquei seu número mas sim o da *Gazette.*

Lon Cohen logo levou a coisa pelo lado pessoal, e quis saber onde eu arranjei a idéia de que um comunicado de imprensa me serviria de crédito.

Eu o tratei com desprezo: "Algum dia, meu amigo, você vai conseguir um furo. Digamos que daqui a uns seis meses, do jeito que estamos indo. Um jornal tem que prestar serviço ao público, e eu quero um serviço. Você sabia que Nancylee Shepherd e a mãe dela sumiram?".

"Claro. O pai ficou chateado porque ela já esteve envolvida num caso de assassinato. Ele quase matou dois fotógrafos. Aquele pai tem uma personalidade que vou te contar."

"Eu sei. Já conheci o paizão. O que ele fez com a mulher e a filha, enterrou as duas?"

"Despachou-as para fora da cidade. Com a permissão de Cramer — foi o que ficamos sabendo aqui. E naturalmente Cramer sabe onde elas foram, mas não vai contar. É claro que nós consideramos isso uma afronta. Será que o público americano, o grande público, vai ser assim ludibriado, mantido na ignorância? Não. Você deve estar com a intuição boa, pois nós aqui acabamos de saber disso, há menos de uma hora. Nancylee e a mãe estão no Hotel Ambassador em Atlantic City, numa suíte com sala, quarto e banheiro."

"Não diga. E quem está pagando?"

Ele não sabia. Concordou que era intolerável que o público americano, do qual eu fazia parte, ficasse desinformado a respeito de um fato tão vital, e antes de desligar disse que sem dúvida faria alguma coisa a respeito.

Quando Wolfe entrou no escritório, eu lhe contei os últimos fatos. Naquele ponto ainda tínhamos mais três da turma para interrogar, mas, como precisávamos de qualquer tipo de ajuda, Wolfe mandou-me ligar para Saul Panzer. Saul não estava, mas uma hora depois retornou o telefonema.

Saul Panzer é agente *free lance.* Não tem escritório, nem precisa. Ele é tão bom que cobra o dobro do preço do mercado, e a qualquer dia da semana tem tantas ofertas que pode escolher as que quiser. Eu nunca soube que ele tivesse recusado um pedido de Wolfe a não ser que estivesse tão ocupado que realmente não conseguisse se desvencilhar.

Ele aceitou. Tomaria um trem para Atlantic City aquela noite, dormiria lá, e de manhã convenceria a senhora Shepherd a deixar Nancylee vir a Nova York para uma conversa com Wolfe. Ele mesmo a traria, juntamente com a mãe, se necessário.

Quando Wolfe estava terminando de falar com Saul, Fritz entrou com uma bandeja. Olhei para ele surpreso, pois Wolfe raramente toma cerveja antes do jantar, mas quando colocou a bandeja na mesa vi que não era cerveja. Era uma garrafa de Hi-Spot com três copos. Em vez de virar-se e sair, Fritz ficou por ali, e opinou:

"Talvez esteja fria demais."

Lançando à garrafa um olhar de repulsa e superioridade, Wolfe tirou o abridor da gaveta, abriu a tampa e colocou nos copos.

"Parece-me", observei, "um sacrifício inútil. Por que sofrer? Se Orchard nunca bebeu Hi-Spot antes, ele não saberia se o gosto era aquele ou não; e, mesmo se não gostasse, o programa estava no ar, e só por educação ele teria engolido a dose." Peguei o copo que Fritz me oferecia, com uns três dedos de Hi-Spot. "De qualquer forma, ele bebeu o suficiente para matá-lo, então o que importa a nossa opinião?"

"Talvez ele tenha bebido antes." Wolfe levou o copo ao nariz, cheirou e fez uma careta. "De qualquer forma, o assassino tinha que assumir que ele já poderia ter bebido. Será que a diferença no gosto seria um risco muito grande?"

"Percebo." Tomei um golinho. "Não é tão ruim assim." Dei mais um gole. "A única maneira de realmente sabermos é tomar isso aí e depois tomar um pouco de cianeto. Você tem algum aí?"

"Não brinque, Archie." Wolfe recolocou o copo na mesa depois de dois pequenos goles. "Deus do céu! Fritz, que raios você acha que há nisso aqui?"

Fritz tentou adivinhar: "Ipecacuanha? Raiz-forte? E o senhor não gostaria de tomar um xerez?".

"Não. Água. Deixe que eu pego." Wolfe levantou-se, foi até o vestíbulo e virou em direção à cozinha. Ele é a favor de um pouco de exercício saudável antes do jantar.

Naquela noite, quarta-feira, nossas vítimas foram primeiro Elinor Vance e depois Nathan Traub. Já eram mais de três horas da manhã quando Wolfe finalmente deixou

Traub ir embora, e com isso já tinham se passado duas noites seguidas.

Quinta-feira de manhã, às onze horas, começamos com Tully Strong. No meio do interrogatório, bem ao meio-dia, veio um telefonema de Saul Panzer. Wolfe atendeu, fazendo-me sinal para acompanhar a conversa. Percebi já pelo tom de voz de Saul, logo ao pronunciar meu nome, que ele não tinha conseguido nada.

"Estou na estação ferroviária de Atlantic City", disse ele, "e posso pegar um trem para Nova York daqui a vinte minutos — ou então me jogar no mar, o que você achar melhor. Não consegui encontrar a senhora Shepherd apenas perguntando por ela, de modo que experimentei um truque, mas não funcionou. No fim ela e a filha desceram até o saguão do hotel, mas achei que seria melhor esperar que elas saíssem na rua, e de fato saíram. Daí tentei uma abordagem que já funcionou umas mil vezes, mas com ela não deu certo. A mulher chamou um guarda e queria por toda força que ele me prendesse por incomodá-la. Mais tarde fiz outra tentativa pelo telefone, mas não consegui mais que quatro palavras. Agora não adianta mais. Essa é a terceira vez que eu falho com você em dez anos, Wolfe, e já acho demais. Não quero que você me pague nada, nem as despesas de viagem."

"Bobagem." Wolfe nunca fica irritado com Saul. "Você pode me dar os detalhes mais tarde, se acha algum detalhe importante. Dá para você vir a Nova York e estar no meu escritório às seis horas?"

"Claro."

"Muito bem. Faça isso."

Wolfe continuou com Traub. Como já disse, o clímax daquelas duas horas de trabalho duro foi quando Traub confessou que costumava apostar em corridas de cavalos.

Assim que ele saiu, Wolfe e eu fomos até a sala para almoçar a refeição já descrita — salsichas, salada e bolinhos de milho com mel. O que aumentava sua infelicidade era o fato de estar esperando Savarese para as duas horas, e Wolfe gosta que a refeição dure todo o tempo que lhe dita a sua inclinação e a própria comida, e não algum fenômeno externo como o som de uma campainha.

Mas a campainha soou às duas em ponto.

8

Vocês já ouviram falar na exceção que confirma a regra. O professor F. O. Savarese era a própria.

A regra comumente aceita é que um italiano é moreno e, se não for baixinho, pelo menos não é alto; que um professor é seco, pedante e tem problemas nos olhos; e que um matemático vive na estratosfera e está aqui apenas visitando os parentes. Bem, Savarese era um professor de matemática ítalo-americano, mas era loiro, exuberante, grandão — cinco centímetros mais alto que eu — e entrou na sala como uma lufada de vento numa manhã de março.

Passou os primeiros vinte minutos nos dizendo como seria fascinante e prático criar um conjunto de fórmulas matemáticas para serem usadas no trabalho dos detetives. Seu ramo favorito da matemática, disse ele, era a mensuração numérica objetiva das probabilidades. Pois muito bem: e o trabalho de um detetive, de qualquer tipo, o que é, senão a mensuração objetiva das probabilidades? Ele apenas propunha acrescentar a palavra *numérica*, não como substituta, mas como aliada e reforço.

"Vou lhes mostrar o que tenho em mente. Podem me arranjar lápis e papel?"

Antes que eu conseguisse descruzar as pernas, ele já tinha pulado em cima de mim, arrancando das minhas mãos o lápis e o bloco de papel que eu lhe oferecia e voltado de um pulo para a cadeira vermelha de couro. Depois de fazer o lápis dançar e saracotear no bloco por uns trinta segundos, arrancou a folha e deu-a a Wolfe. Passou então a trabalhar na próxima folha e daí a um momento arrancou-a também e pulou em cima de mim com ela na mão.

"Cada um de vocês deve ter uma cópia, para poder me acompanhar."

Eu não iria fingir que consigo reproduzir aquilo de memória, mas ainda guardo aquelas duas folhas de papel na pasta marcada com ORCHARD. O que elas contêm é isto:

$$u = \frac{1}{V_{2^x} \cdot D} \left\{ 1 - {}^{1}/_{2}k \left(\frac{X}{D} - {}^{1}/_{3} \frac{X^3}{D^3} \right) \right\} e^{-1/3X^3/D^3}$$

"Essa fórmula", disse Savarese, sorrindo com o rosto inteiro, cheio de interesse, ansiedade, simpatia e desejo de ajudar, "é a segunda aproximação da lei normal do erro, por vezes chamada lei generalizada do erro. Vamos aplicá-la ao tipo mais simples de problema de detetive — digamos, saber qual dos três empregados de uma casa roubou um anel de diamantes de uma gaveta trancada. Devo explicar que *X* é o desvio da média, *D* é o desvio padrão, *k* é o..."

"Por favor!" Wolfe quase precisou gritar. "O que o senhor está tentando fazer — mudar de assunto?"

"Não." Savarese pareceu surpreso e um pouco magoado. "Será que estou? Qual era o assunto?"

"A morte do senhor Cyril Orchard e sua conexão com ela."

"Ah. É claro." Deu um sorriso de desculpas e abriu as duas mãos, pedindo: "Quem sabe mais tarde? É uma das minhas idéias prediletas, essa aplicação das leis matemáticas de probabilidade e erro aos problemas de detetive, e poder discuti-la com o senhor é uma oportunidade de ouro".

"Outro dia. Enquanto isso", Wolfe tamborilava sobre a lei generalizada do erro, "vou ficar com isso aqui. Qual das pessoas naquele programa de rádio colocou o copo e a garrafa na frente do senhor Orchard?"

"Não sei. Vou achar muito interessante comparar a maneira como o senhor me trata com o tratamento da polícia. O que o senhor está querendo fazer, naturalmente, é tentar caminhar da probabilidade para a certeza, chegando o mais perto possível. Digamos que o senhor comece, da maneira como o senhor está vendo as coisas, com uma chance em cinco de que eu tenha envenenado Orchard. Assumindo que o senhor não tenha nenhum preconceito subjetivo, sua meta é sair o mais rápido possível dessa situação. Qualquer coisa que eu disser ou fizer irá levá-lo para uma direção ou para outra. Numa delas, a possibilidade de uma em cinco se tornará uma em quatro, uma em três e assim por diante até se tornar uma em uma e mais uma pequenina fração, bem próxima da certeza afirmativa; assim, o senhor dirá que sabe que fui eu quem matou Orchard. Se as coisas caminharem na outra direção, essa uma chance em cinco se tornará uma em dez, uma em cem, uma em mil; e, quando chegar a uma em dez bilhões, o senhor estará bem próximo da certeza negativa e dirá que sabe que não fui eu quem matou Orchard. Há uma fórmula..."

"Sem dúvida." Wolfe estava se controlando muito bem. "Se o senhor quer me comparar com a polícia, precisa me deixar dizer uma palavra de vez em quando. O senhor já tinha visto o senhor Orchard antes do dia do programa?"

"Ah, sim, seis vezes. A primeira vez foi treze meses atrás, em fevereiro de 1947. O senhor verá que eu serei de uma exatidão notável, pois a polícia já me fez repassar tudo isso de trás para frente e de frente para trás. É melhor eu já lhe dizer tudo que possa fazê-lo caminhar rumo à certeza afirmativa, já que subjetivamente o senhor pode preferir essa direção. Devo fazer isso?"

"Claro, fique à vontade."

"Achei mesmo que isso iria atraí-lo. Como matemático, sempre me interessei pela aplicação do cálculo das probabilidades às várias formas de jogo. A gênese das distribuições normais..."

"Agora não", cortou Wolfe.

"Ah — claro que não. Há motivos que tornam excepcionalmente difícil calcular as probabilidades no caso das corridas de cavalo; e no entanto as pessoas apostam nelas centenas de milhões de dólares. Há um ano e pouco atrás, quando estudava as possibilidades de algumas fórmulas, resolvi examinar alguns jornaizinhos de hipismo, e assinei três. Um deles foi o *Almanaque das Pistas,* publicado por Cyril Orchard. Quando a polícia me perguntou por que escolhi esse, só pude responder que não sabia. Esqueci o porquê. Isso é suspeito, tanto para eles como para o senhor; para mim, é simplesmente um fato de que não me lembro. Certo dia, em fevereiro do ano passado, um azarão indicado por Orchard ganhou a corrida, e assim decidi visitá-lo. Era homem de alguma inteligência e, se tivesse interesse pelos problemas matemáticos implícitos no caso, poderia me ser muito útil; porém não tinha. Apesar disso eu o via ocasionalmente, e certa vez ele passou um fim de semana comigo na casa de um amigo em Nova Jersey. Contando tudo, antes daquele programa de rádio estive com ele seis vezes. É suspeito, não é mesmo?"

"Moderadamente", concedeu Wolfe.

Savarese concordou: "Gosto de ver que o senhor mantém a objetividade tanto quanto possível. Mas o que dizer disto? Quando fiquei sabendo que um programa de rádio popular, transmitido em rede nacional, pedira a opinião do público sobre a conveniência de convidar um coruja, especialista em corridas, escrevi uma carta insistindo que eles convidassem Orchard como coruja e pedindo o privilégio de ser eu mesmo o segundo convidado do programa". Savarese deu um grande sorriso, que se espalhou por toda a sua pessoa. "E agora, como está seu uma-em-cinco?"

Wolfe grunhiu. "Eu não adotei essa posição. Foi o senhor que a assumiu por mim. Imagino que a polícia tem essa carta que o senhor escreveu?"

"Não, não tem. Ninguém tem. Parece que a equipe da senhorita Fraser não guarda correspondência por mais de duas ou três semanas, e presumo que minha carta foi destruída. Se eu soubesse disso há mais tempo, poderia ser menos franco quando descrevi o conteúdo da carta para a polícia; mas, por outro lado, talvez não. É óbvio que minha maneira de lidar com esse problema afetou meus cálculos da probabilidade de ser preso por assassinato. Mas para tomar uma decisão livremente eu teria de saber, primeiro, que a carta foi destruída e, segundo, que todos os membros da equipe da senhorita Fraser tinham só uma vaga lembrança do seu conteúdo. Eu só soube desses dois fatos tarde demais."

Wolfe agitou-se na cadeira. "O que mais há no caminho para a certeza afirmativa?"

"Vejamos." Savarese ponderou. "Creio que é só isso, a menos que entremos na observação das distribuições, o que se deve deixar para uma fórmula secundária. Por exemplo, meu caráter. Um estudo desse feito *a posteriori* nos mostraria que é provável que eu cometesse um crime para conseguir uma fórmula ao mesmo tempo sólida e revolucionária. Outro detalhe seriam as minhas finanças pessoais. Meu salário como professor assistente mal dá para viver de maneira suportável, mas eu paguei dez dólares por semana para assinar aquele *Almanaque das Pistas.*"

"O senhor costuma apostar em cavalos?"

"Não. Nunca apostei. Eu sei demais — ou melhor, sei pouco demais. Mais de 99% das apostas nas corridas de cavalo resultam de um impulso da emoção, e não de um exercício da razão. Eu limito minhas emoções às atividades para as quais elas se qualificam." Savarese fez um gesto largo. "Isso nos envia na outra direção, rumo à certeza negativa, com sua conclusão de que eu não matei Orchard, e podemos muito bem continuar nessa linha. Pontos principais:

"Eu não teria conseguido dar o veneno a Orchard. Eu estava sentado do outro lado da mesa, na diagonal dele, e não ajudei a passar as garrafas. Não se pode demonstrar que eu já tenha comprado, roubado, emprestado ou tido em meu poder qualquer quantidade de cianureto. Não se pode afirmar que eu teria, tive ou terei qualquer proveito, de qualquer forma que seja, com a morte de Orchard. Quando cheguei ao estúdio, faltando vinte minutos para as onze, todos os outros já estavam lá; com certeza eu seria notado se tivesse ido até a geladeira e aberto a porta. Não há nenhuma prova de que minha associação com Orchard não foi tal como descrevi, sem nenhum elemento de animosidade ou alguma atitude subjetiva."

Savarese abriu um largo sorriso. "Aonde chegamos? Uma-em-mil?"

"Não estou com você", disse Wolfe sem nenhum elemento de animosidade. "Não estou nesse caminho de maneira nenhuma, e em nenhum outro caminho. Estou andando a esmo, cutucando aqui e ali. O senhor já esteve em Michigan?"

Até chegar a hora das orquídeas, Wolfe ficou atirando perguntas a Savarese, e este lhe dando respostas concisas e objetivas. Era evidente que o professor queria realmente comparar a técnica de Wolfe com a da polícia, pois quando dava total atenção a cada pergunta mais parecia um juiz refletindo do que o suspeito de um crime, fosse culpado ou inocente, passando por uma provação. A tal atitude objetiva.

Ele a manteve até as quatro horas, quando a sessão terminou. Acompanhei a atitude objetiva até a porta, e Wolfe foi tomar seu elevador.

Pouco depois das cinco chegou Saul Panzer. Magrinho, mal alcançando a altura da minha orelha, Saul nem conseguia preencher toda a cadeira vermelha de couro; mas ele gosta de sentar-se nela e assim fez. Ele também é muito objetivo; raramente o vi muito empolgado nem tampouco aborrecido coisa alguma. Só que naquele dia ele estava realmente contrariado.

"Foi um erro de avaliação da minha parte", disse ele sombrio, franzindo o cenho. "Errei feio mesmo. Tenho até vergonha de encarar o senhor Wolfe. Eu tinha uma boa história já pronta, com todas as chances de funcionar; tudo o que eu precisava eram dez minutos com a mãe para armar a coisa. Mas eu a julguei mal. Eu já havia conversado sobre ela com dois empregados do hotel, e também já tinha falado com ela no telefone; tive ainda uma boa chance de avaliá-la no saguão do hotel e na rua. Com tudo isso, eu a julguei totalmente errado. Não posso dizer nada sobre a inteligência ou o caráter dessa mulher, porque não cheguei até aí; mas ela com certeza sabe como manter os cães à distância. Quase acabei passando o dia no xadrez."

Saul contou-me tudo, e tive de reconhecer que era uma história triste. Nenhum agente gosta de voltar de mãos vazias de um serviço tão simples como esse, muito menos Saul Panzer. Para distraí-lo um pouco do assunto, preparei-lhe um drinque e peguei um baralho de cartas para um joguinho amistoso. Quando o relógio deu seis horas e Wolfe desceu do orquidário, terminando assim nosso jogo, eu havia ganho pouco mais de três dólares.

Saul fez seu relatório. Wolfe ficou sentado atrás da sua mesa ouvindo, sem interromper nem comentar. No fim disse a Saul que ele não tinha por que se desculpar; pediu-lhe que telefonasse depois do jantar para saber as próximas instruções, e mandou-o para casa. Sozinho comigo, Wolfe reclinou-se para trás na poltrona e fechou os olhos. Parecia nem sequer respirar. Sentei-me à minha máquina de escrever e fiz um resumo do relatório de Saul. Ia guardá-lo no arquivo quando ouvi a voz de Wolfe:

"Archie."

"Sim, senhor."

"Estou a zero. Parece que estamos carregando pedras à toa."

"Sim, senhor."

"Tenho que falar com aquela garota. Ligue para a senhorita Fraser."

Liguei, mas poderia ter economizado a ligação. Ouvindo a conversa no meu telefone, fui engolindo tudo junto com Wolfe. A senhorita Fraser lamentava que nós não tivéssemos feito nenhum progresso. Faria de tudo para ajudar, mas temia — na verdade tinha certeza — que seria inútil ligar para a senhora Shepherd em Atlantic City e pedir-lhe que trouxesse a filha a Nova York para encontrarse com Wolfe. Sem dúvida nenhuma a senhora Shepherd se recusaria no ato. A senhorita Fraser reconheceu que tinha alguma influência sobre a garota, Nancylee, mas garantiu que não tinha influência nenhuma sobre a mãe. Quanto a telefonar para Nancylee e convencê-la a fugir e vir sozinha, ela não queria nem ouvir falar. E nem poderia, já que ela mesma dera o dinheiro para mãe e filha irem embora.

"A senhora deu o dinheiro?" Wolfe permitiu-se demonstrar surpresa na voz. "A senhorita Koppel disse ao senhor Goodwin que nenhum de vocês sabia para onde elas foram."

"Não sabíamos mesmo, até que lemos no jornal de hoje. O pai de Nancylee ficou irritado, para usar uma palavra branda, com todos aqueles fotógrafos, repórteres e tudo o mais, e pôs a culpa toda em mim. Assim, eu me ofereci para pagar uma viagem para elas, mas não sabia aonde elas tinham decidido ir."

Desligamos e discutimos o panorama. Arrisquei a sugerir duas ou três outras linhas de ação possíveis, mas Wolfe fixara a mente e o coração em Nancylee, e reconheço que eu não podia censurá-lo por não querer começar mais um *round* de entrevistas com aqueles mesmos indivíduos. Por fim ele disse, num tom de quem não estava mais debatendo uma idéia, mas sim me dando uma ordem:

"Tenho que falar com essa garota. Vá buscá-la."

Eu sabia que esse momento acabaria chegando. "Consciente?", perguntei, como que *en passant*.

"Disse que queria falar *com* ela, não *para* ela. Ela deve ter capacidade de conversar. Mas você pode reanimá-la depois que chegar aqui. Eu já deveria ter mandado você, sabendo do seu jeito com as mocinhas jovens."

"Muito obrigado. Ela não é uma mocinha jovem; é menor de idade. Usa meia curta."

"Archie."

"Sim, senhor."

"Vá buscá-la."

9

Ocorreu-me uma idéia durante o jantar, enquanto fingia ouvir Wolfe contar que em Montenegro os professores de matemática tinham bigodes de trinta centímetros; só que essa idéia, para dar frutos, exigia que eu conseguisse umas informações com o zelador do edifício da avenida Wixley, 829. Porém, quando fui até lá, logo depois do jantar, o zelador tinha ido ao cinema e tive de esperá-lo por mais de uma hora. Consegui as informações que considerei suficientes, molhei a mão dele generosamente com mais uns dólares da verba da Hi-Spot e voltei para casa. Guardei o carro na garagem e entrei em casa. Wolfe, naturalmente, estava no escritório, com a porta aberta, mas nem parei para lhe dar um aceno quando passei.

Chegando ao meu quarto escovei os dentes com cuidado extra, já que não sabia quanto tempo teria de esperar pela próxima escovada; fiz então as malas para a viagem, o que consistiu em colocar um pente e uma escova no bolso interno do sobretudo. Eu não queria uma mala grande para tomar conta. Também dei um telefonema. Liguei do meu quarto e não do escritório porque Wolfe me dera aquela tarefa sem a menor sugestão quanto aos meios e modos de consegui-la; e, se era assim que ele queria as coisas, tudo bem. Nesse caso, não havia motivo para ele me ouvir dando instruções cuidadosas e explícitas a Saul Panzer. Ao descer outra vez, parei na porta do escritório para lhe dar boa-noite; mas foi só isso o que lhe dei.

Terça-feira eu dormira pouco mais de três horas, e quarta-feira a mesma coisa. Naquela noite, quinta-feira, dormi menos de três horas, e mesmo assim com interrupções. Às seis e meia da manhã de sexta-feira, quando desembarquei na estação ferroviária de Atlantic City e saí para pegar um táxi, tudo ainda estava meio escuro, nevoento, frio e, de modo geral, nada atraente. Dei um belo bocejo, espreguicei-me de alto a baixo e disse a um chofer de táxi que seria seu freguês, mas que por favor esperasse um minuto. Fui até o táxi parado logo atrás e falei ao motorista:

"A esta hora da manhã um táxi só não me basta; sempre preciso de dois. Vou tomar aquele ali da frente, você o segue e, quando pararmos, vamos conversar."

"Aonde o senhor vai?"

"Não é longe." Passei-lhe uma nota de um dólar. "Garanto que você não vai se perder."

Ele concordou sem muito entusiasmo e deu a partida. Entrei no táxi da frente e mandei o chofer ir até as proximidades do Hotel Ambassador. Não foi uma grande corrida; alguns minutos depois ele já ia parando junto à calçada, que àquela hora do dia tinha bastante lugar para estacionar. Quando o outro chofer parou bem atrás de nós, dei-lhe um sinal para vir conversar conosco.

"Eu tenho inimigos", falei para os dois.

Eles trocaram um olhar e um dos dois disse: "Vire-se sozinho, mano, nós somos apenas motoristas. No meu taxímetro são sessenta centavos".

"Não estou falando desse tipo de inimigos. É minha esposa e minha filha. Elas estão acabando com a minha vida. Quantas saídas há no Hotel Ambassador? Sem contar as escadas de incêndio nem corredores de ventilação; só saídas normais?"

"Duas", disse um deles.

"Três", disse o outro.

"Decidam-se."

Eles concordaram que eram três, e me deram as indicações.

"Então será um homem em cada saída", concluí. "Olhem aqui." Tirei da carteira duas notas de cinco e mais uma nota de um para o que tinha me levado, para igualar os dois. "O pagamento final vai depender de quanto tempo vocês demorarem, mas garanto que ninguém vai precisar me processar. Agora escutem."

Eles escutaram.

Dez minutos depois, um pouco antes das sete, posteime perto de uma arvorezinha desnuda, de olho na portaria do Ambassador que dava para a praia. Uma névoa suja e cinzenta, levada por gélidas rajadas de vento, fazia o lugar parecer mais um triste exílio do que um recanto de férias. Também percebi que cometera um sério erro ao adiar o café da manhã até ter tempo de comer direito. Meu estômago entrou em greve: já que eu não precisava mais dele, resolveu encolher-se até virar uma bolinha, e assim me dar uma lição. Tentei enganá-lo engolindo saliva, mas, como não tinha escovado os dentes, o gosto não era nada parecido com o costumeiro. Tentei então cuspir, mas isso só fez o estômago encolher ainda mais. Depois de menos de meia hora, quando meu relógio marcava sete e quinze e eu já lamentava não ter planejado as coisas melhor, um dos meus táxis veio virando a esquina a cem por hora. Parou e o chofer me chamou, abrindo a porta:

"Elas acabam de sair, meu chapa."

"Para a estação?"

"Acho que sim. Por ali." Fez o retorno e pisou no acelerador. "Saíram e pegaram um táxi. Tony está seguindo o carro delas."

Não precisei incentivá-lo porque ele já estava indo a toda velocidade. Meu relógio marcava sete e dezenove — ou seja, onze minutos antes da partida do trem das sete e trinta para Nova York. Apenas quatro desses minutos já haviam se esgotado quando fizemos uma curva artística e paramos com um solavanco em frente da estação ferroviária. Pulei fora. Logo na nossa frente uma mulher pagava o táxi, com uma garota esperando ao lado.

"Abaixe, seu bobo", meu chofer grunhiu para mim. "Elas não são cegas, são?"

"Tudo bem, elas sabem que eu estou atrás delas. É uma guerra de nervos."

Meu outro chofer, Tony, surgiu de repente. Dei adeus a outro par de notas de cinco e entrei na estação. Havia apenas um guichê funcionando, e ali estavam mãe e filha, comprando a passagem. Fui indo devagar até a plataforma, ainda com três minutos de sobra, e já ia olhar para trás para ver por que elas não vinham quando as duas passaram por mim correndo, de mãos dadas, a filha na frente, puxando a mãe. Lá do final eu as vi subir no trem, mas continuei na plataforma. Só subi quando o apito soou e as rodas começaram a girar.

O vagão-restaurante não estava cheio. Tomei um suco de laranja duplo, bolinhos fritos com presunto, torradas com salsicha, café, geléia de uva, e mais café. Meu estômago e eu fizemos as pazes e concordamos em esquecer tudo que aconteceu.

Resolvi dar uma olhada na família, e aqui surgiu algo de que não me orgulho. Eu estava com tamanha fome que não me ocorrera pensar no estômago dos outros. Porém três vagões mais adiante, quando vi as duas e notei a expressão no rosto delas, me veio a idéia. Naturalmente elas estavam tensas por outros motivos, um em particular; mas parte daquela expressão pálida, tensa, angustiada sem dúvida vinha da fome. Elas não tinham tido tempo de comer nada e, com o tipo de vida que levavam, talvez nem lhes ocorresse que era possível comer no trem.

Voltei para o final do vagão, virei-me para os passageiros e gritei:

"O café da manhã está servido no restaurante, três vagões mais adiante! Preços módicos!"

Fui então passando pelo corredor, repetindo o aviso de tanto em tanto, uma vez bem perto delas. Funcionou. As duas trocaram algumas palavras, levantaram-se e foram em frente, cambaleando. Não só isso, mas consegui também outros fregueses: uma mulher, um homem e um casal.

Quando a família voltou, estávamos a menos de uma hora de Nova York. Dei uma boa olhada nelas quando voltaram pelo corredor. A mãe era baixinha, gordinha e grisalha. Seu nariz ainda parecia fino e pontudo, mas menos do que quando ela estava morrendo de fome. Nancylee parecia mais bonita, e muito mais inteligente do que eu esperava a partir dos seus retratos no jornal e da descrição de Saul. Tinha um denso cabelo castanho-claro chegando abaixo dos ombros, e olhos que estavam sempre em ação, de um azul tão escuro que era preciso chegar bem perto para ver a cor. Não demonstrava nenhum sinal do nariz pontiagudo da mamãe, nem das sobrancelhas espessas do papai. Se eu estivesse no ginásio, lhe pagaria com prazer uma coca-cola ou até mesmo um sundae de morango.

O perigo começaria, como eu bem sabia, no minuto em que elas saíssem do trem na estação Pensilvânia e subissem a escada. Eu já decidira o que fazer se elas se dirigissem para um táxi, um ônibus ou metrô, ou se a mãe entrasse numa cabine telefônica. Assim, fiquei bem nos seus calcanhares quando chegou o momento da ação, mas a única ação necessária foi um agradável passeio. Elas pegaram a escada rolante até o nível da rua, saíram da estação pelo portão norte e viraram à esquerda. Eu seguia atrás. Na Nona Avenida viraram em direção ao Centro, e na rua 35 à esquerda de novo. Isso indicava que estavam se dirigindo direto para a casa de Wolfe, sem parar no caminho, e é claro que não fiquei nada triste; mas o que realmente alegrou meu coração foi o *timing* perfeito. Eram exatamente onze horas, e Wolfe iria descer da estufa e acomodar-se na sua poltrona bem a tempo de recebê-las.

E assim foi. Passando a Décima Avenida elas começaram a olhar os números, e eu comecei a segui-las mais de perto. Na porta da nossa casa elas pararam, deram mais uma olhada e subiram os degraus. No momento em que apertaram a campainha eu estava ao pé da escada, mas elas não haviam prestado a menor atenção em mim. Eu poderia fazer as coisas de uma maneira mais triunfante, mas o problema é que Fritz não as deixaria entrar antes de perguntar a Wolfe. Assim, subi os degraus de dois em dois, enfiei minha chave, abri a porta com um gesto grandioso e convidei-as:

"Senhora Shepherd? Pode entrar."

Ela foi entrando. Mas Nancylee me disse com petulância:

"O senhor estava no trem. Aqui tem alguma coisa engraçada!"

"O senhor Wolfe a está esperando", disse eu, "se é que você acha isso engraçado. De qualquer forma, se quiser rir, entre e ria aqui dentro; preciso fechar a porta."

Ela entrou, sem tirar os olhos de mim. Perguntei-lhes se queriam deixar suas coisas no vestíbulo, mas, como não queriam, eu as acompanhei até o escritório. Wolfe, na sua poltrona atrás da mesa, pareceu vacilar um momento e então levantou-se. Dei muito valor a isso. Ele nunca se levanta quando entra um homem, e quando entra uma mulher seu costume é explicar, se está a fim de se dar a esse trabalho, que continua sentado porque levantar e sentar de novo é para ele um empreendimento mais sério do que para a maioria das pessoas. Entendi por que ele rompeu sua regra. Era uma saudação a mim, não só por trazer as duas, mas por trazê-las exatamente no primeiro minuto do dia em que ele estaria pronto para recebê-las.

"Senhora Shepherd", disse eu, "esse é o senhor Nero Wolfe. Senhorita Nancylee Shepherd."

Wolfe inclinou-se. "Muito prazer, senhoras."

"Meu marido", disse a mãe numa voz assustada mas decidida. "Onde está meu marido?"

"Teve um impedimento mas vai chegar logo", garantiu Wolfe. "Sente-se, madame."

Dei a ele um largo sorriso, e abanei a cabeça. "Muito obrigado por tentar ajudar, mas não é bem isso." Passei o sorriso para a família. "Preciso explicar não só para vocês duas mas também para o senhor Wolfe. Vocês têm o telegrama? Podem me emprestar um minuto?"

A mãe já ia abrindo a bolsa quando Nancylee a deteve: "Não dê para ele, mãe!" Virou-se para mim: "Trate de nos deixar sair daqui agora mesmo!".

"Não", disse eu, "agora mesmo não, mas daqui a uns cinco minutos sim, se você ainda quiser ir. Do que você está com medo? Pois eu não providenciei para vocês tomarem o café da manhã? Primeiro eu gostaria de explicar tudo ao senhor Wolfe, e depois explico a vocês." Virei-me para Wolfe. "O telegrama que a senhora Shepherd tem na bolsa diz o seguinte: 'Tome o primeiro trem para Nova York e vá ao escritório de Nero Wolfe, rua 35 oeste, número 918. Ele está pagando este telegrama. Traga também Nancylee. Encontro vocês lá. Deixem suas coisas no quarto do hotel. Mexam-se. Al'. Foi Saul quem mandou esse telegrama, de um correio lá no Bronx, às seis e trinta da manhã. Você compreenderá por que tive que voltar lá de novo para falar com o zelador. Aquele 'mexam-se' deu um ar de autenticidade total ao telegrama, junto com outros elementos."

"Quer dizer que não foi papai quem mandou!" Nancylee olhou-me furiosa. "Bem que eu achei que tinha uma coisa engraçada nesse telegrama!" Pegou o braço da mãe. "Venha, vamos indo!"

"Para onde, Nan?"

"Vamos embora daqui!"

"Mas para onde?" Havia quase pânico nos olhos e na voz da mãe. "Para casa?"

"Aí é que está", falei enfático. "Essa é a questão. Para onde? Vocês têm três escolhas. Primeira, podem ir para casa, e quando o chefe da família voltar do trabalho vocês contam a ele que foram enganadas por um telegrama falso. O rosto de vocês duas mostra o quanto essa idéia lhes agrada. Segunda, podem tomar o próximo trem de volta para Atlantic City, mas nesse caso vou telefonar imediatamente, antes de vocês saírem, para o senhor Shepherd, no depósito onde ele trabalha, e dizer que vocês estão aqui com uma história maluca de telegrama. Naturalmente ele vai querer falar com vocês, e assim, mais uma vez, vocês terão que lhe contar que foram enganadas por um telegrama falso."

A mãe parecia precisar de apoio. Coloquei uma cadeira atrás dela e ela sentou-se.

"O senhor é absolutamente horrível", disse Nancylee. "Absolutamente horrível!"

Ignorei-a e continuei falando com a mãe. "Ou então, a terceira opção, vocês podem ficar aqui e o senhor Wolfe vai discutir alguns assuntos com Nancylee e lhe fazer algumas perguntas. Pode demorar duas horas, ou três, ou quatro, de modo que quanto antes ele começar, melhor. Vocês terão um almoço excelente. Assim que o senhor Wolfe terminar, eu as levo até a estação e as coloco no trem para Atlantic City. Pagaremos suas passagens de ida e volta e todas as despesas, como táxi, seu café da manhã e o jantar no trem na volta. O senhor Shepherd, que eu já conheço, nunca saberá de nada sobre isso." Apertei bem os lábios. "São as únicas opções que consigo imaginar, essas três."

Nancylee sentou-se. E sentou-se — outra indicação da sua inteligência — na cadeira vermelha de couro.

"É terrível", disse a mãe, desesperançada. "Isso é a pior coisa... O senhor não parece um homem que faria uma coisa dessas. O senhor tem certeza absoluta que não foi meu marido que mandou esse telegrama? Sinceramente?"

"De jeito nenhum. Ele não sabe de nada, e nunca saberá. Não há nada de terrível nisso tudo. Muito antes da hora de dormir vocês já estarão de volta naquele belíssimo quarto de hotel."

Ela abanou a cabeça como se tudo estivesse perdido.

"Não é tão belo assim", afirmou Nancylee. "O chuveiro espirra água de lado e eles não querem consertar." De repente ela levou a mão à boca, seus olhos saltaram e ela pulou da cadeira.

"Gente do céu!", gritou, estridente. "Cadê o rádio? Hoje é sexta-feira! É dia do programa dela!"

"Nada de rádio", disse eu com firmeza. "O rádio quebrou. Aqui, me dê seu casaco e seu chapéu."

10

Durante todo o espetáculo, exceto quando saímos para almoçar, a senhora Shepherd ficou sentada, de ombros caídos, numa das cadeiras amarelas. Wolfe não gostou que ela ficasse lá e em vários momentos lhe deu sugestões, como subir ao quarto de hóspedes para tirar uma soneca, ou ir ao último andar ver as orquídeas, mas ela não queria nem se mexer. Naturalmente, estava protegendo a filha, mas juro que achei que sua maior preocupação era evitar que saíssemos das suas vistas e fabricássemos outro telegrama assinado Al.

Pretendo ser justo e correto com Nancylee. O que está registrado no meu caderno é a pura verdade:

W: Você tem grande admiração pela senhorita Fraser, não é verdade, senhorita Shepherd?

N: Ah, sim! Ela é simplesmente de-mais!

Em outra página:

W: Por que você saiu da escola antes de se formar, se estava indo tão bem?

N: Me ofereceram um emprego de modelo. Coisa pequena, dois dólares por hora. Nem é uma coisa freqüente, e a gente tem que ficar muito tempo em pé, mas a grana foi simplesmente de-mais!

W: Você está pensando em viver disso — ser modelo?

N: Ah, não! Eu sou uma pessoa muito séria. Sou mesmo! Eu vou entrar no rádio. Vou ter um programa que nem o da senhorita Fraser — sabe como é, bem humano, que faça as pessoas rirem, mas que seja legal, que seja uma coisa *boa* mesmo. E o senhor, senhor Wolfe, quantas vezes o senhor já foi ao ar?

E em outra página:

W: Como você passou seu tempo em Atlantic City?

N: Só criando mofo. Aquele lugar é mais morto que o namorado da semana passada. Simplesmente es-tag-na-do.

Essas frases foram ditas exatamente assim, e há muitas outras mais, mas há também outras páginas que equilibram essas. Ela sabia ser objetiva quando queria — por exemplo, quando explicou que teria desconfiado do telegrama e insistido que a mãe fizesse um interurbano para o pai no depósito, se não tivesse lido nos jornais que a senhorita Fraser havia contratado Nero Wolfe para trabalhar no caso. E, quando ele a fez falar sobre a equipe da senhorita Fraser, ela não só mostrou que fizera um belo serviço ao avaliar todos, um por um, mas também nos transmitiu tudo isso sem incluir nada que precisasse mais tarde afirmar sob juramento, ou então desmentir.

Era fácil ver como Wolfe estava desesperado, pela maneira como se limitou, até a hora do almoço, a andar pelas beiradas, só fazendo-a acostumar-se com a voz dele, com seus maneirismos e com suas perguntas de tudo quanto é tipo. Quando Fritz nos chamou para a sala de jantar, percebi que ele não conseguira o menor lampejo de luz em nenhuma direção.

Quando voltamos ao escritório e nos sentamos de novo, com a mãe na mesma cadeira e Nancylee fumando um cigarro como se já estivesse no lance há anos, Wolfe continuou como antes, mas logo notei que ele estava fechando o círculo na cena do crime. Depois de se atualizar sobre o Fã Clube Feminino Fraser do East Bronx, e saber como Nancylee o organizara e o fizera chegar ao primeiro lugar, passou direto para o estúdio e os programas de Fraser. Ficou sabendo que Nancylee estava sempre lá às terças, e às vezes também às sextas. A senhorita Fraser lhe prometera que algum dia poderia falar ao vivo num microfone, pelo menos uma ou duas frases. Em rede nacional! A maior parte do tempo ela ficava sentada no auditório, na primeira fila, mas estava sempre pronta a ajudar em qualquer coisa, e às vezes era chamada mesmo, mas só por causa da senhorita Fraser. Os outros achavam que ela era um estorvo.

"E você é um estorvo mesmo?", perguntou Wolfe.

"Ah, com certeza! Mas a senhorita Fraser não acha, porque ela sabe que eu acho ela super, a coisa mais *quente* do rádio, simplesmente de-mais! E tem também o meu fã-clube, quer dizer, o senhor sabe como são as coisas. Aquela velha história do ego."

Vocês percebem por que faço questão de ser justo e correto com ela.

Wolfe ia concordando, como se falasse de homem para homem. "Em que tipo de coisas você ajudava?"

"Ah!..." Ela fez um gesto vago com a mão. "Assim, se alguém deixa cair no chão uma folha do roteiro, eu apanho. Se uma cadeira range, eu escuto e trago outra. No dia que aquilo aconteceu, eu peguei a travessa com copos do armário e levei para a mesa."

"É mesmo? No dia em que o senhor Orchard foi convidado?"

"Claro, já fiz isso muitas vezes."

"Você tem a chave do armário?"

"Não, quem tem é a senhorita Vance. Ela abriu e tirou a bandeja e os copos." Nancylee sorriu. "Uma vez eu quebrei um copo, mas o senhor acha que a senhorita Fraser teve um ataque? De jeito nenhum. Ela apenas me disse para trazer um copo de papel. Por aí o senhor vê como ela é superdemais."

"Maravilha. Quando foi que isso aconteceu?"

"Ah, muito tempo atrás, quando eles usavam os copos comuns, antes de mudarem para os azuis-escuros."

"Isso foi há quanto tempo?"

"Quase um ano, já deve ser. É, foi quando eles começaram a tomar Hi-Spot no programa. Nas primeiras vezes eles usavam copos simples, transparentes, mas aí tiveram de mudar..."

Ela se interrompeu de repente.

"Por que eles tiveram de mudar?"

"Não sei."

Esperei que Wolfe fosse insistir, ou pelo menos cutucar um pouco. Não havia dúvida que Nancylee parara no meio de uma frase porque estava dizendo, ou ia começar a dizer, algo que não tinha intenção. Mas Wolfe girou na cadeira e saiu-se com esta:

"Imagino que era para deixar os copos bem pesados, para não quebrarem." E riu como se isso fosse muito engraçado. "Você já tomou Hi-Spot, senhorita Shepherd?"

"Eu? Está brincando? Quando meu fã-clube chegou no primeiro lugar, eles me mandaram dez caixas. Um caminhão carregado!"

"Eu não gosto muito de Hi-Spot. Você gosta?"

"Ahn... acho que sim. Quer dizer... adoro, mas assim, não muito de cada vez. Quando eu tiver o meu programa, e uma porção de fã-clubes Nancylee Shepherd, vou fazer as coisas de outro jeito." Franziu a testa: "O senhor acha que Nancylee Shepherd é um bom nome para o rádio, ou é melhor Nan Shepherd? Ou quem sabe eu invento outro nome? O nome de solteira da senhorita Fraser era Oxhall, e depois ela casou com um homem chamado Koppel, que morreu, mas, quando ela foi trabalhar no rádio, não quis usar nenhum desses dois nomes, então inventou outro".

"Qualquer um dos seus dois nomes", disse Wolfe ponderadamente, "seria excelente. Outra hora você precisa me contar como você vai administrar as coisas quando tiver os seus fã-clubes. Você acha que Hi-Spot tem pimenta dentro?"

"Não sei, nunca pensei nisso. É um monte de porcarias misturadas."

"Isso mesmo", concordou Wolfe. "Que mais você faz para ajudar nos programas?"

"Ah, essas coisas que eu já falei."

"E às vezes você ajuda a passar os copos e as garrafas para a senhorita Fraser, o senhor Meadows e os convidados?"

"Não, eu tentei uma vez, mas eles não me deixaram."

"Onde você estava — nesse dia que estamos falando — quando os copos foram passados?"

"Sentada no banquinho do piano. Eles querem que eu fique no auditório enquanto eles estão no ar, mas às vezes eu não fico."

"Você viu quem passou os copos — para o senhor Orchard, por exemplo?"

Nancylee deu um sorriso de camaradagem. "O senhor bem que gostaria de saber, não é mesmo? Mas eu não vi. A polícia já me perguntou isso uns vinte milhões de vezes."

"Sem dúvida. E eu lhe perguntei uma vez. Você costuma tirar as garrafas do armário e colocá-las na geladeira?"

"Claro, muitas vezes faço isso — ou melhor, ajudo a fazer. É tarefa da senhorita Vance, mas, como ela não consegue levar todas de uma vez, temos que fazer duas viagens. Ela leva quatro garrafas e eu três."

"Sei. Imagino que ela não acha você um estorvo. Você ajudou com as garrafas naquela terça-feira?"

"Não, porque eu estava olhando para o chapéu novo da senhorita Fraser, e não vi a senhorita Vance ir buscar as garrafas."

"Então a senhorita Vance teve que fazer duas viagens, primeiro com quatro garrafas e depois com três?"

"Sim, porque o chapéu da senhorita Fraser era uma coisa! Olha, simplesmente de-mais! Em cima tinha uma..."

"Acredito." A voz de Wolfe ficou um pouquinho mais contundente, embora talvez apenas para o meu ouvido experiente. "Foi isso mesmo, não é, primeiro quatro garrafas e depois três?"

"Sim, isso mesmo."

"O total então foi sete?"

"Puxa, como o senhor é bom de matemática!", exclamou Nancylee, entusiasmada. Levantou quatro dedos da mão direita, depois três da mão esquerda, e olhou de uma para a outra. "Isso mesmo. Sete!"

"Sete", concordou Wolfe. "Pois é, eu sei somar, e você também, mas parece que a senhorita Vance e o senhor Meadows não sabem. Pelo que compreendi, são necessárias apenas quatro garrafas para o programa, mas eles gostam de ter algumas extras na geladeira para qualquer imprevisto. Só que a senhorita Vance e o senhor Meadows dizem que o total é de oito garrafas, e você está dizendo que são sete. A senhorita Vance diz que elas vão do armário para a geladeira em duas vezes, quatro e mais quatro. Você está dizendo que são quatro e três."

Wolfe inclinou-se para a frente. "Senhorita Shepherd." Sua voz era cortante. "Agora, imediatamente, você vai me dar uma explicação satisfatória: por que motivo eles dizem que são oito e você diz que são sete? Por quê?"

Ela não parecia mais entusiasmada. Não disse nada.

"Por quê?" Era o estalar de um chicote.

"Não sei!"

Eu não tirava os olhos dela, mas até olhando pelo canto de um olho e com o outro fechado seria claro como o dia que ela sabia e, mais ainda, que sabia e não iria dizer de jeito nenhum.

Wolfe sacudiu o dedo para ela. "Ora, ora! Parece, senhorita Shepherd, que você tem a idéia maluca de que quando não quer responder pode simplesmente dizer que não sabe, e eu vou deixar passar. Primeiro tentou fazer isso com os copos, e agora vem com essa. Eu lhe dou um minuto para me explicar por que os outros disseram que o número costumeiro de garrafas levadas para a geladeira é oito, e você diz sete. Archie, marque o tempo."

Olhei para o meu relógio e depois para Nancylee. Mas ela continuava de boca fechada. Seu rosto não dava nenhum sinal de que estivesse tentando inventar alguma coisa, ou mesmo imaginando o que aconteceria se não respondesse. Apenas não dizia nada. Dei-lhe dez segundos extras e avisei:

"Acabou o tempo."

Wolfe suspirou. "Sinto muito, senhorita Shepherd, mas você e sua mãe não vão voltar para Atlantic City hoje. É um..."

Um som de dor veio da mãe — não uma palavra, só um suspiro. Nancylee exclamou:

"Mas o senhor prometeu..."

"Não. Não prometi. Foi o senhor Goodwin que prometeu. Você pode se entender com ele a respeito, mas só depois que eu lhe der algumas instruções." Wolfe virou-se para mim. "Archie, acompanhe a senhorita Shepherd à delegacia do inspetor Cramer. A mãe dela pode ir junto ou voltar para casa, como preferir. Mas primeiro tome nota do que vou dizer, datilografe e leve com você. Duas cópias em carbono. É uma carta para o inspetor Cramer."

Wolfe inclinou-se para trás, fechou os olhos, apertou os lábios e dali a um momento começou:

"Quanto ao assassinato de Cyril Orchard, estou lhe mandando estas informações através do senhor Goodwin, que está acompanhando a senhorita Nancylee Shepherd. Ele vai lhe explicar de que maneira ela foi trazida de Atlantic City para Nova York. Parágrafo.

"Sugiro que a senhorita Madeline Fraser seja presa sem demora, acusada do assassinato de Cyril Orchard. É óbvio que os membros da sua equipe estão unidos numa conspiração. No início pensei que o objetivo deles era proteger a senhorita Fraser, mas agora percebo que eu estava errado. Na terça-feira à noite, aqui no meu escritório, ficou transparente que todos tinham uma preocupação profunda, até ridícula, de que a senhorita Fraser voltasse para casa em segurança; ou foi o que pensei. Agora creio que o motivo da preocupação era muito diferente. Parágrafo.

"Naquela noite o senhor Meadows foi desnecessariamente explícito e descritivo quando lhe perguntei como ele decidia quais garrafas tirar da geladeira. Houve vários outros assuntos que despertaram minhas suspeitas, apontando claramente para a senhorita Fraser — entre eles o fato de todos fingirem que não conseguem se lembrar quem colocou o copo e a garrafa na frente do senhor Orchard, o que naturalmente é ridículo. Com certeza eles se lembram, e é inconcebível que armassem uma conspiração unânime para defender algum deles, a menos que essa pessoa fosse a senhorita Fraser. Eles estão motivados, sem dúvida, por diversas considerações — lealdade, afeto, ou apenas o desejo de manterem seus empregos, que não irão mais conservar depois que a senhorita Fraser for presa, cair em desgraça e, espero, for punida de acordo com a lei. Parágrafo.

"Tudo isso já estava na minha mente, mas não com convicção suficiente para comunicar à polícia de maneira decisiva, de modo que esperei até ter uma conversa com a senhorita Shepherd. Acabo de fazer isso. É claro que ela também está nessa conspiração, o que não deixa dúvidas de que de fato é a senhorita Fraser quem está sendo protegida para não ser descoberta, já que a senhorita Shepherd faria qualquer coisa por ela, mas nada por nenhum dos outros. A senhorita Shepherd mentiu para mim duas vezes, com certeza: uma vez quando disse que não sabia por que os copos haviam sido mudados, e outra quando não quis dar nenhuma explicação sobre a contradição com os outros em relação ao número de garrafas colocadas na geladeira. O senhor Goodwin lhe dará os detalhes quanto a isso. Parágrafo.

"Quando o senhor tiver a senhorita Fraser bem trancada numa cela, sugiro que ao interrogá-la vocês se concentrem na mudança dos copos. Esse fato aconteceu quase um ano atrás, portanto parece provável que o assassinato do senhor Orchard foi planejado com muita antecedência. Isso deve tornar as coisas mais fáceis para vocês, e não mais difíceis, em especial se você conseguir convencer a senhorita Shepherd, através de métodos de que vocês dispõem, a contar tudo o que sabe sobre isso. Eu não quero... *Archie!*"

Se Nancylee tivesse dupla personalidade e fosse a sua metade pistoleira que de repente entrou em ação, eu seria pego desprevenido, de caneta baixa. Mas ela não puxou o gatilho. Apenas pulou da cadeira como um furacão, chegou até mim antes que eu conseguisse sequer apontar a caneta para ela, arrancou o caderno das minhas mãos e atirou-o no outro canto da sala, dizendo a Wolfe, furiosa:

"É mentira! É tudo mentira!"

"Calma, Nan", disse a senhora Shepherd, numa espécie de gemido trêmulo e desesperançado.

Eu já estava em pé ao lado do furacão, sentindo-me bastante tolo. Wolfe, impassível, me disse:

"Pegue esse caderno e vamos terminar. Ela está histérica. Se ela fizer isso de novo, tranque-a no banheiro."

Nancylee me agarrou pela manga do casaco e gritou para Wolfe: "Não! O senhor é um canalha! O negócio de mudar os copos não tinha nada a ver! E eu *não sei* por que eles mudaram. O senhor é um canalha!".

"Pare com isso!", ordenou Wolfe. "Pare de gritar. Se você tem alguma coisa para dizer, sente-se e diga. Por que eles mudaram os copos?"

"Não sei!"

Quando atravessei a sala para pegar o caderno tive de passar pela mãe e dei-lhe uma palmadinha no ombro, mas duvido que ela tenha percebido. Do ponto de vista dela, não sobrava mais nada. Quando me virei vi que Nancylee continuava lá, e pela rigidez das suas costas parecia ter terminado toda a sua energia. Mas quando cheguei na minha mesa ela falou, sem gritar:

"Sinceramente não sei por que eles mudaram os copos. É apenas um palpite meu, mas se eu lhe disser o meu palpite vou precisar contar uma coisa que prometi à senhorita Fraser não contar a ninguém, nunca."

Wolfe concordou: "É bem como eu disse. Protegendo a senhorita Fraser".

"Não estou protegendo ela! Ela não precisa ser protegida!"

"Não fique histérica de novo. Qual é o seu palpite?"

"Quero telefonar para ela."

"Claro. Para avisá-la. Assim ela pode fugir."

Nancylee deu uma palmada na mesa dele.

Ele trovejou: "Não faça isso!".

"O senhor é um canalha!"

"Muito bem. Archie, tranque essa menina no banheiro e ligue para o senhor Cramer mandar uma viatura buscá-la."

Levantei-me, mas ela não me deu atenção. "Tudo bem", disse ela. "Mas vou dizer a ela que o senhor me obrigou a contar, e minha mãe está de prova. Quando eles compraram os copos novos, eu não sabia o motivo, mas eu notei logo, e notei as garrafas também. Naquele dia a senhorita Vance não levou oito garrafas; levou apenas sete. Se não fosse isso eu talvez não reparasse, mas acontece que reparei, e, quando eles estavam transmitindo o programa, vi que a garrafa que eles deram para a senhorita Fraser tinha um pedacinho de fita colada. E depois disso eles sempre tinham sete garrafas, e sempre davam para a senhorita Fraser a que tinha a fita. Por isso achei que existia alguma relação entre os copos novos e a fita na garrafa, mas é apenas um palpite."

"Gostaria muito que se sentasse, senhorita Shepherd. Não me agrada ter que inclinar a cabeça para trás."

"Estou pouco me lixando se o senhor quebrar o pescoço!"

"Calma, Nan", gemeu a mãe.

Nancylee foi até a cadeira vermelha de couro e sentou-se na beirada.

"Você disse", murmurou Wolfe, "que prometeu à senhorita Fraser não contar nada sobre isso. Quando foi que você prometeu, recentemente?"

"Não, faz muito tempo. Meses atrás. Fiquei curiosa com aquela fita na garrafa e um dia perguntei à senhorita Vance, e depois a senhorita Fraser me disse que era algo muito pessoal e me fez prometer que eu nunca contaria para ninguém. Duas vezes depois disso ela me perguntou se eu estava mantendo minha promessa, e eu falei que sim, e que sempre manteria. E agora, olha só! Mas o senhor está dizendo que ela vai ser presa por assassinato... Só porque eu disse que não sabia..."

"Eu dei outros motivos."

"Mas ela não vai ser presa agora, vai? Depois do que eu expliquei?"

"Vamos ver. Provavelmente não." A voz de Wolfe era tranqüilizadora. "Ninguém nunca contou a você para que serve a fita na garrafa?"

"Não."

"E você não tem nenhum palpite?"

"Não, não tenho e nem vou ter agora. Não sei para que serve, nem quem coloca essa fita, nem quando coloca, nem nada mais além do que eu já disse: que a garrafa que eles dão à senhorita Fraser tem um pedacinho de fita colada. E isso já faz muito tempo, quase um ano, portanto não pode ter nada a ver com esse assassinato da semana passada. Assim, espero que o senhor esteja satisfeito."

"Razoavelmente", admitiu Wolfe.

"Nesse caso, posso telefonar para ela agora?"

"Melhor não. Veja bem, ela me contratou para investigar essa assassinato, e prefiro conversar com ela eu mesmo — e inclusive pedir desculpas por desconfiar dela. Aliás, naquele dia em que o senhor Orchard foi envenenado, a garrafa da senhorita Fraser tinha a fita colada, como sempre?"

"Não reparei naquele dia, mas acho que sim, eles sempre punham a fita."

"Tem certeza que você não reparou?"

"O que o senhor acha? Que eu estou mentindo outra vez?"

Wolfe abanou a cabeça. "Duvido. Dessa vez você não parece estar mentindo. Mas uma coisa você pode me dizer. Como era essa fita, e em que lugar ficava na garrafa?"

"Só um pedaço de fita colante, mais nada, em volta do gargalo da garrafa, na parte de baixo, perto da curva onde a garrafa vai aumentando."

"Sempre no mesmo lugar?"

"Sim."

"De que largura é a fita?"

"Sabe como é, fita colante normal, mais ou menos desta largura." Mostrou um centímetro com o indicador e o polegar.

"De que cor?"

"Marrom — ou pode ser que parece marrom porque a garrafa é marrom."

"Sempre da mesma cor?"

"Sim."

"Nesse caso, não aparecia muito."

"Eu não disse que aparecia muito. Quase não aparecia."

"Você deve enxergar bem, naturalmente, na sua idade." Wolfe olhou para o relógio e virou-se para mim. "Quando sai o próximo trem para Atlantic City?"

"Às quatro e trinta."

"Então você tem bastante tempo. Dê à senhora Shepherd uma verba para cobrir todas as despesas. Você vai levar as duas até a estação. Como elas não querem que se saiba que elas fizeram esta viagem, não seria conveniente que telefonassem para ninguém. E naturalmente você vai garantir que elas embarquem no trem certo, e que o trem realmente parta. Como você sabe, eu não confio nos trens. Nem sempre eles partem, e depois que partem, nem sempre param."

"Vamos voltar para casa!", disse a mãe, quase sem acreditar, mas ousando ter esperanças.

11

Houve um pequeno incidente que eu não deveria omitir, no trem, depois que levei as duas até seus assentos e já estava indo embora. Eu não fizera nenhum esforço para ser sociável, já que o jeito delas, em especial de Nancylee, deixava claro que se eu caísse num buraco elas nem parariam para olhar. Mas quando me virei para ir embora, a mãe de repente me deu uma palmadinha no ombro. Pelo jeito, a palmadinha que lhe dei num dos seus momentos mais negros fora notada, afinal; ou talvez foi porque lhes consegui lugares na primeira classe. Lancei-lhe um sorriso, mas não me arrisquei a estender a mão para me despedir. Não gosto de forçar a sorte.

Naturalmente ainda tínhamos mais uma festinha pela frente, mas não percebi como era urgente até voltar ao escritório e encontrar um bilhete no bloco de Wolfe, já à minha espera na minha mesa, debaixo de um peso de papéis — já que ele estava, como sempre naquele horário, lá em cima na estufa das plantas. O bilhete dizia:

"A. G.:
Traga todos os sete aqui às seis horas."

Assim, num estalar de dedos. Franzi a testa. Por que não poderia ser depois do jantar, dando mais tempo para trazê-los e também para interrogá-los? Sem contar que eu já fizera uma boa produção naquele dia, com o despacho das onze horas. Meu relógio marcava dez para as cinco. Engoli um impulso de subir à estufa das plantas e discutir com ele, e peguei o telefone.

Encontrei várias dificuldades, incluindo a resistência a um chamado feito com tão pouca antecedência, com o que, aliás, eu concordava plenamente. Bill Meadows resistiu muito, dizendo que já contara a Wolfe tudo o que sabia, até o dia em que quebrou uma vidraça com uma bola de beisebol, e tive de pressioná-lo insinuando ameaças. Madeline Fraser e Deborah Koppel estavam relutantes, mas tinham de reconhecer que ou Wolfe deveria ser despedido, ou então obter toda a ajuda possível. Elas concordaram em trazer Elinor Vance. Nathan Traub foi o único que não apresentou objeções, embora comentasse que teria de cancelar um encontro importante. Os únicos dois que não consegui encontrar foram Savarese e Tully Strong. O professor estava passando o fim de semana fora da cidade — caçando fórmulas, imagino — e não consegui encontrar Tully Strong em parte alguma, nem ligando para todos os patrocinadores.

Logo antes das seis interfonei para Wolfe dando meu relatório. O máximo que ele me ofereceu foi um grunhido. Observei que cinco em sete, numa sexta-feira à tarde, não era nada de se desprezar. Ele respondeu que sete seria melhor.

"Pois é", concordei. "Até mandei para Savarese e Strong dois telegramas assinados Al, mas e se eles não receberem a tempo?"

Assim, vieram cinco. Wolfe não gosta de ser visto por ninguém, exceto Fritz e eu, sentado à espera de alguém. Imagino que ele acha que isso prejudicaria seu prestígio. Assim, só desceu para o escritório quando lhe avisei que todos os cinco estavam lá. Daí nos fez o favor de aparecer.

Entrou, inclinou-se para todos, foi até a sua poltrona e instalou-se confortavelmente. O ambiente estava mais aconchegante e mais íntimo do que três dias antes, já que os penetras estavam ausentes.

Houve um pouco de conversa. Traub fez algumas observações aguçadas sobre a recusa de Wolfe em admitir repórteres para uma entrevista. Em geral, quando alguém faz uma abertura assim, Wolfe reage com uma resposta arrasadora, mas dessa vez ele não se incomodou. Apenas dispensou o comentário com um aceno de mão.

"Chamei vocês aqui", disse ele num tom perfeitamente amistoso, "para um único propósito e, se vocês não querem se atrasar para o jantar, é melhor irmos começando. Na terça-feira à noite eu lhes disse que todos vocês estavam mentindo para mim; mas naquele dia eu ainda não sabia o quanto vocês foram caras-de-pau nas mentiras. Por que diabos ninguém me contou sobre a fita colada na garrafa da senhorita Fraser?"

Todos disfarçaram muito mal seu constrangimento, até mesmo a senhorita Fraser, com a única exceção de Traub. Ele foi o único que parecia totalmente intrigado, perguntando:

"Fita? Que fita?"

Os outros quatro demoraram uma média de três segundos só para decidir o que fazer com a expressão do rosto.

"Quem vai me falar sobre isso?", perguntou Wolfe. "Não todos de uma vez. Quem vai falar?"

"Mas", gaguejou Bill Meadows, "nós não sabemos de fita nenhuma."

"Bobagem." Wolfe ficou menos amigável: "Não percam tempo. A senhorita Shepherd passou quase o dia todo aqui, e eu já sei de tudo". Seu olhar se deteve na senhorita Fraser. "Ela não pôde evitar, madame. Ela até que se saiu muito bem para sua idade, e só se entregou sob a ameaça de um perigo iminente para a senhorita."

"Mas que história é essa?", perguntou Traub.

"Não é nada, Nat", disse-lhe a senhorita Fraser. "Nada de importante. É só... uma espécie de... brincadeira... entre nós... que você não conhece..."

"Nada disso!", disse Bill Meadows, um pouco alto demais. "Há uma explicação perfeitamente simples..."

"Espere, Bill." A voz de Deborah Koppel tinha uma calma autoridade. Olhou para Wolfe. "O senhor quer nos dizer exatamente o que foi que Nancylee falou?"

"Claro. A garrafa servida para a senhorita Fraser durante o programa sempre é identificada com um pedaço de fita colante. Isso vem acontecendo há meses, quase um ano. A fita ou é marrom, da cor da garrafa, ou então transparente; tem cerca de um centímetro de largura, e fica em volta do gargalo da garrafa, na parte inferior."

"Foi só isso que ela lhe disse?"

"Isso é o principal. Vamos passar para a explicação. Para que serve essa fita?"

"Mas Nancylee não lhe disse?"

"Ela disse que não sabia."

Deborah franziu a testa. "Ora, ela deve saber! É muito simples. Como nós lhe dissemos, quando chegamos ao estúdio antes do programa, a senhorita Vance tira as garrafas de um armário e as coloca na geladeira. Só que assim resta apenas uma meia hora para elas gelarem, e a senhorita Fraser gosta de tomar seu refrigerante bem gelado, de modo que a garrafa dela é colocada antes e marcada com uma fita, para diferenciá-la das outras."

"Quem coloca essa garrafa na geladeira, e quando?"

"Bem, depende. Às vezes um de nós a coloca lá na véspera... às vezes é alguma que sobrou do programa anterior..."

"Meu Deus do céu", murmurou Wolfe. "Eu não sabia que a senhora era imbecil, senhorita Koppel."

"Não sou imbecil, senhor Wolfe."

"Só sua palavra não basta para eu mudar de idéia. Imagino que a explicação que a senhora me deu foi concebida para satisfazer a curiosidade casual de qualquer pessoa que notasse a fita na garrafa — aliás, eu não ficaria surpreso se essa explicação já tivesse sido dada à senhorita Shepherd, que a rejeitou depois de observar melhor. Está aí uma coisa que ela não me contou. Para esse objetivo a explicação seria adequada — exceto com a senhorita Shepherd —, mas tentar empurrar isso por cima de mim! Retiro o 'imbecil', já que lhe atirei essa palavra sem aviso, mas realmente creio que a senhora poderia inventar uma desculpa menos tênue."

"Pode ser tênue", disse Bill Meadows, agressivo, "mas acontece que é verdade."

"Meu caro senhor!" Wolfe estava revoltado. "Ora, o senhor também? Então por que essa explicação não satisfez a senhorita Shepherd, já que foi tentada com ela, e por que ela precisou jurar segredo? Por que todas as garrafas não eram colocadas na geladeira com antecedência, para que todas esfriassem, e não só a da senhorita Fraser? Ah..."

"Porque alguém...", Bill parou de repente.

"Exatamente." Wolfe concordou com o que Bill ainda não dissera. "Porque centenas de pessoas usam aquele estúdio entre um e outro programa da senhorita Fraser, e alguém tiraria as garrafas da geladeira, que não fica trancada. É isso que o senhor ia dizer, mas não disse, porque percebeu que o risco seria o mesmo com uma garrafa ou com oito." Wolfe abanou a cabeça. "Não, não adianta. Estou cansado das mentiras de vocês; quero a verdade, e vou consegui-la, porque nada mais irá passar pelos testes que agora estou preparado para aplicar. Por que vocês colocam uma fita na garrafa?"

Todos se entreolharam.

"Não", disse Deborah Koppel para alguém e para todos.

"Mas que diabo é isso?", perguntou Traub, irritado.

Ninguém lhe deu atenção.

"Por que", perguntou Wolfe, "vocês não tentam me dar a mesma resposta que já deram à polícia?"

Nada de resposta.

Elinor Vance falou, mas não para Wolfe: "Senhorita Fraser, tudo está nas suas mãos. Acho que temos de contar a ele".

"Não", insistiu a senhorita Koppel.

"Debby, não vejo outra saída", declarou Madeline Fraser. "Vocês não deviam ter lhe dito essa mentira tola. Ele não iria satisfazer-se com ela, e vocês sabem disso muito bem." Seus olhos de um verde acinzentado se detiveram em Wolfe. "Seria fatal para mim, para todos nós, que isso fosse divulgado. Imagino que o senhor não me daria sua palavra de manter segredo?"

Wolfe abriu as duas mãos: "Como poderia eu, madame? Nessas circunstâncias? Mas só vou revelá-lo com relutância, e só se as circunstâncias permitirem".

"Tudo bem. Maldito Cyril Orchard, que nos obrigou a isso! Bem, a fita mostra que a garrafa é para mim. A minha garrafa não contém Hi-Spot. Não consigo beber Hi-Spot."

"Por que não?"

"Me dá indigestão."

"Meu Deus!", exclamou Nathan Traub, com sua voz grave transformada num grunhido.

"Nat, não posso evitar", disse-lhe Madeline Fraser com firmeza. "O fato é esse."

"E esse", perguntou Wolfe, "é o seu segredo fatal e desesperado?"

Ela concordou: "Deus do céu, o que poderia ser pior? Imagine se as pessoas soubessem disso? Por exemplo, se Leonard Lyons soubesse disso? Tentei beber as primeiras vezes, mas não adianta. Quis eliminar do programa o pedaço em que servimos a bebida, mas nessas alturas os diretores da Hi-Spot já estavam loucos pela demonstração ao vivo, em especial Anderson e Owen, e naturalmente eu não podia lhes contar a verdade. Tentei fingir, tentei não beber muito, mas só uns poucos goles já me dão dor de barriga. Deve ser uma alergia".

"Pois eu lhe dou meus parabéns!", disse Wolfe, enfático.

"Meu Deus", murmurou Traub. Apontou o dedo para Wolfe: "É absolutamente essencial que isso não chegue aos ouvidos de ninguém. Ninguém mesmo!".

"O segredo já vazou", disse a senhorita Koppel baixinho, em voz tensa. "Agora já era."

"Então", perguntou Wolfe, "quer dizer que a senhorita usava um substituto?"

"Pois é." Ela continuou: "Foi a única saída. Nós usamos café puro. Eu de qualquer forma tomo litros de café, e gosto de café frio ou quente. Com açúcar. Parece bastante com Hi-Spot, que é marrom-escuro, e naturalmente não se vê na garrafa, e nós mudamos para copos azuis-escuros para não aparecer que não é efervescente."

"Quem faz o café?"

"Minha cozinheira, no meu apartamento."

"Quem coloca na garrafa?"

"Ela mesma, minha cozinheira. Depois põe numa garrafa de Hi-Spot e recoloca a tampinha."

"Quando, no dia do programa?"

"Não, porque ainda estaria quente, ou morno. Ela faz o café na véspera e o coloca na geladeira."

"Na cozinha do estúdio?"

"Ah, não, na minha cozinha."

"E é ela quem coloca a fita?"

"Não, é a senhorita Vance. De manhã ela pega a garrafa — ela sempre vem ao meu apartamento para ir ao estúdio comigo —, coloca a fita, leva a garrafa na sua bolsa e a coloca na geladeira no estúdio. E com cuidado, para não deixar ninguém vê-la fazendo isso."

"Agora me sinto melhor", anunciou Bill Meadows abruptamente. Tirou o lenço e enxugou a testa.

"Por quê?", perguntou-lhe Wolfe.

"Porque eu sabia que isso tinha que acontecer mais cedo ou mais tarde, e fico contente por ser o senhor quem ficou sabendo, e não a polícia. Isso tudo é uma grande farsa, toda essa procura para descobrir quem matou esse tal de Orchard. Ninguém quis envenenar Orchard. O veneno estava no café e Orchard tomou por engano."

Isso acabou com Nathan Traub. O pobre soltou um gemido, abriu a boca e ficou abanando a cabeça em desespero.

Wolfe franziu a testa. "O senhor está tentando me dizer que a polícia não sabe que a garrafa envenenada continha café?"

"Ah, é claro que eles sabem." Agora Bill queria ajudar. "Mas guardaram segredo! O senhor notou que isso não apareceu em nenhum jornal. E nenhum de nós abriu a boca — o senhor compreende bem por quê. Eles sabem que era café, mas acham que estava destinado a Orchard. Só que não estava — estava destinado à senhorita Fraser."

Bill inclinou-se para a frente e falou com sinceridade: "Puxa vida, o senhor não percebe? Se nós contarmos e a coisa se espalhar, qual será o fim desse programa? Deus nos ajude! Vamos ser chutados fora do ar. Mas, se não contarmos, todo mundo vai achar que o veneno era para Orchard. Foi por isso que eu falei que tudo é uma farsa. Bem, o fato é que nós não contamos, e se dependesse de mim nunca iríamos contar".

"Como vocês explicaram o café para a polícia?"

"Não explicamos. Nós não sabíamos como o veneno entrou na garrafa, não é mesmo? Pois bem, também não sabíamos como o café foi parar naquela garrafa. Que mais poderíamos dizer?"

"Ora, nada, já que vocês resolveram enterrar a verdade. E como vocês explicaram a fita?"

"Não explicamos."

"Por que não?"

"Ninguém nos perguntou."

"Bobagem. Com certeza já perguntaram."

"Não a mim."

"Obrigada, Bill." Era Madeline Fraser, sorrindo para ele. "Mas não adianta mais tentar salvar os cacos." Virou-se para Wolfe. "Ele está tentando me proteger contra uma — não se chama 'falsificação das provas'? O senhor se lembra que depois que o médico veio, o senhor Strong pegou as quatro garrafas da mesa e saiu com elas — foi um impulso tolo que ele teve —, e eu e o senhor Traub as tiramos dele e as recolocamos na mesa."

Wolfe concordou.

"Pois bem, foi aí que eu tirei a fita da garrafa."

"Sei. Meu Deus! É um milagre que vocês todos não tivessem recolhido coletivamente as garrafas e os copos, e marchado em pelotão para lavá-los na pia mais próxima." Wolfe voltou-se para Bill. "O senhor disse que o senhor Orchard recebeu o café envenenado por engano. Como foi que isso aconteceu?"

"Foi Traub quem deu o café a ele. Traub não..."

Os protestos choveram de todos os lados. Traub até levantou da cadeira para dar mais ênfase ao seu protesto.

Bill ficou um pouquinho vermelho, mas era teimoso e bastante atrevido. "Já que nós estamos contando", insistiu ele, "é melhor contar tudo."

"Você não pode afirmar com certeza que foi Nat Traub", disse a senhorita Koppel com firmeza.

"Claro que sim! E você sabe muito bem que foi ele! Você sabe muito bem que todos nós vimos — todos, exceto Madeline — que Orchard estava com a garrafa dela, e é claro que foi Traub que deu a ele, porque Traub era o único que não sabia de nada sobre a fita. Seja como for, eu o vi! Foi isso que aconteceu, senhor Wolfe. Mas, quando a polícia começou a nos interrogar, parece que todos nós tivemos a mesma idéia — não lembro quem começou — de que era melhor não lembrar quem colocou a garrafa na frente de Orchard. Assim, não lembramos. Só que, agora que o senhor já sabe da fita colante, eu me lembrei, e se os outros não lembraram deveriam lembrar."

A senhorita Fraser o censurou: "Bill, pare de tentar me proteger. A idéia de não lembrar foi minha. Fui eu que comecei".

De novo vários deles falaram ao mesmo tempo. Wolfe lhes pediu:

"Por favor! Senhor Traub, é claro que não interessa se o senhor vai me dar um sim ou um não, já que apenas o senhor não sabia que uma das garrafas tinha uma marca especial. Mesmo assim, eu lhe pergunto, só *pro forma*: o senhor colocou aquela garrafa na frente do senhor Orchard?"

"Não sei", disse Traub, agressivo, "e nem me interessa. Bill Meadows também não sabe."

"Mas o senhor ajudou a passar os copos e as garrafas?"

"Já lhe disse que sim. Achei divertido ajudar." Levantou os braços: "Divertido!".

"Tem outra coisa", Madeline Fraser interrompeu, falando com Wolfe. "O senhor Meadows disse que todos viram que o senhor Orchard estava com a minha garrafa, menos eu. Isso é verdade só parcialmente. No início eu não notei, mas, quando levantei o copo para beber e senti o cheiro do Hi-Spot, percebi que outra pessoa devia estar com o meu copo. Fingi que estava bebendo e segui em frente, e depois vi que a garrafa com a fita estava um pouquinho mais perto dele do que de mim — como o senhor sabe, ele estava sentado na minha frente, do outro lado da mesa. Eu tinha que resolver depressa o que fazer — não quanto ao meu Hi-Spot, mas quanto ao café na frente dele. Tive medo que ele dissesse espontaneamente que aquilo tinha gosto de café — principalmente porque ele já tinha bebido dois grandes goles. E eu já estava me sentindo aliviada, achando que ele não ia dizer nada, quando ele pulou da cadeira e deu aquele grito horrível... Portanto, o que o senhor Meadows disse era só parcialmente verdade. Imagino que ele queria continuar me protegendo, mas estou cansada de ser protegida por todo mundo."

"Ele não está ouvindo, Lina", disse a Senhorita Koppel.

Era uma conclusão razoável, mas não necessariamente correta. Wolfe estava reclinado na sua poltrona de olhos fechados, e até para mim poderia parecer que tinha caído numa soneca, se não fossem dois detalhes: primeiro, a hora do jantar se aproximava e, segundo, a ponta do dedo indicador direito desenhava um pequenino círculo no braço da poltrona, sem parar. O silêncio durou vários segundos, completou um minuto, e começou outro.

Alguém disse alguma coisa.

Wolfe entreabriu os olhos e se endireitou na poltrona.

"Eu poderia", disse ele, para si mesmo ou para eles, "convidá-los a ficar para jantar. Ou então a voltarem depois do jantar. Mas, se a senhorita Fraser está cansada de ser protegida, eu estou cansado de ser enrolado. Há coisas que eu preciso saber, mas não vou tentar arrancá-las de vocês com uma alavanca. Se vocês estão prontos para me dar, eu estou pronto para receber. Vocês sabem que coisas são essas, tão bem quanto eu. Nessas alturas já parece óbvio que tudo isso foi uma tentativa de matar a senhorita Fraser. Quais outras provas existem que corroboram essa hipótese, e quais provas existem, se é que há alguma, que a contradizem? Quem deseja que a senhorita Fraser morra, e por quê? Em especial, qual das pessoas que tinham acesso à garrafa de café em qualquer momento, desde que ela foi engarrafada no seu apartamento até o momento em que foi servido no programa? E assim por diante. Não vou formular todas as perguntas; vocês sabem o que eu quero. Algum de vocês vai me dar alguma resposta?"

Seu olhar foi passando pelo grupo. Ninguém disse uma palavra.

"Algum de vocês, ou vários, pode preferir não falar na presença dos outros. Se é assim, querem voltar mais tarde? Ainda hoje?"

"Se eu tivesse qualquer coisa a lhe dizer", afirmou Bill Meadows, "eu lhe diria agora."

"Sem dúvida, diria mesmo", disse Traub.

"Pois eu acho que não", disse Wolfe, sombrio. "Para arrancar alguma coisa de vocês seria preciso uma outra senhorita Shepherd. Mais uma chance: se vocês preferem não marcar um encontro na presença dos outros, estamos sempre aqui para atender o telefone. Mas eu recomendaria que não demorassem." Afastou a cadeira e ficou ereto. "É só isso que eu tenho para vocês agora, e vocês não têm nada para mim."

Eles não ficaram nada satisfeitos. Queriam saber o que ele iria fazer. Em especial, e unanimemente, queriam saber sobre o grande segredo. Será que o mundo todo iria saber que um só gole de Hi-Spot dava dor de barriga em Madeline Fraser? Quanto a isso, Wolfe não quis comprometer-se. O mais obstinado do grupo era Traub. Quando os outros por fim saíram, ele ficou, recusando-se a desistir da luta; chegou até a tentar seguir Wolfe até a cozinha. Precisei ser um pouco rude para me livrar dele.

Quando Wolfe saiu da cozinha, em vez de virar à esquerda para a sala de jantar, voltou ao escritório, embora o jantar já estivesse pronto.

Eu o segui. "O que acontece? Não está com fome?"

"Ligue para o senhor Cramer."

Fui até minha mesa e obedeci.

Wolfe atendeu.

"Como vai, senhor Cramer?" O tom era educado, mas nada servil. "Sim. Não. Não mesmo. Se o senhor quiser vir ao meu escritório depois do jantar, digamos às nove horas, eu lhe direi por que o senhor ainda não chegou a parte alguma no caso Orchard. E não só isso: creio que o senhor vai achar a visita de grande valia. Não, nove horas seria melhor."

Desligou, franziu a testa para mim e foi para a sala de

jantar. Quando se sentou, enfiou o guardanapo no V do colete e retirou a tampa da sopa de cebola, deixando escapar da sopeira uma bela baforada de vapor, seu rosto já tinha se desanuviado por completo e ele estava pronto para começar a ronronar.

12

O inspetor Cramer, confortável na cadeira vermelha de couro, com uma cerveja na mesinha ao lado, mexia o queixo de tal maneira que o charuto apagado levantava-se num ângulo petulante no lado esquerdo da boca.

"Sim", reconheceu ele. "Tudo que eu tenho não vale um níquel. É nesse ponto que estou. De duas, uma: ou eu estou ficando mais velho, ou os assassinos estão ficando mais espertos."

Estava, de fato, bem grisalho, e sua barriga, embora não alcançasse a classe de Wolfe, começava a demonstrar suas ambições; porém seus olhos eram aguçados como sempre, e seus largos ombros não davam sinal de curvar-se.

"Porém", continuou ele, parecendo mais truculento do que era porque ao segurar o charuto daquele jeito era obrigado a falar entre os dentes, "não estou esperando do senhor nenhum níquel. O senhor não deve estar precisando de nada. Parece tão contente como se tivesse acabado de ganhar um gerânio."

"Não gosto de gerânios."

"Então por que tanta felicidade? Já chegou ao ponto de pedir a Archie que mande a conta aos clientes?"

Cramer não só não era truculento, como era até sentimental. Em geral me tratava por Goodwin; só me chamava de Archie quando queria dar a impressão que era da família, coisa que absolutamente não era verdade.

Wolfe abanou a cabeça: "Não, estou longe disso. Mas estou satisfeito, é verdade. Gosto da minha situação. Parece que o senhor e seus homens tão bem treinados — uns mil homens, presumo, num caso tão quente como esse — estão prestes a trabalhar loucamente para me ajudar a ganhar os meus honorários. Então, isso não basta para me botar um sorriso nos lábios?".

"Nada disso." Cramer não estava mais sentimental. "Segundo os jornais, seus honorários são condicionais."

"É verdade."

"Isso é, dependem do que o senhor fizer. Não do que nós fizermos."

"É claro", concordou Wolfe. Inclinou-se para trás e deu um bom suspiro. "Sua perspicácia o ajudará a avaliar a situação, que é um tanto peculiar, tão bem quanto eu. Gostaria que eu a descrevesse?"

"Com prazer. O senhor descreve muito bem."

"Reconheço que sim. Vocês não fizeram nenhum progresso, e depois de dez dias estão afundados num pântano, porque há uma informação crucial que vocês não descobriram. E eu descobri. Descobri falando com as mesmas pessoas que foram interrogadas muitas vezes pelo senhor e pelos seus homens, e essa informação não me foi dada de boa vontade. Só consegui arrancá-la com um esforço intenso e constante. Sendo assim, por que eu haveria de passá-la para vocês? Por que não utilizá-la eu mesmo, e caminhar rumo ao triunfo?"

Cramer colocou o copo na mesa. "É o senhor mesmo que deve me dizer por quê."

"Foi uma pergunta retórica. O problema é que sem esse fato vocês não podem nem mesmo começar; mas, por outro lado, com ele nas mãos ainda há um trabalho a fazer. Um trabalho que vai exigir extensas investigações sobre essas mesmas pessoas, suas histórias e seus relacionamentos; e eu já cheguei com elas ao máximo que consegui, a não ser que eu contrate um exército. Agora, o senhor já tem um exército. Essa tarefa deve exigir uma enorme quantidade de trabalho — o tipo de trabalho para o qual seus homens têm um preparo bem passável, alguns até adequado. Por que, então, eles não haveriam de fazê-lo? Não é responsabilidade da polícia prender um assassino?"

Cramer estava agora totalmente alerta. "Vinda do senhor, essa pergunta é de doer. Também é uma pergunta retórica?"

"Ah, não, essa merece resposta. E tenho certeza que sua resposta é afirmativa, e aliás os jornais concordam. Assim, submeto-lhe uma proposta: eu lhe dou a informação, e o senhor passa a tomar as providências para apanhar o assassino. Depois que isso for feito, eu e o senhor discutiremos se essa informação foi essencial para o seu sucesso, isto é, se sem ela seria possível o senhor chegar à verdade e às provas. Se concordarmos que seria impossível, o senhor informará esse fato aos meus clientes, e eu receberei os honorários. Não será necessário nenhum documento; basta uma declaração oral, e naturalmente só para os meus clientes. Não me importa o que o senhor diga aos jornalistas, nem aos seus superiores na polícia."

Cramer deu um grunhido. Tirou o charuto da boca, fitou a ponta mastigada com um ar de suspeita, como se esperasse ver um verme saindo dali, e recolocou-o na boca. Daí apertou os olhos para Wolfe:

"O senhor poderia repetir isso?"

Wolfe repetiu, como se estivesse lendo, sem mudar nenhuma palavra.

Cramer grunhiu de novo. "O senhor diz se nós concordarmos. Isso quer dizer o quê — se o senhor concordar comigo ou se eu concordar com o senhor?"

"Ora, ora. Não é possível ser mais claro."

"É, sim. As coisas mais claras têm que ser examinadas mais de perto. E se por acaso eu já souber desse fato maravilhoso?"

"Até duas horas atrás o senhor não sabia. Se sabe agora, não tenho nada a dar e nada a receber. Se, quando eu divulgá-lo, o senhor afirmar que já sabia, terá que me dizer quando e de quem conseguiu essa informação." Wolfe mexeu-se impaciente na cadeira. "Naturalmente, tem relação com fatos que estão em seu poder — por exemplo, que a garrafa continha café com açúcar em vez de Hi-Spot."

"Claro, eles lhe disseram isso."

"Ou que o seu laboratório encontrou vestígios de uma certa substância numa tira de um centímetro em torno do gargalo da garrafa."

"*Isso* eles não lhe disseram." Cramer apertou os olhos. "Há apenas seis ou sete pessoas que poderiam ter lhe dito isso, e todos eles são funcionários da cidade de Nova York, e é melhor o senhor dizer o nome deles agora mesmo, antes de continuarmos."

"Fúúú!" Wolfe estava enojado. "Ora, tenho melhor utilidade para o dinheiro dos meus clientes do que comprar informações da polícia. Por que o senhor não gosta da minha proposta? O que há de errado com ela? Francamente, espero mesmo que o senhor aceite, e agora mesmo. Se não, terei que contratar duas dúzias de homens e começar tudo de novo com essa gente. E, francamente, prefiro comer pão dormido — ou quase."

"Tudo bem." Cramer não relaxou. "Puxa, eu faria qualquer coisa para que o senhor não passasse por isso. Eu aceito sua proposta, conforme o senhor já colocou duas vezes, desde que eu consiga o tal fato, por inteiro, aqui e agora."

"Tudo bem. Aqui está, e o senhor Goodwin lhe dará uma cópia datilografada. Mas, primeiro, um pequeno detalhe: devo a um dos clientes a promessa de pedir que uma das informações em questão seja mantida em segredo, se possível."

"Não posso manter em segredo uma prova de assassinato."

"Sei que não. Falei se possível."

"Vou ver, mas não prometo. E, se prometesse, provavelmente não manteria a promessa. Qual é a informação secreta? Passe essa primeiro."

"Certo. Aqui está: a senhorita Fraser não pode beber Hi-Spot, porque lhe dá indigestão."

"Mas que diabo!" Cramer arregalou os olhos. "Orchard não bebeu Hi-Spot, bebeu café; e a bebida não lhe deu indigestão, lhe deu a morte."

Wolfe concordou: "Eu sei. Mas essa é a informação, e em nome dos meus clientes peço que ela continue confidencial, se possível. Bem, agora isso vai levar algum tempo, talvez uma hora, e seu copo e sua garrafa estão vazios. Archie?"

Levantei-me e desempenhei meu papel de garçom sem nenhum entusiasmo, pois não estava gostando nada do jeito que as coisas estavam indo. Cruzei os dedos. Se Wolfe estava iniciando alguma manobra astuta e apenas lhe atirando umas migalhas, esperando obter de volta um bom filão, e nada amanhecido, isso era uma coisa, e eu estava pronto para aplaudi-lo se ele conseguisse chegar ao fim.

Mas, se ele realmente abrisse o saco e o esvaziasse, deixando Cramer servir-se à vontade, isso já era algo completamente diferente. Nesse caso, ele estaria jogando limpo, o que só poderia significar que ele já estava cheio daquela gente toda e realmente pretendia sentar-se e ficar lendo poesia ou desenhando cavalos, e deixar que os policiais ganhassem seus honorários por ele. Isso não me atraía. Talvez o dinheiro seja realmente tudo na vida, mas o jeito que a gente o consegue faz uma diferença.

Ele abriu o saco e o esvaziou. Deu a Cramer tudo que sabia. Até citou, de memória, o telegrama que fora enviado à senhora Shepherd, e ao fazer isso tive de segurar meu queixo firme para não fazer um dos quatro ou cinco comentários que seriam adequados à ocasião. Fui eu quem redigi o telegrama, não ele. Mas fiquei de boca fechada. É verdade que uma vez ou outra eu brinco com ele na presença de estranhos, mas raramente na de Cramer, e não quando estou com os sentimentos à flor da pele como nessa ocasião.

Cramer também tinha muitas perguntas a fazer, e Wolfe as respondeu como um carneirinho. E além disso tive de levantar da minha cadeira para que Cramer repousasse nela seu amplo traseiro enquanto telefonava para a delegacia.

"Rowcliff? Anote o que vou dizer, mas não espalhe." O tom era seco e executivo — um inspetor de polícia até a raiz dos cabelos. "Estou no escritório de Wolfe, e de fato ele tinha algo para nós. Dessa vez acho que ele está mostrando as cartas. Temos que começar tudo outra vez. É um desses casos malditos onde a pessoa errada acabou assassinada. A coisa toda se destinava àquela tal Madeline Fraser. Vou lhe contar tudo quando chegar aí, daqui a uma meia hora, talvez um pouco mais. Chame todo o mundo que está trabalhando nesse caso. Descubra onde está o comissário e o nosso advogado. Chame Elinor Vance e aquele Nathan Traub, e também a cozinheira do apartamento da Fraser. Trate de já estar com esses três aí quando eu chegar. Vamos tratar dos outros amanhã de manhã. Quem foi que viajou para Michigan — ah, já sei, foi o Darst. Não deixe de chamá-lo também, quero falar com ele..."

E assim por diante. Depois de mais umas dez ou vinte ordens executivas, Cramer desligou e voltou para a cadeira vermelha de couro.

"Que mais?"

"Só isso", declarou Wolfe. "Desejo-lhe boa sorte."

Como jogara o charuto mastigado no meu cesto de papéis quando usurpou minha cadeira, Cramer tirou outro e o enfiou na boca sem nem olhar. "Vou lhe dizer uma coisa. O senhor me deu um fato, não há dúvida, mas é a primeira vez que eu o vejo esvaziar todos os bolsos; portanto vou me sentar de novo. Antes de ir embora gostaria de ficar sentado aqui mais uns dois minutos e perguntar a mim mesmo: por quê?"

Wolfe deu uma risadinha. "Ora, não acabei de ouvir o senhor mandar seus homens começarem a trabalhar para mim?"

"Bem, acho que sim." O charuto subiu mais um pouco. "Parece plausível, mas já vi o senhor parecer plausível em outras ocasiões. E juro por Deus — se nisso aqui há uma armadilha, está escondida demais para mim. O senhor nem me deu sugestões."

"Não tenho nenhuma sugestão a dar."

E não tinha mesmo; isso eu percebia. E não havia armadilha nenhuma. Não me espantei ao ver que Cramer desconfiava dele, considerando as experiências que já tivera com ele nos últimos anos; mas para mim era evidente que Wolfe realmente fizera um *strip-tease* mental, para evitar sobrecarregar seu cérebro. Já me sentei com ele naquele escritório durante horas incontáveis, e o vi representar seus números para muitos tipos de público, sem nunca saber quando ele está armando uma charada. Nem sempre eu sei o que ele está tramando; mas percebo bem quando não está tramando nada. E dessa vez ele estava simplesmente deixando os funcionários da cidade de Nova York irem à luta por ele.

"O senhor sugere, por exemplo", perguntou Cramer, "que eu prenda a senhorita Fraser acusando-a de ter fraudado as provas? Ou que prenda os outros por obstruírem a justiça?"

Wolfe abanou a cabeça. "Meu caro, o senhor está atrás de um assassino, não de fraudadores nem de obstrutores. Seja como for, não se pode prender ninguém por acusações assim, exceto em casos muito especiais, como o senhor bem sabe. O senhor está insinuando que não é do meu feitio expor um cliente a uma tal acusação — mas por acaso o senhor vai prendê-la? Não. O que o senhor vai fazer, espero eu, é descobrir quem é que quer matá-la. Como eu poderia lhe dar alguma sugestão? O senhor sabe imensamente mais do que eu sobre tudo isso. Num caso como esse há mil caminhos para a investigação nos quais ainda não mexi nem um dedo; e sem dúvida o senhor já os explorou bem. Não vou insultar sua inteligência apresentando-lhe uma lista completa. Porém estarei aqui, estou sempre aqui, caso o senhor queira trocar umas palavras."

Cramer levantou-se e saiu.

13

Não posso negar que, do ponto de vista puramente prático, o trato que Wolfe fez com Cramer naquela noite de sexta-feira era engenhoso, até elegante, e muito bem bolado para economizar a energia de Wolfe e o conteúdo do seu crânio. Qualquer que fosse o resultado final, nem era necessário usar uma fórmula do professor Savarese para ver que a informação que Wolfe dera a Cramer acabaria sendo essencial. Nisso se podia apostar com segurança.

Porém.

Naquele trato havia uma falha fatal. Os cientistas da prefeitura, a fim de ganhar os honorários para Wolfe enquanto ele se divertia com seus brinquedos, precisavam solucionar o caso. Essa era a pedra no caminho. E nunca vi um caso tão completamente não solucionado como aquele, uma semana depois de Wolfe bolar seu lindo arranjozinho para que seu trabalho de detetive fosse feito por procuração. Eu me atualizava sobre o caso lendo os jornais e fazendo visitas à Delegacia de Homicídios na rua 20, para bater papo com o sargento Purley Stebbins ou outros conhecidos, e duas vezes com o próprio Cramer. Era uma humilhação, mas eu realmente precisava informar-me sobre o caso em que Wolfe e eu estávamos trabalhando. Pela primeira vez na história eu era muito bem-vindo na Delegacia de Homicídios, especialmente depois que se passaram mais três ou quatro dias. Era até patético o modo como eles me cumprimentavam, como se eu fosse um colega queridíssimo que talvez viesse trazer um fato novo. Deus sabe o quanto eles precisavam disso. Pois, naturalmente, eles também liam os jornais, e a imprensa estava correspondendo a uma das suas mais antigas tradições, cuspindo o fogo do inferno em cima da polícia por fracassar num caso que, com uma investigação pronta e competente etc. etc. — vocês sabem como é.

Até aí o público não fora informado de que Hi-Spot dava indigestão à senhorita Fraser. Ah, se os jornais soubessem disso!

Wolfe não levantava um dedo. Não estava sendo propriamente relapso. Relapso é a palavra que uso quando ele fica tão ofendido ou desgostoso com um caso, tão horrorizado com o tipo ou a quantidade de trabalho necessário para solucioná-lo, que decide fingir que nunca ouviu falar naquilo e recusa-se a tocar no assunto. Aqui não se tratava disso. Ele simplesmente não tinha a intenção de trabalhar, a não ser que fosse obrigado. Tinha total boa vontade para ler as notícias dos jornais, ou para colocar o livro de lado e me ouvir quando eu voltava das minhas visitas à Delegacia de Homicídios. Mas, se eu tentava incentivá-lo a fazer algum exercício leve, tal como contratar Saul, Fred e Orrie para remexer algumas pedras, ou mesmo inventar uma pequena tarefa para mim, ele apenas voltava a pegar o livro.

Se algum fato novo lhe significava alguma coisa, disso ele não dava sinal. Elinor Vance foi detida como suspeita e depois de dois dias solta sob fiança. A notícia que eu trouxe da Delegacia de Homicídios é que isso tudo não rendeu nada, exceto o fato de que ela teve, de longe, a melhor oportunidade de colocar algo no café, com exceção da cozinheira. Não que não houvesse muitos outros suspeitos; a lista aumentara consideravelmente com a descoberta de que o café fora preparado, engarrafado e guardado de um dia para o outro no apartamento da senhorita Fraser, com toda a movimentação que ali acontecia.

Havia também o levantamento dos motivos. Num caso de assassinato sempre se pode juntar alguns motivos, mas o problema é que não se pode dizer com certeza quais são essenciais para as pessoas em questão. Tudo depende. Houve um sujeito no Brooklyn, alguns anos atrás, que deu onze facadas no coração de um dentista que lhe arrancou o dente errado. No caso em questão, a coleção de motivos era média, nada de excepcional, mas com alguns espécimes bastante bons. Seis meses antes, a senhorita Fraser e Bill Meadows tiveram uma briga de primeira classe, ela o despedira e ele ficara fora do programa por três semanas. Agora ambos diziam que amavam um ao outro profundamente.

Não muito tempo atrás, Nat Traub tentara convencer uma fábrica de sopas, um dos patrocinadores de Fraser, a deixar o programa dela e passar a patrocinar um programa humorístico, e a senhorita Fraser retaliou convencendo esse patrocinador a passar para outra agência. Não só isso: havia várias indicações de que a senhorita Fraser começara uma campanha para que outros patrocinadores também mudassem de agência, incluindo a Hi-Spot; mas não se sabia quais deles. Mas também ela e Traub garantiam que eram ótimos amigos.

O Sindicato dos Escritores de Rádio também deveria adorar a idéia de envenenar a senhorita Fraser, que fora inflexível quando o sindicato exigiu mudanças nos contratos. Elinor Vance era membro do sindicato, inclusive com prestígio. Quanto a Tully Strong, a senhorita Fraser fora contra a formação de um Conselho dos Patrocinadores, e continuava não gostando da idéia; naturalmente, sem Conselho não haveria secretário.

E assim por diante. Motivos dignos de se acompanhar, mas nada de espetacular. Provavelmente o prêmio de popularidade iria para Deborah Koppel. O Departamento Jurídico da polícia induzira a senhorita Fraser a revelar o conteúdo do seu testamento. Ela deixava dez mil dólares para uma sobrinha e dez mil para um sobrinho, filhos de sua irmã que morava em Michigan, e todo o resto para Deborah. Seria uma quantia muito decente, algo em torno de duzentos ou trezentos mil dólares, com certeza valendo um pequeno investimento em veneno para alguém cuja cabeça vai nessa direção. Entretanto, não havia a mínima indicação de que a cabeça de Deborah fosse desse tipo. Ela e Madeline Fraser foram amigas de infância em Michigan, lecionaram na mesma escola e tinham se tornado cunhadas quando Madeline se casara com o irmão de Deborah, Lawrence.

Falando em Lawrence, naturalmente sua morte fora investigada de novo, sobretudo devido à coincidência quanto ao cianeto. Ele era fotógrafo, e portanto se precisasse de cianeto bastava pegar um pouco na prateleira. E se ele não tivesse se suicidado, afinal de contas? E, mesmo que tivesse se suicidado, se alguém não acreditasse? E se alguém achasse que o cianeto foi dado pela esposa, a fim de embolsar os cinco mil dólares do seguro de vida, e agora, depois de seis anos, decidira dar o troco à senhorita Fraser, fazendo-a tomar uma dose do seu próprio remédio?

Naturalmente, a pessoa mais adequada a esse papel era Deborah Koppel. Só que eles não conseguiam encontrar o menor vestígio que lhes servisse de base. Não havia a mais tênue prova, nem antiga nem recente, de que Deborah e Madeline tivessem sido algo mais que amigas dedicadas, unidas pelo respeito, afeto e interesses comuns. Não só isso, como a polícia de Michigan recusava-se a considerar a idéia de que a morte de Lawrence Koppel não fora por suicídio. Koppel sempre fora neurótico e hipocondríaco, e a carta que deixara ao seu melhor amigo, um advogado da cidade, já dizia tudo. O pessoal de Michigan tinha total boa vontade para responder às perguntas de Nova York, mas por si mesmos não estavam interessados.

Outro dos mil caminhos que deram em nada foi o esforço para vincular alguém da equipe, em especial Elinor Vance, com Michigan. Eles já haviam tentado antes, com o senhor Orchard, e agora tentaram com os outros. Resultado: zero. Nenhum deles jamais estivera em Michigan.

Wolfe, como eu ia dizendo, lia parte disso nos jornais, e ouvia com cortesia o resto, e muito mais, que eu lhe contava. Por mais que tentasse, porém, não conseguia limitar-se estritamente ao papel de espectador. Naquela semana Cramer veio ao nosso escritório duas vezes; Anderson, presidente da Hi-Spot, veio uma vez; e vieram outros também.

Veio Tully Strong, que chegou sábado à tarde, depois de uma sessão de seis horas com Cramer e seu pessoal de elite. Provavelmente fora muito pressionado, como todos eles, já que tinham contado à polícia um rosário de mentiras deslavadas, e não estava absolutamente de bom humor. Colocou as mãos na mesa de Wolfe, inclinou-se para a frente e pôs-se a fazer comentários sobre a traição.

Sua teoria era de que o acordo com Wolfe era nulo e sem valor, pois Wolfe o violara. Qualquer que fosse o resultado, Wolfe não receberia seus honorários, e nem sequer seria reembolsado pelas despesas. Mais ainda: iria sofrer um processo por danos morais. Revelar um dado que, se trazido a público, causaria grande prejuízo para a senhorita Fraser e seu programa, para a rádio e para a Hi-Spot, era uma atitude irresponsável e indesculpável, e com certeza passível de um processo judicial.

Wolfe lhe disse que tudo isso era bobagem e que não violara o acordo de maneira nenhuma.

"Ah, não?" Strong se endireitou na cadeira. Sua gravata estava torta e o cabelo clamava por pente e escova. Pegou os óculos, que mal se equilibravam na ponta do nariz, mas em vez de recolocá-los no lugar tirou-os. "É essa a sua opinião? Pois o senhor vai ver. E, além disso, o senhor colocou a vida da senhorita Fraser em perigo! Eu estava tentando protegê-la! Nós todos estávamos!"

"Todos?" Wolfe objetou. "Nem todos. Todos menos um."

"Sim, todos!" Strong viera até ali com a firme intenção de ficar zangado, e não admitia interferências. "Ninguém sabia, exceto nós, que o atentado se destinava a ela! E agora todo mundo sabe! Quem vai protegê-la agora? Eu vou tentar, todos nós vamos, mas que chance temos?"

A mim aquilo tudo parecia ilógico. A única ameaça à senhorita Fraser, que nós soubéssemos, vinha do sujeito que fizera aquilo com o café, e nós com certeza não tínhamos dito *a ele* nada que ele já não soubesse.

Fui obrigado a levar Tully Strong até a porta. Se ele conseguisse acalmar-se, sentar-se e conversar, eu teria sido totalmente a favor, mas ele estava realmente descontrolado. Quando Wolfe me mandou botá-lo para fora, não tive como objetar. Nesse ponto o sujeito teve coragem. Qualquer pessoa veria que, se eu tivesse de obrigá-lo fisicamente a sair, faria isso com uma mão só; mas quando lhe segurei o braço ele se soltou e virou-se para mim como se fosse me picar em pedacinhos — isso tudo segurando os óculos na mão. Consegui levá-lo para fora sem machucar nenhum de nós dois.

Como era de se esperar, Tully Strong não era o único que achava que Wolfe cometera uma traição ao passar seu segredo fatal para a polícia. Todos eles nos comunicaram isso, seja por telefone ou pessoalmente. A atitude de Nat Traub, em especial, foi amarga, talvez por causa da informação dada por Bill Meadows, ou seja, que fora Traub quem servira a garrafa e o copo para Orchard. A turma de Cramer deve ter gostado disso à beça, e bem posso imaginar com quantas melodias diferentes eles repetiram essa canção para Traub. Uma coisa que eu preferia não imaginar era o que nos viria da parte do senhor Anderson, presidente da Hi-Spot, e de Fred Owen, diretor de Relações Públicas, se alguém lhes contasse até onde chegara a traição de Wolfe. Pelo jeito, eles ainda ignoravam a verdadeira e terrível razão pela qual uma das garrafas continha café e não Hi-Spot, A Bebida dos Seus Sonhos.

Outra visita que tivemos, essa na segunda-feira à tarde, foi a do caçador de fórmulas, o professor Savarese. Ele também acabara de sair de uma longa conferência com os policiais, e também estava absolutamente irado, mas por um motivo diferente. A polícia não tinha mais interesse em sua associação com o senhor Orchard, nem em nada que dissesse respeito a Orchard, e ele queria saber por quê. E eles se recusavam a lhe dizer. Haviam repassado sua vida inteira, desde o berço até aquele momento, tudo outra vez, mas com uma abordagem totalmente diferente. Era claro que agora queriam achar uma ligação entre ele e a senhorita Fraser. Por quê? Qual o fato novo que havia entrado na história? A intrusão de um fator até agora desconhecido e insuspeito iria arrasar com seu cálculo das probabilidades, mas se havia um tal fator, ele tinha de ficar sabendo, e rápido. Essa era a primeira chance que ele jamais tivera de testar suas fórmulas com o mais dramático de todos os problemas, um caso de assassinato, visto de dentro, e ele não iria tolerar nenhuma lacuna sem uma boa briga.

Qual era o fato novo? Por que de repente era vital saber se ele já tivera alguma associação prévia, direta ou indireta, com a senhorita Fraser?

Até um certo ponto Wolfe o ouviu sem entrar em ebulição, mas por fim acabou se aborrecendo e me chamou mais uma vez para mostrar à visita a porta da rua. Obedeci meio contra vontade. Primeiro, porque Wolfe estava dispensando mais uma chance de trabalhar um pouquinho, já que Savarese estava bem ali na sua frente, prontinho para falar; e, além disso, eu estava resistindo a uma tentação. Uma pergunta entrara na minha cabeça: de que maneira esse mago dos números transformaria a indigestão da senhorita Fraser numa equação matemática? Talvez a resposta não fosse muito informativa, mas pelo menos ajudaria a passar o tempo, e ajudaria a solucionar o caso — tão bem quanto tudo o mais que Wolfe estava fazendo. Mas, como eu não queria que nos envolvêssemos mais ainda nos abismos da traição, deixei passar.

Mostrei-lhe a porta da rua.

De qualquer forma, ainda era segunda-feira. Quando mais quatro dias se passaram e outra sexta-feira chegou, completando uma semana inteira desde que havíamos fornecido nossa informação a Cramer, eu já era sério candidato a uma camisa-de-força. Naquela noite, quando voltei ao escritório com Wolfe depois de um jantar excelente, que não saboreei em absoluto, a perspectiva das próximas três ou quatro horas me revoltou. Quando ele se acomodou confortavelmente na poltrona e pegou seu livro, anunciei:

"Vou ao clube."

Ele deu um sim de cabeça e abriu o livro.

Desabafei, então: "O senhor nem me pergunta qual clube, embora saiba muito bem que eu não pertenço a clube nenhum. Estou absolutamente farto de ficar sentado aqui dia após dia e noite após noite, esperando que entre na sua cabeça a idéia de que um detetive tem que detectar. O senhor é preguiçoso demais, até para viver. O senhor se acha um gênio; aliás, diz mesmo que é um gênio. Pois bem, se eu, para ser gênio também, tiver que ser tão convencido, gordo e inerte como o senhor, prefiro ser do jeito que eu sou".

Aparentemente, ele continuava lendo.

"Isso", disse eu, "é o clímax de tudo que eu venho fazendo há uma semana — ou melhor, do que o senhor vem fazendo comigo há uma semana. Claro, conheço o seu álibi, e já estou cansado dele — que não podemos fazer nada que os policiais já não estejam fazendo." Falei tudo isso numa voz seca, objetiva e educada. "Se esse caso é demais para o senhor, por que não tenta outro? Os jornais estão cheios de casos. O que dizer da gangue que roubou um caminhão carregado de queijo, ontem, bem aqui na Décima Primeira Avenida? E o garoto da quinta série que atirou uma jujuba no olho da professora? Página 58 do *New York Times*. Ou, se nada além dos assassinatos está à sua altura, o que há de errado com uma consultora política e econômica, uma tal de Beula Poole, que levou um tiro na nuca ontem à noite? Primeira página de qualquer jornal. O senhor provavelmente mataria essa charada antes de dormir."

Ele virou uma página do livro.

"Amanhã", disse eu, "é sábado. Vou receber meu pagamento como de costume. Vou assistir a uma luta no Madison Square Garden. Imagine o contraste — o senhor nessa poltrona e dois bons pesos médios num ringue."

Dei o fora.

Mas não fui até o Garden. Parei na farmácia da esquina, onde fui ao telefone público, e liguei para Lon Cohen da *Gazette*. Ele estava lá, já ia saindo, e não via motivo para recusar que eu lhe pagasse uns oito ou dez drinques, desde que acompanhados por um belo bife de quatro dedos de altura.

Assim, uma hora depois, eu e Lon estávamos numa mesinha do canto no Pietro's. Lon já fizera um belo serviço com os drinques e dera uma boa começada no bife. Eu tomava uns drinques leves, para ser sociável, e estava no terceiro, junto com meu segundo saquinho de amendoim.

Já tínhamos discutido uma série de coisas, desde a política até o box, sem excluir, absolutamente, os assassinatos de diversos tipos. Lon já bebera e comera o bastante para atingir um estado de espírito onde se poderia esperar que ele estivesse aberto a sugestões. Assim, fiz uma tentativa dizendo-lhe, à queima-roupa, que na minha opinião os jornais estavam atacando demais a polícia naquele caso Orchard.

Ele sorriu para mim, irônico: "Pelo amor de Deus, Archie, será que Cramer ameaçou cassar sua licença ou algo assim?".

"Não, sinceramente", insisti, pegando mais uns amendoins, "esse caso é duro mesmo, e vocês sabem disso. A polícia está fazendo o máximo possível com os dados que tem em mãos. E tudo isso é tão banal. Os jornais sempre fazem a mesma coisa — depois de uma semana ficam irritados, e depois de duas semanas começam a gritar e espernear. Só que todo mundo já espera por isso, e ninguém mais lê. Você sabe o que eu faria se fosse diretor de jornal? Publicaria coisas que o público iria ler."

"Meu Deus!" Lon ficou boquiaberto. "Mas que idéia! Digamos que houvesse uma coluna assim. Quem iria ensiná-los a ler?"

"Uma coluna", disse eu, "só daria para o começo. Preciso de pelo menos uma página. Mas, nesse caso específico, do jeito que está agora, trata-se de um editorial. Estamos na sexta-feira à noite. No domingo vocês com certeza vão publicar um editorial sobre o caso Orchard. A história continua quente, e o público continua adorando. Só que..."

"Não sou editor, sou repórter."

"Eu sei, estou apenas conversando. Aposto cinco contra dez que seu jornal vai publicar um editorial sobre o caso Orchard no domingo, e dizendo o quê? Vai se chamar 'Nossos guardiães públicos', e vai ser a mesma merda de sempre, e nem um leitor em mil vai passar da primeira linha. Ora, ora! Se fosse eu, daria o título de 'Muito velho ou muito gordo', e não faria nem uma única referência à polícia. Nem mencionaria o nome de Nero Wolfe. Iria me referir, isso sim, à tremenda onda de publicidade com que um certo detetive particular de grande prestígio entrou no caso Orchard, e as expectativas que isso despertou. Que seu passado profissional parecia justificá-lo. Que vemos agora que isso foi um erro, pois em dez dias ele ainda não conseguiu nada. E que talvez o motivo seja que ele está ficando muito velho, ou muito gordo, ou simplesmente não tem a capacidade necessária para um caso duro de verdade; mas, seja qual for a razão, isso nos mostra que para nos protegermos contra os perigosos assassinos temos que confiar na nossa eficiente e bem treinada polícia, e não nos tais cérebros geniais. Falei que não mencionaria a polícia, mas acho que é melhor dizer algo, bem no final. Eu acrescentaria uma sentença dizendo que, embora estejam atolados na lama no caso Orchard, são eles os homens corajosos que defendem a estrutura da nossa sociedade contra os etc. etc."

Lon, engolindo um pedaço de bife, ia dizer algo, mas eu o detive:

"Isso o público iria ler; não acho que eles deixariam passar. Sei que você não é editor, mas é o melhor repórter do jornal, e tem licença para conversar com os editores, não tem? Eu adoraria ver um editorial assim, só como experiência. Tanto assim que, se um jornal o publicasse, eu demonstraria meu reconhecimento na primeira oportunidade, fazendo todo o possível para lhes oferecer alguma informaçãozinha interessante para um belo furo."

Lon ergueu as sobrancelhas. "Se você não quer me cansar com essa conversa, vire isso tudo de cabeça para baixo e deixe a informaçãozinha interessante em primeiro lugar."

"Nada disso. Quer conversar a respeito ou não?"

"Claro, posso conversar sobre qualquer coisa."

Pedi ao garçom mais duas doses.

14

Eu daria qualquer coisa no mundo, até mesmo um dólar, para saber se Wolfe já tinha visto ou lido aquele editorial antes de eu lhe mostrar, no fim da tarde de domingo. Creio que sim. Ele sempre dá uma olhada nos editoriais de três jornais, um dos quais é a *Gazette,* e, se aquilo lhe passou sob os olhos, ele deve ter lido. Intitulava-se "Alarme falso", e consistia nas idéias que eu dera a Lon até os mínimos detalhes.

Eu sabia, é claro, que Wolfe não iria se alterar, e bem podia imaginar que ele não daria nenhum sinal nem faria nenhum comentário. Mas não imaginei, e no fim da tarde eu estava num beco sem saída. Se ele não tinha lido, eu tinha de saber que não, e isso era bem arriscado. A coisa tinha de ser bem-feita, do contrário ele iria ficar de orelha em pé. Assim, pensei bem: qual seria a coisa mais natural a fazer? Como eu agiria naturalmente, se de repente desse de cara com aquilo?

O que eu fiz foi girar na minha cadeira, sorrir para ele e perguntar, como quem não quer nada:

"O senhor viu esse editorial na *Gazette* chamado 'Alarme falso'?"

Ele grunhiu: "É sobre o quê?".

"É melhor o senhor ler." Levantei-me e coloquei o jornal na sua mesa. "Engraçado, tive a sensação de que eu mesmo o escrevi. É o único editorial que li nas últimas semanas com o qual concordo plenamente."

Ele pegou o jornal para ler. Sentei-me na sua frente, mas o jornal erguido lhe tapava o rosto. Ele não lê depressa, e ficou naquela pose por um tempo suficiente para ler e reler o editorial, mas é exatamente o que ele faria se já o soubesse de cor e quisesse me fazer pensar o contrário.

"Bah!" Abaixou o jornal. "Coisas de um escribazinho. Sem dúvida o sujeito tem úlcera e faz regime."

"Pois é, isso mesmo. Um rato. Um piolho, um verme. Se ele soubesse como o senhor tem suado, trabalhado, passado noites sem dormir..."

"Archie. Cale a boca."

"Sim, senhor."

Tomara, mesmo, que minha atitude estivesse sendo natural.

Foi só isso naquele momento, mas não me dei por vencido. Naturalmente, não imaginei que ele fosse andar para lá e para cá arrancando os cabelos. Mais tarde um velho amigo seu, Marko Vukcić, veio tomar o lanchinho de domingo à noite — cinco tipos de queijo, geléia de goiaba, castanhas recém-assadas e torta de amêndoas. Fiquei ansioso para ver se ele ia mostrar o editorial a Marko, o que seria mau sinal. Mas não mostrou. Depois que Marko saiu e voltou ao Restaurante Rusterman's, que é o melhor de Nova York porque ele é o gerente, Wolfe voltou a sentar-se com seu livro, mas não havia virado mais de dez páginas quando dobrou uma folha marcando o lugar, fechou o livro e o atirou na outra ponta da mesa. Daí levantou-se, foi até o grande globo terrestre e ficou ali um tempo, estudando geografia. Isso também não o satisfez mais do que o livro, de modo que atravessou a sala e foi ligar o rádio. Depois de sintonizar oito estações diferentes, resmungou alguma coisa, voltou para sua poltrona atrás da mesa, sentou-se e franziu a testa. Vi tudo isso só com o canto do olho, pois estava tão imerso numa revista que nem percebi que ele estava na sala.

Ele falou. "Archie."

"Sim, senhor?"

"Já faz nove dias."

"Sim, senhor."

"Desde a sua proeza de trazer aqui aquela senhorita Shepherd."

"Sim, senhor."

Era uma demonstração de tato. O que ele queria dizer é que haviam se passado nove dias desde que ele fizera o milagre de descobrir a fita na garrafa e a indigestão da senhorita Fraser; mas calculou que, se me jogasse um osso, eu não iria rosnar. Continuou então:

"Na ocasião, não foi absurdo assumir que era necessário apenas um bom trabalho de rotina. Entretanto, os acontecimentos desses últimos nove dias não sustentam essa hipótese."

"Não, senhor."

"Ligue para o senhor Cramer."

"Assim que eu terminar este parágrafo."

Deixei passar um número razoável de segundos, mas reconheço que não estava lendo nenhuma palavra. Ao chegar ao telefone, preparei-me para me contentar com alguém menos do que o próprio inspetor, já que era domingo à noite, e esperava que Wolfe também se contentasse, mas não foi necessário. Cramer estava lá, e Wolfe atendeu o telefone e convidou-o para nos fazer uma visita.

"Estou muito ocupado." Cramer parecia aflito. "Por quê, o senhor tem alguma coisa?"

"Tenho."

"O quê?"

"Não sei. Só vou saber quando falar com o senhor. Depois que conversarmos, suas ocupações podem tornar-se mais produtivas do que vêm sendo."

"Isso é o que você diz. Estarei aí daqui a meia hora."

Isso não me alegrou em absoluto. Eu não concebera um belo esquema e dedicara a ele uma noite inteira, e pagara a Lon Cohen vinte dólares em líquidos e sólidos, só para conseguir que Wolfe convidasse Cramer para conversar. Quanto a dizer que tinha alguma coisa, era pura e simplesmente mentira. A única coisa que ele tinha era uma obstinação asinina de não deixar ninguém interferir na sua calma e no seu conforto.

Assim, quando Cramer chegou, não fiquei nada entusiasmado. Aliás, nem ele. Marchou para o escritório, cumprimentou Wolfe de cabeça, desabou na cadeira vermelha de couro e rosnou:

"Como eu gostaria que o senhor se esquecesse que é um excêntrico, e começasse a se mexer um pouco. Veja só: eu, com todas as minhas ocupações, consegui vir até aqui, e aqui estou. Então, o que há?"

"Minha observação no telefone", disse Wolfe, plácido, "pode ter sido um tanto rude, mas é justificada."

"Qual observação?"

"Que suas ocupações poderiam ser mais produtivas. O senhor fez algum progresso?"

"Não."

"O senhor não avançou nada desde a semana passada?"

"Avancei um pouco em direção à minha aposentadoria, isso sim. Sem ser isso, nada."

"Nesse caso, gostaria de fazer algumas perguntas sobre aquela mulher, Beula Poole, que foi encontrada morta no escritório dela sexta-feira de manhã. Os jornais dizem que o senhor afirmou que ela foi assassinada. Foi mesmo?"

Fiquei boquiaberto. Nada poderia estar mais longe de mim. Quando ele saía assim completamente fora da rota, eu nunca sabia se ele estava tentando ganhar tempo, sendo sutil ou querendo me mostrar como eu sou idiota. Daí vi um brilho nos olhos de Cramer indicando que até ele já me deixara para trás, e nada me restou a fazer senão abrir a boca mais ainda.

Cramer concordou: "Sim, foi assassinato. Por quê, o senhor está procurando outro cliente? Quer que eu ganhe mais honorários para o senhor?".

"Vocês sabem quem foi o assassino?"

"Não."

"Nem um lampejo? Nem um bom começo?"

"Nenhum começo, nem bom nem mau."

"Me fale sobre isso."

Cramer reagiu com certa má vontade. "Quase tudo saiu nos jornais, menos um ou dois detalhes que estamos guardando confidencialmente." Acomodou-se na cadeira, como se fosse ficar mais tempo do que imaginara. "Primeiro o senhor poderia me dizer por que está interessado nisso, não acha?"

"Claro. O senhor Cyril Orchard, que foi assassinado, publicava um jornalzinho de dicas de corridas de cavalo pelo qual os assinantes pagavam dez dólares por semana, um preço extraordinário. A senhorita Beula Poole, que também foi assassinada, publicava um jornal que alegava dar informações confidenciais em primeira mão sobre assuntos políticos e econômicos, pelo qual os assinantes pagavam o mesmo preço inaudito de dez dólares por semana."

"Só isso?"

"Creio que é suficiente para despertar uma ou duas perguntas. É verdade que o senhor Orchard foi envenenado e a senhorita Poole levou um tiro, uma grande variação de método. Também já estamos assumindo que Orchard foi morto por engano, já que o veneno se destinava a outra pessoa, ao passo que a bala que matou a senhorita Poole devia destinar-se a ela mesma. Mas mesmo assim é uma coincidência notável — suficiente para justificar alguma curiosidade, pelo menos. Por exemplo, valeria a pena comparar as listas de assinantes dos dois jornais."

"Sim, também pensei nisso."

"Pensou?" Wolfe ficou um pouquinho chateado, como sempre que havia qualquer sugestão de que alguém pudesse ser tão esperto quanto ele. "Quer dizer que o senhor já as comparou. E então?"

Cramer abanou a cabeça: "Não disse que comparei, disse que pensei nisso. O que me fez pensar no assunto foi o fato de que não se pode fazer isso, pois não há listas para comparar".

"Absurdo. Deve haver. Vocês já procuraram?"

"Claro que sim, mas tarde demais. No caso de Orchard houve uma certa falha de administração. O escritório dele, que era uma saletinha num edifício da rua 42, estava trancado, e perdemos tempo procurando algum empregado ou parente que nos abrisse a porta. No dia seguinte, quando por fim o síndico nos recebeu e pudemos entrar, a sala já estava totalmente limpa — não havia nem um pedaço de papel, nem livro de endereços, nem nada. Foi diferente com aquela mulher, a Beula Poole, porque ela foi baleada no próprio escritório — outra biboca de uma sala só, no terceiro andar de um prédio velho na rua 19, a apenas quatro quarteirões da minha delegacia. Só que o corpo dela só foi encontrado no dia seguinte quase ao meio-dia, e quando chegamos lá tudo também já fora limpo. A mesma coisa. Nada de nada."

Wolfe não estava mais chateado. Cramer descobrira duas coincidências e ele descobrira uma só. "Muito bem." Ele já ronronava de satisfação. "Isso resolve a questão. Apesar das variações, agora não se trata mais de uma mera curiosidade. Naturalmente vocês já investigaram?"

"Muito. Os jornaizinhos eram impressos em gráficas diferentes, e nenhum dos dois tinha uma lista de assinantes nem alguma outra coisa que possa ajudar. Nem Orchard nem a mulher tinham funcionários. Orchard deixou viúva e dois filhos, mas parece que eles não sabem de nada sobre os negócios dele, muito menos quem eram seus assinantes. Quanto a Beula Poole, seus parentes mais próximos moram lá no Colorado e não sabem de nada — pelo jeito não sabem nem de que forma ela estava ganhando a vida. E assim por diante. Quanto à rotina, foi tudo feito; tudo inútil. Ninguém foi visto entrando ou saindo — são apenas dois lances de escada —, nenhuma arma, nenhuma impressão digital que possa ser de alguma ajuda, ninguém ouviu o tiro..."

Wolfe interrompeu, impaciente: "O senhor disse que não havia iniciado nada, mas naturalmente a rotina foi seguida. Qualquer associação entre a senhorita Poole e o senhor Orchard?"

"Se é que havia alguma, não conseguimos descobrir."

"Onde estava a senhorita Fraser e os outros quando a senhorita Poole foi baleada?"

Cramer apertou os olhos. "O senhor acha que as coisas poderiam até seguir por aí?"

"Eu gostaria de fazer essa pergunta. O senhor não?"

"Sim. Já perguntei. Veja, o fato de que os dois escritórios foram totalmente limpos é um detalhe que nós guardamos confidencialmente." Cramer olhou para mim: "E o senhor vai fazer o favor de não vendê-lo ao seu amiguinho Cohen da *Gazette*". Continuou falando com Wolfe: "Não é tão fácil, pois há uma margem de erro de quatro ou cinco horas quanto ao momento em que ela foi assassinada. Já interrogamos todo aquele bando, e ninguém apresentou nada".

"O senhor Savarese? A senhorita Shepherd? O senhor Shepherd?"

"O quê?" Cramer arregalou os olhos. "Aonde raios o velho Shepherd entra nessa história?"

"Não sei. Archie não gosta dele, e já aprendi que é bem possível que qualquer pessoa de quem ele não gosta seja um assassino."

"Ah, grande coisa. A garota Shepherd estava em Atlantic City com a mãe, e ainda está. Quanto a Savarese, tenho que olhar nos registros, mas sei que de lá não vem nada. Aliás, conseguimos desencavar dois assinantes do jornalzinho de Orchard, além de Savarese e Fraser. Sem resultados. Eles apostam em cavalos e assinavam o jornal — segundo eles, é só isso e nada mais."

"Gostaria de falar com eles", declarou Wolfe.

"Claro. No meu escritório, a qualquer momento."

"Fúúú! Como o senhor sabe, eu nunca saio de casa a negócios. Se o senhor der a Archie os nomes e endereços, ele tomará as providências."

Cramer disse que mandaria Stebbins telefonar e me passar os nomes. Eu nunca o vi tão cooperativo, o que quer dizer que ele nunca estivera tão frustrado.

A conversa se estendeu ainda um pouco, mas Cramer não tinha mais nada de importância a dar a Wolfe, e Wolfe já desde o início não tinha nada para dar a Cramer. Eu ouvia com uma parte do meu cérebro, e com a outra tentava dar uma organizada nas informações. Tive de reconhecer que seria necessária uma bela fórmula para acomodar as duas coincidências, e portanto elas provavelmente teriam de ser ligadas de alguma maneira, mas isso não era tarefa para uma metade só do meu cérebro. Sempre que há dinheiro passando sem nenhuma mercadoria visível sendo recebida, a primeira coisa que nos vem à mente é chantagem. Assim, pensei um pouco nisso mas não cheguei a lugar nenhum, pois havia muitas outras coisas atrapalhando. Era óbvio que as circunstâncias ainda não eram de molde a exigir meus talentos especiais.

Depois que Cramer se foi, Wolfe ficou sentado, fitando um distante canto do teto com os olhos abertos cerca de meio milímetro. Sentei e esperei sem querer perturbá-lo, pois, quando o vi repuxando e projetando os lábios seguidas vezes, percebi que ele estava no limite do seu esforço, e fiquei perfeitamente satisfeito. Havia uma boa chance de que ele achasse que já tinha ajudado bastante e voltasse para sua leitura até que Cramer lhe desse um novo relatório, ou que alguma outra pessoa fosse assassinada. Porém aquele editorial lhe dera uma boa ferroada. Por fim ele transferiu o olhar para mim e pronunciou meu nome.

"Sim, senhor", disse eu, animado.

"Seu caderno. Tome nota."

Preparei-me.

"Ex-assinantes do jornal publicado por Cyril Orchard ou por Beula Poole devem comunicar-se comigo imediatamente. Mande publicar em três jornais, a *Gazette,* o *News* e o *Herald Tribune.* Um tamanho modesto, digamos cinco centímetros. Respostas para uma caixa postal. Numa boa página, se possível."

"E posso telefonar para saber se há respostas? Economiza tempo."

"Tudo bem."

Coloquei papel na máquina de escrever. O telefone tocou. Era o sargento Purley Stebbins, dando-me os nomes e endereços dos dois assinantes de Orchard que eles tinham desencavado.

15

Assim, na segunda-feira de manhã estávamos de novo a todo vapor, em vez de esperar sentados, mas eu não estava no meu elemento. Gosto de casos em que se pode traçar um diagrama. Não faço objeções a uma certa complicação, tudo bem, mas, se a gente está atrás de um urso, é tolice concentrar-se nas pegadas de alce. Nossos honorários dependiam de descobrir como e por que Orchard tomou cianeto ao beber o café de Madeline Fraser, e aqui estávamos nós gastando nosso tempo e energia com o assassinato de uma mulher chamada Beula Poole. Mesmo assumindo que foi o mesmo sujeito que roubou os lápis e derramou a tinta no tapete, se você foi contratado para provar que ele roubou os lápis, é nisso que você tem de se concentrar.

Reconheço que isso não é totalmente justo, porque a maior parte das nossas atividades de segunda-feira se relacionava a Orchard. Como Wolfe achava importante conversar com aqueles dois assinantes, em vez de telefonar fui atrás deles. Consegui que um deles estivesse no escritório esperando por Wolfe às onze horas da manhã — o subgerente de uma grande fábrica de telhas. Wolfe passou menos de quinze minutos com ele, sabendo, naturalmente, que a polícia já gastara mais tempo e o examinara de alto a baixo. Ele apostava em cavalos há anos. Um ano atrás, em fevereiro, ficara sabendo que uma dica publicada num jornal chamado *Almanaque das Pistas* conseguira uma vitória surpreendente, e assim passou a assinar, embora dez dólares por semana fossem um sexto do seu salário. Leu o jornal por cerca de nove semanas e depois desistiu. Com isso acabamos com ele.

A outra pessoa era um pouco diferente. Seu nome era Marie Leconne, e era proprietária de um salão de beleza mambembe na avenida Madison. Ela não teria aceito o meu convite se não estivesse sob a falsa impressão de que Wolfe tinha ligação com a polícia, apesar de que eu não lhe disse exatamente isso. Naquela segunda-feira à noite ela ficou conosco umas boas duas horas, mas não nos deixou nada de valor. Fizera uma assinatura do *Almanaque das Pistas* em agosto, sete meses atrás, e continuou assinando até a morte de Orchard. Antes de assinar ela nunca, ou quase nunca, havia apostado em corridas; hesitava em dizer se era nunca ou quase nunca. Depois de assinar passara a apostar com freqüência, mas recusou-se firmemente a dizer aonde, através de quem ou que quantias. Wolfe, sabendo que eu às vezes arrisco uma nota de cinco, insinuou que eu tivesse uma conversinha com ela sobre assuntos relevantes, tais como cavalos e jóqueis, mas ela declinou. Em suma, ela se manteve lindamente sob controle e saiu fora dos trilhos só uma vez, quando Wolfe a encostou na parede para que desse um motivo plausível para assinar um jornalzinho com um preço tão alto. Isso a irritou profundamente e, já que a única coisa que aterroriza Wolfe é uma mulher com ataque histérico, ele logo recuou.

Depois continuou tentando de outros ângulos, mas, quando por fim ela foi embora, tudo o que sabíamos com certeza era que ela *não* assinara o *Almanaque das Pistas* para conseguir dicas sobre cavalos. A mulher não era nada boba, escorregava mais que sabonete, e Wolfe não conseguiu quebrar-lhe a casca mais do que a polícia.

Sugeri a ele: "Podemos pedir a Saul que faça umas investigações no círculo dela".

Ele fez um muxoxo: "Presumo que o senhor Cramer já esteja providenciando isso, e de qualquer forma tudo teria que ser arrancado dela milímetro por milímetro. O anúncio deve ser mais rápido".

De fato foi rápido em conseguir resultados, mas não os resultados que procurávamos. Não houve tempo para alcançar os jornais de segunda-feira, de modo que a primeira publicação do anúncio foi na terça de manhã. Ao avaliá-lo, achei que chamava bem a atenção para um espaço tão pequeno. Depois do café da manhã, que sempre tomo na cozinha com Fritz — Wolfe toma numa bandeja em seu quarto —, e depois de tratar da correspondência da manhã e de outras tarefas no escritório, saí para esticar as pernas e achei que poderia muito bem seguir na direção do *Herald Tribune*. Não esperava nada assim tão cedo, mas, como não custava dar uma olhada, fui procurar. Havia um telegrama. Abri e li:

> LIGUE PARA MIDLAND 53784
> DEIXE MENSAGEM PARA DUNCAN
> MARCANDO ENCONTRO

Fui até uma cabine telefônica e coloquei uma moeda pensando em ligar para Cramer e perguntar a quem pertencia o telefone Midland 53784, mas mudei de idéia. Se por acaso isso levasse a uma pista quente, não queríamos ser atrapalhados por nenhuma interferência dos funcionários municipais — pelo menos eu não queria. Contudo, achei que poderia muito bem aproveitar minha moeda e disquei outro número. Fritz atendeu, e pedi que transferisse para a estufa das plantas.

"Sim, Archie?" A voz de Wolfe veio um pouco irritada. Devia estar mudando as plantas de vaso, calculei pelo horário, e detesta ser interrompido nessa tarefa. Contei-lhe sobre o telegrama.

"Muito bem, ligue para esse número. Marque uma entrevista para onze horas ou mais tarde."

Caminhei para casa, sentei na minha mesa, liguei para o número em Midland e perguntei pelo senhor Duncan. Naturalmente, poderia ter sido senhora ou senhorita, mas eu preferia lidar com homem depois da nossa experiência com Marie Leconne. Uma voz mal-humorada, com sotaque estrangeiro, disse que o senhor Duncan não estava e perguntou se eu queria deixar recado.

"Ele volta logo?"

"Não sei. Só sei que posso anotar o recado."

Assim, deixei meu recado: que o senhor Duncan era esperado no escritório de Nero Wolfe às onze horas, ou pouco depois.

Ele não veio. Wolfe desceu no seu elevador às onze em ponto como de costume, sentou-se no seu trono, pediu uma cerveja e começou a classificar as fichas de flores que trouxera consigo. Consegui que ele assinasse uns dois cheques e comecei a ajudá-lo com as fichas. Às onze e meia perguntei se eu deveria ligar para o número de Midland para ver se Duncan recebera a mensagem, e ele disse que não, que esperaríamos até o meio-dia.

O telefone tocou. Fui até a minha mesa e atendi:

"Escritório de Nero Wolfe, fala Goodwin."

"Recebi seu recado para Duncan. Queria falar com o senhor Wolfe, por favor."

Tapei o fone com a mão e disse a Wolfe: “Ele diz que é o Duncan, mas é uma voz que eu já ouvi. Não é uma voz muito familiar, mas juro por Deus que já ouvi. Veja se o senhor reconhece”.

Wolfe atendeu.

“Sim, senhor Duncan? Aqui é Nero Wolfe.”

“Como vai o senhor?”, perguntou a voz.

“Bem, obrigado. Eu já o conheço?”

“Realmente não sei. Quer dizer, não sei se o senhor iria me reconhecer ao ver-me, porque não sei até que ponto já chegaram suas investigações tolas. Mas já conversamos no telefone.”

“Ah, é?”

“Sim. Duas vezes. Em 9 de junho de 1943, liguei para lhe dar uns conselhos quanto ao serviço que o senhor estava fazendo para a General Carpenter. Em 16 de janeiro de 1946, liguei para conversar sobre a conveniência de limitar seus esforços em prol de uma certa senhorita Tremont.”

“Sim. Estou lembrado.”

Eu também me lembrava. Marquei um ponto contra mim por não ter reconhecido aquela voz nas primeiras seis palavras, apesar de já fazer mais de dois anos que eu a ouvira — dura, lenta e precisa, e fria como um cadáver da semana passada. A voz continuava:

“Fiquei satisfeito ao ver que o senhor de fato limitou seus esforços, como sugeri. Isso demonstrou...”

“Limitei meus esforços quando eles se tornaram desnecessários para terminar o serviço pelo qual fui contratado. Não os limitei porque o senhor sugeriu, senhor Zeck.” A voz de Wolfe também estava gélida.

“Quer dizer que o senhor sabe o meu nome.” A voz não mudou nada.

"Sem dúvida. Investi um pouco de trabalho e despesas para ficar sabendo. Não presto muita atenção a ameaças, recebo ameaças demais, mas pelo menos gosto de saber quem está ameaçando. Sim, meu senhor, sei o seu nome. Será que isso é muito arriscado? Muita gente conhece o senhor Arnold Zeck."

"O senhor ainda não teve ocasião de conhecer. E isso *não* me agrada, senhor Wolfe."

"Eu não esperava que fosse agradar."

"Não. Mas é muito mais fácil lidar comigo quando estou satisfeito. É por isso que lhe mandei aquele telegrama e agora estou falando consigo. Tenho grande admiração pelo senhor, como já disse antes. Não gostaria de perdê-la. Ficaria mais satisfeito em mantê-la. Seu anúncio nos jornais me causou alguma preocupação. Percebo que o senhor não sabia disso, nem tinha como saber, de modo que estou lhe dizendo agora. Esse anúncio me perturba. Ele não pode ser anulado; já foi publicado. Mas é extremamente importante que o senhor não permita que ele o leve a dificuldades que serão demasiadas para si. O caminho mais sensato para o senhor é esquecer esse assunto. O senhor me compreende, não é mesmo, senhor Wolfe?"

"Ah, compreendo sim. O senhor coloca as coisas com muita clareza, senhor Zeck, e eu também. Eu me comprometi a fazer uma coisa, e pretendo fazê-la. Não tenho o menor desejo de agradá-lo nem desagradá-lo e, se nenhuma dessas duas coisas for inerente ao meu serviço, não há motivo para se preocupar. O senhor compreende, não é?"

"Sim. Compreendo. Mas agora o senhor já sabe."

E desligou.

Wolfe acariciou o telefone e recostou-se na poltrona,

de olhos quase fechados, deixando só uma frestinha mínima. Afastei meu telefone, girei na cadeira e fitei-o durante um minuto de silêncio.

"Então", falei. "Aquele filho da mãe. Devo descobrir de quem é o telefone de Midland?"

Wolfe abanou a cabeça. "Inútil. Deve ser de alguma lojinha que apenas anotou o recado. De qualquer forma, ele tem telefone próprio."

"Claro. Ele não sabia que o senhor sabia o nome dele. Nem eu. Como foi que isso aconteceu?"

"Dois anos atrás eu contratei alguns homens do senhor Bascom sem dizer a você. Ele parecia ser um sujeito decidido e com bons recursos, e eu não queria que você se envolvesse."

"Esse é o Zeck de Westchester, naturalmente?"

"Sim. Eu devia ter feito sinal para você desligar assim que reconheci a voz dele. Não conto nada a você porque é melhor você não saber de nada. Você tem que esquecer que sabe o nome dele."

"Assim." Estalei os dedos e lhe dei um sorriso. "Puxa vida, ele come carne humana? De preferência de rapazes jovens e bem apessoados?"

"Não. Faz muito pior." Os olhos de Wolfe abriram-se até a metade. "Vou lhe dizer uma coisa. Se alguma vez, durante os meus negócios, eu descobrir que estou comprometido contra ele e preciso destruí-lo, vou sair desta casa, encontrar um lugar onde eu possa trabalhar — e também dormir e comer, se der tempo — e ficar por lá até terminar. Não quero fazer isso, portanto espero que nunca precise fazer."

"Percebo. Eu gostaria de encontrar esse palhaço. Acho que vou tratar de conhecê-lo."

"Nada disso. Você vai ficar longe dele." Fez uma careta. "Se esse serviço me levar a esse extremo — bem, vai levar ou não." Olhou para o relógio. "É quase meio-dia. É melhor você ir ver se chegaram mais respostas no jornal. Não dá para você telefonar?"

16

Não havia mais respostas. E não só na terça à tarde, mas durante o resto do dia e à noite, e na quarta-feira de manhã e à tarde. Nada feito.

Não me surpreendi. O telefonema daquele homem cujo nome eu recebi ordens de esquecer sugeria que havia algo de peculiar quanto aos assinantes do *Almanaque das Pistas* e do *O que Esperar*, que era o jornalzinho de dicas políticas e econômicas publicado pela falecida Beula Poole. Mas, mesmo assumindo que não havia nada de estranho nos assinantes, que quanto a eles tudo estava limpo e certinho, o fato é que os dois editores acabavam de ser assassinados, e quem seria pateta a ponto de responder a um tal anúncio, só para agüentar uma porção de perguntas impertinentes? No escritório, na quarta-feira à tarde, fiz uma observação nesse sentido para Wolfe, e consegui apenas um grunhido em resposta.

"Pelo menos", insisti, "poderíamos insinuar que eles receberiam seu dinheiro de volta ou algo assim."

Nada de resposta.

"Poderíamos anunciar de novo e acrescentar isso. Ou oferecer uma recompensa para qualquer pessoa que nos der o nome de um assinante de Orchard ou de Poole."

Resposta nenhuma.

"Ou eu poderia ir até o apartamento de Madeline Fraser e conversar com o bando, e aí quem sabe?"

"Sim. Faça isso."

Olhei-o com desconfiança. Ele falava sério.

"Agora?"

"Sim."

"Puxa, quando o senhor aceita uma sugestão minha, o negócio é para já."

Peguei o telefone e disquei o número. Atendeu Bill Meadows, e não parecia nada alegre, mesmo ao saber que era eu. Contudo, depois de uma breve conversa me dispus a perdoá-lo. Desliguei e informei Wolfe.

"Acho que vou ter que adiar. Tanto a senhorita Fraser como a senhorita Koppel saíram. Bill foi um pouco vago, mas pelo que entendi a última foi convocada pelas autoridades municipais por algum motivo e a primeira está tentando anular a convocação. Quem sabe ela precisa de ajuda. Por que não vou lá descobrir?"

"Pode tentar."

Virei-me e disquei Watkins 9-8241. O inspetor Cramer não estava disponível, mas consegui falar com alguém tão bom quanto ele, ou às vezes até melhor, o sargento Stebbins.

"Preciso de umas informações", falei, "a respeito desses honorários que vocês estão ganhando para o senhor Wolfe."

"Nós também", disse ele com sinceridade. "Tem alguma?"

"Neste momento, não. O senhor Wolfe e eu estamos conferenciando. Diga, Stebbins, por que motivo a senhorita Koppel feriu seus sentimentos? Onde está ela? E, se o senhor vir a senhorita Fraser, dê-lhe minhas afetuosas lembranças."

Ele soltou uma gargalhada deliciosa. Stebbins não é de muito rir, pelo menos em serviço, e eu me ressentia disso.

Esperei até achar que ele já estava me ouvindo de novo e perguntei:

"Que diabos é tão engraçado?"

"Eu nunca esperei que esse dia chegasse. Vocês me chamando para perguntar onde está a sua cliente! O que acontece, Wolfe está fora de forma?"

"Sei uma melhor ainda. Me ligue quando você acabar de rir."

"Já acabei. Você não ficou sabendo o que essa Koppel fez?"

"Não. Eu só sei aquilo que você me conta."

"Bom, isso ainda não vazou. Estamos querendo guardar isso um pouco, se pudermos, não sei."

"Eu ajudo a guardar. E o senhor Wolfe também."

"Estamos entendidos quanto a isso?"

"Estamos."

"OK. Naturalmente, todos eles receberam ordens de não sair desta jurisdição. Hoje de manhã a senhorita Koppel foi de táxi até o Aeroporto La Guardia. Foi pega quando estava embarcando no avião das nove para Detroit. Diz ela que queria visitar sua mãe doente em Fleetville, que fica a cento e vinte quilômetros de Detroit. Mas ela não pediu permissão para ir, e ficamos sabendo que a mãe dela não está nada pior do que um ano atrás. Assim, nós a retivemos como suspeita. Acha que foi abuso da minha parte? Devo ser despedido?"

"Prepare-se para outra gargalhada. Onde está a senhorita Fraser?"

"Com seu advogado no Departamento Jurídico, discutindo a fiança."

"Que razões você tem para a viagem da senhorita Koppel que sejam melhores que as razões dela?"

“Eu não saberia dizer, e isso já é fora da minha área. Se você quer detalhes assim, é melhor Wolfe perguntar ao inspetor Cramer.”

Tentei mais uma ou duas abordagens diferentes, mas ou Stebbins já me dera tudo que havia, ou então o resto estava em outra gaveta que ele não tinha vontade de abrir. Desliguei e passei as novas para Wolfe.

Ele assentiu de cabeça como se nada disso fosse da sua conta. Eu o olhei irritado:

“O senhor não acharia interessante chamar uma delas, ou as duas, para darem uma chegadinha aqui antes de voltarem para casa? Seria mera curiosidade vulgar perguntar por que a senhorita Koppel precisou de repente ir a Michigan?”

“Bah. A polícia já está perguntando, não está?” Wolfe estava amargo. “Eu já passei horas incontáveis com essa gente, e só consegui alguma coisa quando estalei o chicote. Para que acrescentar mais horas fúteis? Preciso de outro chicote. Ligue de novo para aqueles jornais.”

“Devo ainda ir até lá? Depois que as duas chegarem em casa?”

“Você bem que poderia.”

“Pois é.” Eu estava uma fera. “Pelo menos, vou acrescentar mais umas horas fúteis.”

Liguei para os três jornais. Nada. Sem cabeça para sentar e concentrar-me em registros de germinação vegetal, anunciei que ia sair para uma caminhada, e Wolfe concordou, distraído. Quando voltei eram mais de quatro horas e ele estava no orquidário. Fucei daqui e dali, e por fim resolvi que podia me concentrar em algo, e a única coisa que eu tinha eram os registros de germinação. Tirei as fichas da gaveta, mas daí pensei, por que não jogar fora mais três níqueis? Assim, comecei a discar de novo.

Herald Tribune, nada. *News*, nada. Mas a garota da *Gazette* disse que sim, que havia uma resposta. Do jeito que agarrei meu chapéu e corri para a Décima Avenida para pegar um táxi, parecia que eu estava cometendo um crime.

O chofer era um filósofo. "A gente não vê muitos rostos felizes e animados como o seu hoje em dia."

"Estou indo para o meu casamento."

Ele abriu a boca para dizer alguma coisa, mas fechou-a firmemente e abanou a cabeça com resolução: "Não. Para que vou estragar tudo?".

Paguei-lhe na porta do edifício da *Gazette*, entrei e peguei meu prêmio. Era um envelope quadrado azul-claro, e o remetente dizia:

Sra. W. T. Michaels
890 Avenida East End
Nova York, 28

Dentro havia uma única folha combinando com o envelope, com uma caligrafia pequena e bem cuidada:

À Caixa Postal P304:

Quanto ao seu anúncio, não sou ex-assinante de nenhuma das duas publicações, mas posso lhe dizer alguma coisa. Pode me escrever, ou ligar para Lincoln 3-4808, mas não telefone antes das dez da manhã nem depois das cinco e meia da tarde. Isso é importante.

Hilda Michaels

Como eu ainda tinha quarenta minutos antes do limite dela, fui direto a um telefone público e disquei. Atendeu uma voz de mulher. Pedi para falar com a senhora Michaels.

"É a senhora Michaels."

"Aqui é a pessoa do anúncio da *Gazette* que a senhora respondeu, da Caixa Postal P304. Acabo de ler..."

"Qual é o seu nome?", interrompeu ela.

"Goodwin, Archie Goodwin. Posso estar aí em quinze minutos ou menos..."

"Não, não pode, não. Ou, de qualquer forma, é melhor não vir. O senhor tem ligação com o Departamento de Polícia?"

"Não. Trabalho para Nero Wolfe. A senhora talvez já tenha ouvido falar no detetive Nero Wolfe?"

"Claro. Isso aqui não é convento. Esse anúncio era dele?"

"Sim. Ele..."

"Então por que ele mesmo não me telefonou?"

"Porque acabo de receber sua carta agora. Estou ligando do prédio da *Gazette*. A senhora disse para não..."

"Bem, senhor Goodman, duvido que eu possa dizer ao senhor Wolfe qualquer coisa que seja do seu interesse. Duvido mesmo."

"Talvez não", reconheci. "Mas ele seria a melhor pessoa para julgar. Se a senhora não quer que eu vá até aí, que tal se fosse visitar o senhor Wolfe no seu escritório? Rua 35 oeste — está na lista telefônica. Ou então eu poderia ir até aí agora de táxi e..."

"Ah, agora não. Hoje não. Talvez amanhã — ou sexta-feira."

Fiquei chateado. Em primeiro lugar, eu bem que gostaria de conseguir terminar uma sentença de vez em quando, e além disso ela devia ter lido a notícia de que Wolfe fora contratado para trabalhar no caso Orchard, e meu nome estava lá, grafado corretamente. Assim, joguei mais pesado:

"Parece que a senhora não percebe o que fez, senhora Michaels. A senhora..."

"Ora, o que foi que eu fiz?"

"Caiu de cabeça num assassinato. O senhor Wolfe e a polícia estão mais ou menos colaborando no caso. E ele gostaria de lhe falar sobre esse assunto mencionado no anúncio, não amanhã nem na semana que vem, mas logo. Acho que a senhora deveria vê-lo. Se tentar adiar porque se arrependeu de ter enviado a carta, ele vai ser obrigado a consultar a polícia, e aí o que vai acontecer? A senhora vai..."

"Não falei que me arrependo de mandar a carta."

"Não, mas o jeito como a senhora..."

"Estarei no escritório do senhor Wolfe às seis horas."

"Ótimo! A senhora gostaria que eu fosse..."

Nessas alturas eu já deveria saber que não devia lhe dar mais uma chance de me cortar. Ela disse que era perfeitamente capaz de transportar-se, e eu acreditei de imediato.

17

Já na sua aparência não havia nada de cortante. O casaco de vison e o vestido de lã bordô que apareceu depois que o casaco foi colocado nas costas da cadeira vermelha de couro sem dúvida tinham boas intenções, mas seu físico não cooperava com roupa nenhuma. Era uma mulher grandona e a distribuição estava toda errada. O rosto era tão acolchoado que nem se podia dizer se havia ossos por baixo, e as rugas eram bem mais que superficiais. Não gostei dela. Pela expressão de Wolfe, ficou claro para mim que ele também não gostou. E, quanto a ela, estava na cara que ela não gostava de ninguém.

Wolfe esfregava na mesa a folha de papel azul-claro. Deu mais uma rápida lida na carta e olhou para ela. "A senhora diz aqui, madame, que pode me dizer alguma coisa. Sua precaução é compreensível, e mesmo louvável. A senhora queria descobrir quem colocou o anúncio, antes de se comprometer. Agora já sabe. Não há necessidade..."

"Aquele homem me ameaçou", cortou ela. "Não é assim que se consegue alguma coisa de mim — se é que eu tenho algo para dizer."

"Concordo. O senhor Goodwin é muito obstinado. Archie, retire a ameaça."

Fiz um esforço para lhe dar um sorriso de homem para mulher. "Retiro, senhora Michaels. Eu estava tão ansioso para..."

"Se eu lhe disser alguma coisa", disse ela para Wolfe, me ignorando, "é porque eu quero, e será absolutamente confidencial. É claro que não posso influir no que o senhor vai fazer, mas quero sua solene palavra de honra que meu nome não será mencionado a ninguém. Ninguém deve saber que eu lhe escrevi, ou vim visitá-lo, ou tive qualquer coisa a ver com isso."

Wolfe abanou a cabeça. "Impossível. Claramente impossível. A senhora não é tola, madame, e não vou tratá-la como tal. É até mesmo concebível que a senhora venha a ser chamada ao banco das testemunhas num julgamento de assassinato. Não posso saber, porque não sei o que a senhora tem a dizer. Assim sendo, como poderia eu..."

"Tudo bem", disse ela, rendendo-se. "Vejo que cometi um erro. Tenho que estar em casa às sete horas. Eis o que tenho para lhe dizer: uma pessoa que conheço assinava aquele tal de *O que Esperar*, publicado por aquela mulher, Beula Poole. Lembro-me distintamente que certo dia, dois ou três meses atrás, vi uma pequena pilha desses jornalecos em algum lugar — em alguma casa, apartamento ou escritório. Andei tentando me lembrar onde foi, e simplesmente não consigo. Eu lhe escrevi porque achei que o senhor poderia me dizer alguma coisa que me refresque a memória, e estou totalmente disposta a tentar, mas duvido que isso seja uma grande ajuda."

"Deveras?" A expressão de Wolfe era tão azeda quanto a dela. "Já disse que a senhora não é tola. Imagino que esteja preparada para confirmar sob quaisquer circuns..."

"Estou."

"Mesmo se o senhor Goodwin voltar a obstinar-se e renovar sua ameaça?"

"Ora essa!", tornou ela com desprezo.

"Isso tudo é muito frágil, senhora Michaels. Chega a ser ridículo. Que a senhora se daria ao trabalho de responder ao anúncio e vir até aqui..."

"Não me importo em ser ridícula."

"Então não tenho alternativa." Wolfe apertou os lábios. Depois soltou-os. "Aceito suas condições. Concordo, por mim mesmo e pelo senhor Goodwin, que é meu agente, que não revelaremos a fonte das nossas informações, e que faremos o possível para evitar que qualquer pessoa saiba delas. Caso alguém descubra, será contra a nossa vontade e apesar das nossas precauções e da nossa boa-fé. Não podemos garantir; podemos apenas prometer; e estamos prometendo."

Ela apertou os olhos. "O senhor dá a sua solene palavra de honra?"

"Deus do céu! Minha palavra de honra, esse trapo velho? Muito bem. Minha solene palavra de honra. Archie?"

"Minha solene palavra de honra", disse eu, grave.

Ela abaixou a cabeça num movimento esquisito, que me lembrou uma coruja bochechuda que vi no jardim zoológico prestes a atacar um camundongo.

"Meu marido", disse ela, "assinou essa publicação, *O que Esperar*, durante oito meses."

Mas a coruja ataca porque está com fome, enquanto aquela lá atacava para ferir. Isso se percebia na voz dela, que continuava sendo a voz dela mas muito diferente quando pronunciou a palavra "marido".

"E isso tudo é ridículo", continuou ela, "já que o senhor quer algo ridículo. Ele não tem o menor interesse em política, nem indústria, nem mercado de ações ou coisa parecida. Ele é um médico bem-sucedido e só pensa no seu trabalho e nos seus clientes — especialmente nas suas clientes. O que ele poderia querer com esse tal de *O que*

Esperar? Por que ele haveria de pagar àquela Beula Poole toda semana, mês após mês? Tenho meu próprio dinheiro, e nos primeiros anos depois que nos casamos vivemos da minha renda, mas aí ele começou a ter sucesso e agora não precisa mais do meu dinheiro. E ele não..."

De repente ela levantou. Pelo jeito, o hábito era tão forte que às vezes ela interrompia até a si mesma. Virou-se para apanhar seu casaco.

"Por favor", disse Wolfe, brusco. "A senhora já tem a minha palavra de honra, e quero alguns detalhes. O que o seu marido..."

"É só isso", cortou ela. "Não pretendo responder a nenhuma pergunta tola. Se respondesse, o senhor com certeza iria me entregar, o senhor não teria inteligência para evitar. E, de qualquer forma, os detalhes não importam. Já falei a única coisa que o senhor precisa saber, e só espero..."

Ela continuava ocupada com o casaco, e fui ajudá-la.

"Sim, madame, o que a senhora espera?"

Ela olhou fixo para Wolfe. "Espero que o senhor tenha um pouco de miolo na cabeça. Sua aparência não diz isso."

Ela partiu para o vestíbulo, e eu a segui. Nesses anos todos já abri aquela porta para deixar sair muita gente, entre eles ladrões, escroques, assassinos e vigaristas de vários tipos, mas nunca tive tanto prazer como naquela ocasião. Além de tudo, ao ajudá-la a vestir o casaco eu notara que seu pescoço precisava de um banho.

Não era novidade para nós que seu marido era um médico bem-sucedido. Entre minha volta ao escritório e a chegada dela houve tempo para uma olhada na lista telefônica, que o registrava como médico com um escritório na rua 60 e poucos, logo na esquina da avenida Park, e houve tempo também para um telefonema para o doutor Vollmer. Ele não conhecia o tal doutor Michaels pessoalmente, mas sabia da sua posição e da sua reputação, que estavam lá no alto. Era ginecologista, com uma boa clientela de alto nível.

Voltando ao escritório, observei para Wolfe: "Lá vai o meu pêndulo de novo para o outro lado. Ultimamente venho me inclinando para a idéia de arranjar uma mulherzinha para mim, mas Deus do céu! Meu irmão, que coisa!".

Ele concordou, e estremeceu um pouco. "Pois é. Mas não podemos rejeitar a coisa só porque no fundo os motivos são sujos. Não há dúvida que o que ela disse é um fato verdadeiro; do contrário, ela teria inventado uma história mais elaborada." Olhou para o relógio. "Ela disse que tinha que estar em casa às sete, de modo que ele talvez ainda esteja no consultório. Tente."

Achei o número e disquei. A mulher que atendeu tinha a firme intenção de proteger seu patrão e não deixar que estranhos o importunassem, mas por fim eu a convenci.

Wolfe atendeu também. "Doutor Michaels? Aqui é Nero Wolfe, detetive. Sim, senhor, que eu saiba só há um com esse nome. Estou com uma pequena dificuldade e apreciaria muito uma ajudazinha do senhor."

"Já estou saindo do consultório, senhor Wolfe. Sinto muito, mas não seria possível dar-lhe conselhos médicos pelo telefone." Falava baixo, com uma voz agradável e cansada.

"O conselho que eu preciso não é médico, doutor. Gostaria de ter uma conversa com o senhor sobre uma publicação chamada *O que Esperar*, que o senhor assinava. O problema é que para mim não é prático sair de casa. Eu poderia mandar meu assistente ou um policial entrevistá-lo, ou ambos, mas preferiria discutir o assunto com o senhor eu mesmo, confidencialmente. Será que o senhor poderia me fazer uma visita hoje depois do jantar?"

Evidentemente, a mania de interromper da família Michaels limitava-se à mulher. Ele não só não interrompeu, como nem captou nada. Wolfe tentou de novo:

"Seria conveniente para o senhor, doutor?"

"Poderia esperar mais um momentinho, senhor Wolfe? Tive um dia difícil e estou tentando pensar."

"Claro, sem dúvida."

Demorou dez segundos. Sua voz veio ainda mais cansada:

"Acho que seria inútil mandar o senhor para o inferno. Eu preferia não discutir esse assunto por telefone. Estarei no seu escritório por volta das nove horas."

"Muito bem. O senhor tem compromisso para jantar, doutor?"

"Compromisso? Não. Vou jantar em casa. Por quê?"

"Acaba de me ocorrer — será que eu poderia convencê-lo a jantar comigo? O senhor disse que está saindo agora do consultório. Tenho um bom cozinheiro. Vamos ter bisteca de porco, sem fibras, feita na caçarola, com um molho marrom moderadamente temperado. Não haverá tempo para deixar o clarete em temperatura ambiente, mas podemos tirar o gelo. Naturalmente, só abordaremos nosso probleminha depois do jantar, na hora do café — ou mesmo depois disso. O senhor por acaso conhece um conhaque chamado Remisier? É fora do comum. Espero não chocá-lo, mas a maneira correta de tomá-lo é em pequenos goles, acompanhando a torta de maçã de Fritz. Fritz é meu cozinheiro."

"Puxa vida. Vou até aí — qual é o endereço?"

Wolfe lhe deu, e desligou.

"Puxa vida digo eu", declarei. "Ora, um estranho? De repente ele é capaz até de colocar mostarda nas ostras."

Wolfe deu um grunhido. "Se ele fosse para casa jantar com aquela criatura, muita coisa poderia ser dita entre os dois. Achei prudente evitar esse risco."

"Nada disso. Não existe esse risco, e o senhor sabe muito bem. O que o senhor está tentando evitar é que alguém pense que o senhor é um ser humano. O senhor estava apenas sendo gentil com seu próximo, mas preferiria morrer a reconhecer isso. A idéia de que aquele pobre diabo iria para casa jantar com aquela hiena foi simplesmente demais para o seu grande coração, e o senhor foi tão impetuoso que até se comprometeu a lhe servir um conhaque de que há apenas dezenove garrafas nos Estados Unidos, todas aqui na sua adega."

"Bobagem." Ele levantou-se. "Você é capaz de fazer sentimentalismo até com a tabuada de multiplicar." E foi indo para a cozinha para avisar Fritz que teríamos um hóspede, e para dar uma cheirada nas panelas.

18

Depois do jantar Fritz nos trouxe mais um bule de café no escritório, e também a garrafa de conhaque e os copos apropriados. As últimas duas horas não tinham se passado na rua 35 oeste em Nova York, mas no Egito. Tanto Wolfe como o convidado haviam estado no Egito em priscas eras, e escolheram esse assunto para conversar.

O doutor Michaels, confortavelmente sentado na cadeira vermelha de couro, colocou na mesa sua xícara de café, apagou o cigarro no cinzeiro e deu umas palmadinhas suaves no estômago. Parecia exatamente um médico bem-sucedido da avenida Park, de meia-idade, bom físico, bem vestido, preocupado mas cheio de autoconfiança. Depois da primeira hora na mesa de jantar, a expressão cansada e preocupada se fora, mas agora, ao lançar um olhar a Wolfe depois de apagar o cigarro, sua testa se franziu outra vez.

"Foi um relaxamento delicioso", declarou ele. "Me fez um bem enorme. Tenho dúzias de pacientes a quem eu gostaria de receitar um jantar com o senhor. Só evite assinar receitas." Daí arrotou, mas com a boa educação que tinha não tentou disfarçar. "Bem. Agora vou parar de me fantasiar de visita e assumir meu papel adequado: o de vítima. Vamos ao sacrifício humano."

Wolfe negou: "Não tenho nenhum desejo nem intenção de arrancar suas entranhas, doutor".

Michaels sorriu. "Um cirurgião também pode dizer isso, enquanto vai cortando. Não, vamos logo ao ponto. Minha esposa lhe telefonou, ou escreveu para o senhor, ou veio vê-lo?"

"Sua esposa?" Wolfe abriu os olhos com inocência. "Alguém mencionou sua esposa?"

"Só eu mesmo, neste momento. Bem, deixe passar. Imagino que ela exigiu sua solene palavra de honra." Aqui o médico deu de ombros: "Realmente, uma bela expressão, das antigas. Na verdade, não fiquei surpreso quando o senhor me perguntou no telefone aquele negócio da chantagem; só fiquei confuso durante alguns momentos. Eu já vinha esperando algo do gênero, porque não me parecia possível que uma tal oportunidade de causar-me constrangimento — ou coisa pior — seria desperdiçada. Só que eu imaginava que teria que me haver com a polícia. Isso aqui é muito melhor, muito melhor mesmo".

Wolfe abaixou a cabeça visivelmente, aceitando o elogio. "Pode acabar chegando até a polícia, doutor. Quanto a isso talvez não haja nada a fazer."

"Claro, percebo. Posso apenas ter a esperança de que isso não aconteça. Ela lhe deu as cartas anônimas ou apenas mostrou-as ao senhor?"

"Nem uma coisa, nem outra. Mas esse 'ela' foi o senhor que disse, não eu. Não vi nem tenho em meu poder nenhum documento que sirva de prova. Se houver algum, sem dúvida eu poderia consegui-lo." Wolfe suspirou, reclinou-se para trás e semicerrou os olhos. "Não seria mais simples o senhor assumir que eu não sei de nada, e me contar tudo?"

"Acho que sim. É o jeito." Michaels tomou um golinho de conhaque, usou bem a língua para dar a todas as membranas e papilas uma chance de conhecê-lo, engoliu e colocou o copo na mesa. "Desde o começo?"

"Por favor."

"Bem... foi no verão passado, nove meses atrás, que fiquei sabendo das cartas anônimas. Um colega mostrou-me uma carta que recebeu pelo correio, insinuando que eu era culpado de... ahn... conduta antiética com minhas pacientes. Pouco depois percebi uma decidida mudança na atitude de uma cliente, uma de minhas pacientes mais antigas e mais estimadas. Pedi a ela que me dissesse francamente o motivo. Ela recebera duas cartas semelhantes. Foi no dia seguinte — naturalmente a minha memória é muito vívida quanto a isso — que minha mulher me mostrou duas cartas, de novo semelhantes, dirigidas a ela."

As rugas na sua testa haviam novamente assumido o comando. "Nem preciso explicar o que uma coisa dessas pode fazer com a vida de um médico. Naturalmente pensei na polícia, mas havia um grande risco de que os boatos se espalhassem com a investigação policial. A mesma objeção se aplicava, ou pelo menos foi o que eu achei, quanto a contratar um investigador particular. Daí, um dia depois que a minha mulher me mostrou as cartas — não, dois dias depois —, recebi um telefonema na minha casa à noite. Imagino que minha esposa escutou na extensão do seu quarto — mas o senhor não deve estar interessado nisso. Como eu gostaria que estivesse..." Michaels levantou a cabeça num movimento brusco, como se ouvisse um barulho em algum lugar. "Ora, o que eu quis dizer com isso?"

"Não faço idéia", murmurou Wolfe. "E o telefonema?"

"Era uma voz de mulher. Foi direto ao assunto. Disse que sabia que várias pessoas estavam recebendo cartas a meu respeito, e que, se eu estava aborrecido e quisesse dar um basta naquilo, era muito fácil. Bastava eu fazer uma assinatura de um ano de uma publicação chamada *O que Esperar* — ela me deu o endereço — e não haveria mais cartas. O custo seria de dez dólares por semana, e eu podia pagar como quisesse: por semana, por mês ou um ano inteiro adiantado. Ela me garantiu enfaticamente que não haveria nenhum pedido de renovação, que nada mais seria exigido além dessa assinatura de um ano, e que as cartas parariam assim que eu assinasse."

Michaels concluiu: "Foi só isso. Assinei. Mandei dez dólares por semana durante algum tempo — oito semanas — e daí mandei um cheque de quatrocentos e quarenta dólares. Que eu saiba não houve mais cartas — e acho que, se houvesse, eu saberia".

"Interessante", murmurou Wolfe. "Extremamente interessante."

"Sim", concordou Michaels. "Compreendo bem por que o senhor diz isso. É o que diz um médico quando se depara com algo raro, como um pulmão colado nas costelas. Mas, se ele tiver tato, não diz isso na frente do paciente."

"O senhor tem toda razão, doutor. Peço desculpas. Mas isso é uma raridade — realmente notável! Se a execução fosse tão sofisticada quanto a concepção... Como eram as cartas, datilografadas?"

"Sim. Envelopes brancos comuns e papel comum barato, mas a datilografia era perfeita."

"O senhor disse que mandou um cheque. Foi sugestão dela?"

"Sim, ela deixou isso bem claro. Cheque ou ordem de pagamento. Dinheiro seria aceitável, mas era desaconselhado devido ao risco de extraviar-se no correio."

"Está vendo? Admirável. E a voz dela?"

"O timbre era médio; uma voz clara e precisa, educada — isso é, com boa dicção, boa gramática — e totalmente objetiva. Certo dia liguei para o telefone do jornal — como o senhor deve saber, está na lista — e perguntei pela senhorita Poole. Ela disse que era ela. Discuti um parágrafo que saíra no último número do jornal, e ela era inteligente e bem informada. Mas sua voz era de soprano, agitada e nervosa, nada parecida com a voz que me dissera como fazer para acabar com as cartas."

"Não devia ser, mesmo. Foi para isso que o senhor telefonou?"

"Sim, achei que poderia ter pelo menos essa satisfação, já que não havia risco."

"O senhor podia ter economizado o telefonema." Wolfe fez uma careta. "Doutor Michaels, vou lhe fazer uma pergunta."

"Muito bem."

"Não desejo bisbilhotar, mas, embora essa pergunta seja intrometida, é muito importante. Mas não adianta eu perguntar se não tiver certeza de receber uma resposta absolutamente sincera, ou então uma recusa total de respondê-la. O senhor seria capaz de escapar da pergunta muito bem, se quiser, e não desejo isso. O senhor concorda em me dar a franqueza ou o silêncio?"

Michaels sorriu. "O silêncio é tão constrangedor. Eu lhe darei uma resposta direta ou então direi 'sem comentários'."

"Muito bem. Quanto havia de verdade nas insinuações daquelas cartas quanto à sua conduta?"

O médico olhou para ele, refletiu e por fim disse: "É de fato uma intromissão, mas como o senhor diz que é importante, aceito sua palavra. O senhor quer uma resposta completa?".

"O mais completa possível."

"Então deve ser confidencial."

"E será."

"Aceito. E não vou pedir sua solene palavra de honra. Não havia nem mesmo uma sombra de verdade naquelas cartas. Nunca, com nenhuma cliente, jamais me afastei do decoro profissional. Mas não sou como o senhor; tenho uma necessidade profunda e intensa de companhia feminina. Creio que foi por isso que me casei tão cedo — e com resultado tão desastroso. É possível que o dinheiro dela tenha me atraído também, embora eu possa negar isso vigorosamente; mas não deixo de ter certos traços maus. De qualquer forma, tenho de fato a companhia de uma mulher, mas não daquela com quem me casei. Ela nunca foi minha cliente. Quando precisa de conselhos, ela procura algum outro médico. Nenhum médico deve assumir a responsabilidade pela saúde de alguém por quem ele sente amor ou ódio."

"Essa companhia de que o senhor desfruta — não teria sido o estímulo para as insinuações das cartas?"

"Não vejo como. Todas as cartas falavam de clientes mulheres — no plural, e clientes."

"Dando os nomes?"

"Não, nenhum nome."

Wolfe assentiu com satisfação. "Uma operação por atacado exigiria muita pesquisa, e não era necessário." Inclinou-se sobre a mesa, apertando a campainha para chamar Fritz, e continuou: "Sou muito grato ao senhor, doutor Michaels. Isso tudo foi muito desagradável para o senhor, e o senhor foi extremamente indulgente. Não preciso prolongar a conversa, e não vou fazê-lo. Não vejo nenhuma necessidade de dar seu nome à polícia, e até me comprometo a não fazê-lo, embora só Deus saiba o que minha informante vai fazer. Agora vamos tomar uma cerveja. Ainda não resolvemos a questão dos arcos pontiagudos da mesquita de Tulun".

"Desculpe", disse o visitante, "mas estive pensando se não seria boa idéia dar mais um gole nesse conhaque."

Assim, ele ficou com o conhaque enquanto Wolfe tomou cerveja. Pedi licença e saí para tomar um pouco de ar, pois, se eles queriam discutir sobre os arcos da mesquita de Tulun, da minha parte a questão já estava resolvida há muito tempo.

Eram mais de onze horas quando voltei, e logo depois Michaels levantou-se para ir embora. Não estava bêbado, em absoluto, mas sem dúvida muito mais relaxado e rosado do que quando chegou. Wolfe estava de tão bom humor que até levantou da poltrona para despedir-se, e não vi seu costumeiro instante de hesitação quando Michaels lhe estendeu a mão. Ele não é amigo de apertar a mão dos outros indiscriminadamente.

Michaels disse, num impulso: "Quero lhe fazer uma pergunta".

"Pode fazer."

"Gostaria de fazer uma consulta profissional com o senhor. Preciso de ajuda. Quero pagar por ela."

"Pode pagar, doutor, se a minha ajuda lhe valer alguma coisa."

"Tenho certeza que sim. Quero saber o seguinte: se alguém está sendo seguido, se há um homem atrás da gente, quantas maneiras existem de despistá-lo, quais são elas e como devem ser realizadas?"

"Meu Deus do céu." Wolfe estremeceu. "Há quanto tempo isso vem acontecendo?"

"Há meses."

"Bem. Archie?"

"Claro", disse eu. "Com prazer."

"Não quero impor minha presença", mentiu Michaels, já impondo. "É tarde."

"Tudo bem. Sente-se."

Conhecendo a mulher dele, eu realmente não me importava.

19

Isso sim, pensei comigo enquanto penteava o cabelo na quinta-feira de manhã, isso representa um avanço. Um verdadeiro passo à frente.

Daí, guardando a escova na gaveta, perguntei alto: "Ah, é? Em direção a quê?".

Num caso de assassinato você já espera passar pelo menos a metade do tempo atrás de pistas erradas. Às vezes isso irrita a gente, mas que diabo, quem é detetive e está nesse ramo simplesmente passa por cima dessa pista e dá mais uma olhada geral. Mas dessa vez esse não era o problema. Não tínhamos corrido para investigar um barulho esquisito só para descobrir que era apenas um gato miando na cerca. Longe disso. Tínhamos deixado tudo isso para a polícia. Cada movimento que fizemos fora estritamente pertinente. Nossas duas descobertas principais — a fita na garrafa de café e a maneira de angariar assinantes do *O que Esperar* — eram sem dúvida partes essenciais do quadro do assassinato de Ciryl Orchard, que era a nossa tarefa.

Assim, era um passo à frente. Muito bem. E, quando a gente dá um passo à frente, a próxima atitude é dar mais um passo na mesma direção. E essa foi a pedrinha no bolo em que quebrei um dente aquela manhã. Enquanto eu tomava banho, me vestia e tomava café, repassei a situação de todos os ângulos e pontos de vista, e tive de reconhecer o seguinte: se Wolfe me chamasse para o seu quarto e me pedisse uma sugestão sobre como eu deveria passar o dia, eu não saberia o que dizer.

O que estou tentando fazer, se vocês estão me acompanhando, é justificar o que acabei fazendo. Quando ele realmente me chamou até o seu quarto, me desejou um bom-dia, perguntou como eu tinha dormido e me mandou telefonar ao inspetor Cramer e convidá-lo para nos fazer uma visita à onze horas, eu apenas respondi:

"Sim, senhor."

Havia outro telefonema que eu mesmo decidira dar. Já que ele implicava violar uma lei que Wolfe estabelecera, não quis telefonar do escritório. Assim, quando saí para dar um passeio até o banco e depositar o cheque de um ex-cliente que estava pagando em prestações, entrei numa cabine telefônica. Quando consegui falar com Lon Cohen, disse-lhe que queria perguntar uma coisa que não tinha ligação com meu trabalho de detetive, mas era estritamente particular. Disse que recebi uma oferta de trabalho com um salário dez vezes maior que o de Lon, e nada menos que a metade do que eu mesmo valia, e, embora não tivesse nenhuma intenção de deixar Wolfe, estava curioso. Por acaso ele já ouvira falar de um sujeito chamado Arnold Zeck? Que tal o cara?

"Não tenho nada a te dizer", disse Lon.

"Como assim, não tem nada a me dizer?"

"Bem, você não está atrás de um relatório superficial; você quer saber qual é a dele, de verdade, e isso eu não sei dizer. Zeck é um ponto de interrogação. Já ouvi dizer que ele é dono de vinte vereadores e seis líderes distritais, e também já ouvi dizer que ele não passa de um peixe morto. Dizem que, se alguém publica alguma coisa sobre ele e que ele não gosta, o corpo do cara acaba aparecendo numa praia todo devorado por tubarões, mas você sabe como o pessoal exagera. Um pequeno detalhe — isso fica entre nós?"

"Para sempre."

"Não há nenhuma palavra sobre ele no nosso arquivo. Já tive ocasião de procurar, vários anos atrás — quando ele doou o iate dele para a Marinha. Nada mesmo, o que é estranho para um sujeito que dá iates de presente e é dono da mais alta colina de Westchester. Qual é o emprego?"

"Esqueça. Nem pensar. Achei que ele ainda era dono do iate."

Resolvi deixar a coisa por isso mesmo. Se chegasse o dia em que Wolfe teria de escapulir e procurar um esconderijo, eu não queria que a culpa fosse minha.

Cramer chegou logo depois das onze. Não estava de bom humor, e aliás nem eu. Quando ele vinha, como eu já vira, a fim de picar Wolfe em pedacinhos, ou pelo menos ameaçar arrastá-lo até a delegacia, ou mandar um batalhão com um papel assinado por um juiz, tinha fogo nos olhos e molas nos pés. Dessa vez estava tão abatido que até me deixou pendurar seu chapéu e seu casaco. Mas, quando entrou no escritório, vi-o endireitar os ombros. Estava tão acostumado a entrar naquele escritório para brigar, que fazia isso automaticamente. Grunhiu um bom-dia, sentou-se e perguntou:

"O que temos desta vez?"

Wolfe, de lábios apertados, fitou-o um momento e então apontou-lhe um dedo. "Sabe, senhor Cramer, estou começando a desconfiar que sou burro. Três semanas atrás, quando li no jornal sobre a morte do senhor Orchard, eu logo poderia ter imaginado por que as pessoas pagavam a ele dez dólares por semana. Não falo apenas da idéia geral da chantagem, que era uma possibilidade óbvia; estou falando de todo o processo, do modo como era feito."

"Por quê, agora o senhor imaginou?"

"Não. Alguém relatou para mim."

"Quem?"

"Não importa. Uma vítima inocente. O senhor gostaria que eu lhe relatasse?"

"Claro. Ou vice-versa."

Wolfe franziu a testa. "O quê? O senhor já está sabendo?"

"Sim, estou sabendo. Agora já sei." Cramer não estava se vangloriando. Continuava sombrio. "Compreenda, não estou dizendo nada contra o Departamento de Polícia de Nova York. É o melhor do mundo. Mas é uma organização muito grande, e não se pode esperar que cada um saiba o que todos os outros fizeram ou estão fazendo. Minha seção é a de Homicídios. Muito bem. Em setembro de 1946, dezenove meses atrás, um cidadão procurou um dos nossos sargentos detetives e fez uma queixa. Várias pessoas haviam recebido cartas anônimas a respeito dele, e depois um homem lhe telefonou dizendo que, se ele assinasse um negócio chamado *Almanaque das Pistas* durante um ano, as cartas parariam de chegar. Ele disse ao sargento que o conteúdo das cartas era mentira, que ele não ia se deixar extorquir, e que queria justiça. Como parecia um trabalho sério, o sargento consultou seu capitão. Daí os dois juntos foram até o escritório do *Almanaque das Pistas*, encontraram Orchard e o pressionaram. Ele negou, e disse que devia ser alguma outra pessoa tentando prejudicá-lo. O cidadão ouviu a voz de Orchard, tanto pessoalmente como no telefone, e disse que não era a mesma voz; o outro devia ser um cúmplice. Mas não conseguimos achar nenhuma pista que levasse a um cúmplice. Nada foi encontrado. Orchard ficou na defensiva. Recusou-se a mostrar sua lista de assinantes, alegando que não queria que seus clientes fossem incomodados — o que era seu direito, já que não havia acusação formal. O advogado do cidadão não quis que ele solicitasse um pedido de busca. As cartas anônimas pararam."

"Que beleza", murmurou Wolfe.

"Ora, que beleza o quê?"

"Desculpe. E então?"

"Então nada. O capitão agora está aposentado, morando numa fazenda em Rhode Island. O sargento continua sargento, como deve ser, já que pelo jeito ele não lê os jornais. Está numa delegacia do Bronx, especializando-se em garotos que jogam pedras nos trens. E justamente ontem o nome de Orchard o fez lembrar de algo! Então foi isso que eu consegui. Mandei alguns homens atrás dos outros assinantes de Orchard que já conhecemos, exceto um que foi apenas um otário — muitos homens, o suficiente para cobrir qualquer pessoa próxima deles —, para perguntar sobre cartas anônimas. Não houve resultado nem com Savarese nem com Madeline Fraser, mas descobrimos algo com aquela mulher chamada Leconne, uma que tem um salão de beleza. Foi a mesma história — cartas, um telefonema, e ela caiu na armadilha. Ela alega que as cartas diziam mentiras, e parece que era isso mesmo, mas pagou para que elas parassem de chegar. E ela nos chutou para fora do caso, e ao senhor também, porque não quer escândalo."

Cramer fez um gesto. "Que tal, relatei bem?"

"Perfeitamente", garantiu Wolfe.

"OK. O senhor me chamou, e eu vim porque juro que não estou vendo onde isso tudo me leva. Foi o senhor que teve o lance de gênio de descobrir que o veneno era para

Fraser, e não para Orchard. Agora isso parece loucura, mas o que é que não parece? E, se realmente era para Orchard, quem foi, daquele bando todo, e por quê? E o que dizer de Beula Poole? Será que ela e Orchard trabalhavam juntos? Ou será que ela estava se aproveitando da lista dele? Meu Deus, nunca vi uma coisa assim!"

Cramer puxou o charuto do bolso e apertou nos dentes.

"Também estou um pouquinho confuso", disse Wolfe. "Seu relato foi um tanto esquemático, e pode ser útil completá-lo. O senhor está com pressa?"

"Claro que não."

"Então escute. É importante, se quisermos perceber a conexão entre os dois fatos, saber exatamente quais eram os papéis do senhor Orchard e da senhorita Poole. Digamos que eu seja um homem inventivo e implacável, e que eu decida ganhar dinheiro fazendo uma chantagem por atacado, sem correr risco nenhum, ou muito pouco."

"Orchard foi envenenado", rosnou Cramer, "e ela levou um tiro."

"Sim", concordou Wolfe, "mas eu não. Eu conheço pessoas que posso utilizar, ou sei como encontrá-las. Sou um homem engenhoso e paciente. Digamos que eu dê a Orchard os fundos para começar a publicar o *Almanaque das Pistas.* Preparo cuidadosamente algumas listas de pessoas de alta renda, que estejam num negócio, profissão ou emprego que as torna sensíveis ao meu ataque. Daí começo a agir. Os telefonemas não são feitos nem por Orchard nem por mim. Naturalmente, Orchard, que está numa posição delicada, nunca me encontrou, não sabe quem eu sou e provavelmente nem sabe que eu existo. Na verdade, de todos os envolvidos na operação, muito poucos sabem que eu existo; talvez apenas um."

Wolfe esfregou as mãos. "Tudo isso é razoavelmente inteligente. Estou tirando de minhas vítimas apenas uma pequena fração de sua renda, e não as estou ameaçando de revelar um segredo terrível. Mesmo se eu soubesse os segredos delas, coisa que eu não sei, preferiria não usá-los nas cartas anônimas; isso não iria apenas aborrecê-las, mas enchê-las de terror, e eu não quero terror, só quero dinheiro. Portanto, enquanto minhas listas vão sendo cuidadosamente compiladas, não é necessário muita pesquisa, só o suficiente para conseguir apenas o tipo de pessoas que teriam pouquíssima probabilidade de armar uma briga, seja procurando a polícia ou por qualquer outro método. Mesmo que uma delas apelasse para a polícia, o que vai acontecer? O senhor já respondeu, senhor Cramer, contando o que de fato aconteceu."

"Aquele sargento era burro demais", disse Cramer.

"Ah, não. Havia também o capitão. E tire uma hora, um dia desses, para ponderar sobre o que o senhor mesmo teria feito, e veja a conclusão. E se mais um ou dois cidadãos tivessem feito a mesma queixa? O senhor Orchard teria insistido que estava sendo perseguido por um inimigo. No caso extremo de uma avalanche de queixas, o que é muito improvável, ou se alguém fosse descoberto por um policial excepcionalmente capaz, o que aconteceria? O senhor Orchard estaria acabado, mas eu não. Mesmo que ele quisesse delatar, não poderia, não a mim, pois ele não me conhece."

"Mas ele vem mandando dinheiro para o senhor", objetou Cramer.

"Não para mim. Ele nunca chega a menos de quinze quilômetros de mim. A manipulação do dinheiro é um detalhe importante, e pode ter certeza que foi bem organizada. Só um homem se aproxima de mim o suficiente para me trazer o dinheiro. Não deve levar muito tempo para eu armar uma bela lista de assinantes do *Almanaque das Pistas* — com certeza cem pessoas, talvez quinhentas. Vamos ser moderados e pensar em duzentas. São dois mil dólares por semana. Se o senhor Orchard fica com a metade, pode pagar todas as despesas e ainda lhe sobra bem mais que trinta mil dólares por ano de lucro líquido. Se ele tiver bom senso, e note que ele foi cuidadosamente escolhido e está sob supervisão, isso irá satisfazê-lo. Quanto a mim, é uma questão do volume total. Quantas unidades eu tenho? Nova York comporta quatro ou cinco, Chicago duas ou três, Detroit, Filadélfia e Los Angeles, duas cada uma; pelo menos outras dez cidades comportam uma. Se eu quiser esticar a coisa, posso facilmente colocar vinte unidades em funcionamento. Mas sejamos moderados de novo, e vamos parar em doze. Isso me traria seiscentos mil dólares por ano, só para mim. Meus custos operacionais não devem ser mais de metade disso; e, considerando que meu líquido é realmente líquido, sem nenhum imposto de renda a pagar, veja que estou me saindo realmente muito bem."

Cramer ia dizer alguma coisa, mas Wolfe levantou a mão:

"Por favor. Como já disse, tudo isso é bastante inteligente, especialmente ao evitar ameaças reais sobre segredos reais; mas o que faz desse esquema uma obra-prima é a limitação do tributo. Todos os chantagistas prometem que essa vez será a última, mas eu não só prometo como cumpro. Tenho uma regra inviolável de nunca pedir renovação da assinatura."

"Isso o senhor não pode provar."

"Não, não posso. Mas posso assumir com certeza, pois essa é a essência, a grande beleza do plano. Um homem pode tolerar uma dor — e essa não foi uma grande dor, só um desconforto, para esse pessoal de alta renda — se ele sabe quando a dor vai parar, e se ela realmente pára quando chega a hora. Mas, se eu os fizer pagar ano após ano, sem um final à vista, estou me metendo num desastre. Só que sou muito bom comerciante e não vou entrar nessa. É muito mais barato e mais seguro conseguir quatro novos assinantes por semana para cada unidade — é o que basta para manter uma constante de duzentos assinantes."

Wolfe continuou, enfaticamente: "Então, se eu quiser continuar no ramo indefinidamente, e é essa a minha intenção, preciso fazer essa regra e segui-la rigidamente; e é o que faço. Haverá, naturalmente, muitas pequenas dificuldades, como em qualquer empreendimento, e também devo estar preparado para os imprevistos. Por exemplo, o senhor Orchard pode ser assassinado. Se é assim, devo saber disso imediatamente, e preciso ter um homem pronto para retirar todos os papéis de seu escritório, mesmo que não haja nada ali que possa levar a polícia até mim. Eu preferiria que nenhum vestígio da natureza e da extensão das minhas operações chegasse até pessoas não amigáveis. Mas não entro em pânico; por que haveria de entrar? Dentro de duas semanas, um dos meus sócios — aquele que faz os telefonemas para as unidades administradas por mulheres — começa a telefonar para os assinantes do *Almanaque das Pistas* para dizer-lhes que o restante dos seus pagamentos deve ser feito a uma outra publicação, chamada *O que Esperar*. Seria melhor descartar minha lista do *Almanaque das Pistas* e assumir a perda, mas ainda não sei disso. Só descubro quando a senhorita Poole também é assassinada. Por sorte, a minha vigilância é excelente. Mais uma vez o escritório deve ser limpo, e dessa vez em condições arriscadas e com muita rapidez. É bem provável que meu homem tenha visto o assassino, e possa até dizer seu nome; mas não estou interessado em pegar o assassino; o que eu quero é salvar o meu negócio dessas malditas interrupções. Descarto essas duas malditas listas; eu as destruo, as queimo, e começo a fazer planos para duas unidades inteiramente novas. Que tal um jornalzinho semanal com as últimas informações sobre compras e supermercados? Ou um curso de línguas, qualquer língua? Ah, as possibilidades são incontáveis".

Wolfe recostou-se na poltrona. "Eis aí a sua conexão, senhor Cramer."

"Eis aí coisa nenhuma", resmungou Cramer. Estava coçando o lado do nariz, tentando encaixar as coisas. Depois de um momento continuou: "Achei que talvez o senhor mesmo acabaria matando os dois. Também seria uma conexão, não seria?".

"Não muito plausível. Por que eu haveria de escolher aquele lugar, aquele momento e aquele método para matar Orchard? Ou mesmo a senhorita Poole — por que ali no seu escritório? Não seria meu estilo. Se eles tivessem que ser eliminados, com certeza eu armaria um esquema melhor que esse."

"Então o senhor está dizendo que foi um assinante".

"Faço essa sugestão. Não necessariamente um assinante, mas alguém que via as coisas do ponto de vista do assinante."

"Quer dizer que o veneno era destinado a Orchard, afinal de contas."

"Acho que sim, caramba. Reconheço que é difícil de engolir. Estou com isso preso na garganta."

"Eu também." Cramer estava cético. "Mas há uma coisa que o senhor não considerou. Estava tão interessado em fingir que o senhor mesmo era o homem, que não mencionou quem é a pessoa real. Esse gavião paciente e implacável, que está ganhando mais de meio milhão por ano. Será que eu poderia conseguir seu nome e endereço?"

"Não da minha parte", disse Wolfe, incisivo. "Duvido muito que vocês conseguissem acabar com ele, e se tentassem ele saberia quem o entregou. Daí eu mesmo teria que assumir a tarefa, e não quero saber de histórias com ele. Trabalho por dinheiro, para ganhar minha vida, não só para me manter vivo. Não quero ser reduzido a essa situação extrema."

"Bobagem. O que o senhor acaba de me contar é um sonho que o senhor teve. Como não tolera que alguém ache que o senhor não sabe tudo, teve a coragem de me dizer, na minha cara, que sabe o nome do homem. O senhor nem sabe se ele existe, assim como Orchard não sabia."

"Ah, sei, sei sim. Sou muito mais inteligente do que o senhor Orchard."

"Como queira", concedeu Cramer, generoso. "Digamos que o senhor faz intercâmbio de orquídeas com esse homem. E daí? Ele não está no meu departamento. Se ele não estivesse por trás desses assassinatos, eu não quereria saber de nada com ele. Meu trabalho é o homicídio. Digamos que o senhor não sonhou isso tudo; digamos que é exatamente como o senhor disse. O que vem depois? E onde isso me adianta um centímetro, a mim ou ao senhor? É para isso que o senhor me chamou aqui, para me falar sobre esses raios dessas unidades em doze cidades diferentes?"

"Em parte. Eu não sabia que o seu sargento tinha se lembrado de alguma coisa. Mas não é só isso. O senhor gostaria de me dizer por que a senhorita Koppel tentou embarcar num avião?"

"Claro que gostaria, mas não posso, porque não sei. Ela disse que ia ver a mãe doente. Tentamos encontrar alguma outra razão melhor, mas não demos sorte. Ela assinou um compromisso de não sair deste estado."

Wolfe concordou. "Parece que nada está dando frutos, não é? O que eu realmente queria era oferecer uma sugestão. O senhor gostaria?"

"Vamos lá."

"Espero que lhe agrade. O senhor disse que mandou homens investigarem o círculo dos assinantes de Orchard já conhecidos, e que não houve resultados quanto ao professor Savarese e à senhorita Fraser. Isso já era de se esperar, já que esses dois deram razões plausíveis para assinar o jornal. Por que não mudar de alvo? Quantos homens estão disponíveis para esse trabalho?"

"Tantos quantos eu quiser."

"Então mande mais uma dúzia atrás da senhorita Vance — ou melhor, dos associados dela. Mande fazer um trabalho completo. Diga aos seus homens que o objetivo não é saber se foram recebidas cartas anônimas sobre a senhorita Vance. Diga-lhes que isso já é aceito por hipótese com bastante certeza; a tarefa deles é descobrir o que as cartas diziam, quem as recebeu e quando. Isso vai exigir uma pertinácia que vai até os limites máximos da conduta policial permissível. Aquele que realmente conseguir pôr as mãos numa dessas cartas será imediatamente promovido."

Cramer continuava sentado, franzindo a testa. Provavelmente estava tentando a mesma coisa que eu, esforçando-se para fazer um retrospecto rápido, porém completo, de todas as coisas que Elinor Vance vira e fizera, na nossa presença ou de nosso conhecimento. Por fim perguntou:

"Por que ela?"

Wolfe abanou a cabeça: "Se eu explicasse, o senhor diria que é outro sonho. Posso lhe garantir que na minha opinião há uma boa razão".

"Quantas cartas para quantas pessoas?"

Wolfe ergueu as sobrancelhas. "Ora, meu caro senhor! Se eu soubesse, acha que eu o deixaria pôr o dedo nisso? Eu já teria a moça aqui, pronta para a entrega, junto com as provas. Ora, o que há de errado nisso? Estou apenas sugerindo uma determinada linha de investigação, sobre uma determinada pessoa a quem o senhor já vem atormentando há mais de três semanas."

"O senhor está me deixando pôr o dedo agora. E, se isso adianta alguma coisa, por que o senhor mesmo não contrata homens com o dinheiro dos seus clientes e segue essa pista?"

Wolfe fez um muxoxo de repulsa. "Muito bem. É o que eu vou fazer. Não se preocupe. Sem dúvida seus próprios planos são muito superiores. De repente outro sargento pode se lembrar de alguma coisa que aconteceu na virada do século."

Cramer levantou-se. Achei que ele ia sair sem dizer uma só palavra, mas ele falou. "Isso é muito baixo, Wolfe. O senhor nunca teria ouvido falar nesse sargento se eu não lhe tivesse contado. Espontaneamente."

Virou-se e foi saindo a passos largos. Dei um desconto para os dois, porque ambos estavam com os nervos à flor da pele. Depois de três semanas para Cramer, e mais duas para Wolfe, não estavam mais próximos do assassino de Cyril Orchard do que quando haviam começado.

20

Tenho de reconhecer que para mim essa bola jogada para Elinor Vance passou por cima da minha cabeça e foi cair muito longe, fora do meu alcance. Eu meio que esperava que agora, por fim, iríamos contratar uns ajudantes, mas, quando perguntei a Wolfe se deveria chamar Saul, Fred e Orrie, ele apenas deu um grunhido. Não fiquei muito surpreso, já que isso estava de acordo com a nossa nova política, de deixar a polícia trabalhar. Com certeza a primeira providência de Cramer ao voltar para seu quartel-general seria mandar uma matilha de cães farejar cartas anônimas sobre Elinor Vance.

Depois do almoço resolvi um pequeno problema pessoal obtendo permissão de Wolfe para pagar uma dívida, apesar de que não foi isso que eu lhe disse. Disse-lhe que gostaria de ligar para Lon Cohen e lhe passar a informação sobre a maneira como o *Almanaque das Pistas* e o *O que Esperar* conseguiam seus assinantes — naturalmente sem nenhuma sugestão implícita sobre um mandante paciente e implacável que não existia, e sem citar nenhum nome. Meus argumentos eram: a) que Wolfe descobrira esse fato sozinho, e portanto Cramer não detinha direitos autorais sobre aquilo tudo; b) que era desejável ter um jornal nos devendo um favor; c) que seria uma boa lição para eles, depois do editorial virulento que haviam publicado; d) que isso poderia acender um fogo que nos daria um sinal de fumaça. Wolfe concordou, mas esperei até ele subir à estufa para ligar para Lon. Se eu tivesse ligado perto dele, ele é tão terrivelmente desconfiado que qualquer palavra, qualquer nuance na voz, já bastaria para ele começar a fazer perguntas.

Outra proposta que fiz mais tarde não teve tão bom resultado; ele recusou-a peremptoriamente. Já que eu devia esquecer-me do nome de Arnold Zeck, usei Duncan. Lembrei a Wolfe que ele dissera a Cramer que um funcionário de Duncan talvez tivesse visto o assassino de Beula Poole, e até pudesse dizer seu nome. O que eu propunha era ligar para aquele telefone de Midland e deixar um recado para Duncan ligar para Wolfe. Se e quando ele ligasse, Wolfe faria uma proposta: se Duncan desse o nome do assassino, absolutamente em *off*, é claro, Wolfe concordaria em esquecer que jamais ouvira falar de alguém cujo nome começava com Z — perdão, D.

Tudo o que consegui com isso foi ser cortado em todas as frentes. Primeiro, Wolfe não faria um trato assim com um criminoso, especialmente um criminoso disgênico; e, segundo, não haveria mais comunicações entre ele e esse verme anônimo, a não ser por iniciativa deste. Isso me parecia mostrar uma visão bastante estreita. Se ele não tinha a intenção de enfrentar o tal gavião a menos que fosse necessário, por que não pegar o que dava para obter? Depois do jantar tentei trazer de novo esse assunto à baila, mas ele se recusou a discuti-lo.

Na manhã seguinte, sexta-feira, tivemos um parzinho de visitantes que não víamos há um bom tempo: Walter B. Anderson, o presidente da Hi-Spot, e Fred Owen, diretor de Relações Públicas. Quando a campainha tocou, pouco antes do meio-dia, e os vi nos degraus da entrada, minha atitude foi muito diferente daquela da primeira vez. Agora eles não vinham trazendo fotógrafos, e eram clientes oficiais, com o direito de ser atendidos — se é que sabiam disso; e havia uma pequena chance de que eles tivessem uma arma escondida, talvez um alfinete de chapéu, para enfiar em Wolfe. Assim, sem ir até o escritório para confirmar, dei-lhes as boas-vindas.

Wolfe os cumprimentou sem nenhum sinal visível de felicidade, mas pelo menos sem rosnar. Chegou até a perguntar como iam. Enquanto eles se acomodavam nas cadeiras, mudou de posição na poltrona para poder olhar para ambos sem um esforço excessivo dos músculos do pescoço. Chegou até mesmo a pedir desculpas:

"Cavalheiros, não é de espantar que os senhores estejam ficando um pouco impacientes. Mas, se vocês todos estão exasperados, eu também estou. Eu não fazia idéia de que a coisa iria se arrastar dessa maneira. Nenhum assassino gosta de ser pego, naturalmente; mas esse aqui parece ter verdadeira aversão à cadeia. Gostariam que eu lhes relatasse o que já foi realizado?"

"Sabemos muito bem", disse Owen. Estava usando um terno marrom-escuro de listras finas que devia ter levado pelo menos cinco provas no alfaiate para cair daquele jeito.

"Sabemos até bem demais", corrigiu-o o presidente. Em geral eu tolero bem o tipo gordinho de bochechas vermelhas, mas, cada vez que aquele fulano abria a boca, eu queria fechá-la, e não com palavras.

Wolfe franziu a testa. "Já reconheci o seu direito à exasperação. Não precisava insistir."

"Não é com o senhor que estamos exasperados, senhor Wolfe", declarou Owen.

"Eu estou", corrigiu-o mais uma vez o presidente. "E é com essa porcaria toda, com tudo e com todos que têm a ver com isso. Meu Deus, uma chantagem! O senhor foi responsável por aquele artigo na *Gazette* hoje de manhã?"

"Bem..." Wolfe ponderou: "Eu diria que a responsabilidade cabe ao homem que concebeu o esquema. Eu o descobri e revelei..."

"Não importa." Anderson descartou com um gesto. "O que importa é que aos olhos do público a minha companhia e o meu produto não estejam ligados a nenhuma chantagem. Isso é sujeira. É uma coisa que dá nojo nas pessoas."

"Concordo plenamente", disse Owen.

"Um assassinato também é sujeira", objetou Wolfe.

"Não", disse Anderson, peremptório. "Um assassinato é algo sensacional, excitante, mas não é como a chantagem e as cartas anônimas. Estou cheio. Já estou cansado de tudo isso."

Enfiou a mão no bolso do paletó e tirou um envelope, do qual extraiu uma tira de papel azul. "Aqui está um cheque pelos seus honorários, equivalente à quantia total. Talvez eu receba a parte dos outros, talvez não. Vou ver. Mande-me uma fatura das suas despesas até hoje. O senhor compreende, estou cancelando nosso trato."

Owen levantou para pegar o cheque e dá-lo a Wolfe. Wolfe deu uma espiada no cheque apertando os olhos, e deixou-o cair na mesa.

"É mesmo?" Wolfe pegou o cheque, deu mais uma olhada e deixou-o cair na mesa de novo. "O senhor consultou os outros membros do nosso acordo?"

"Não, e nem pretendo consultar. O que lhe importa isso? Essa é a quantia total, não é?"

"Sim, a quantia está certa. Mas por que essa retirada? O que o deixou tão assustado?"

"Nada. Não estou assustado." Anderson inclinou-se para a frente. "Escute, Wolfe. Vim até aqui pessoalmente, para garantir que não haja volta nem mal-entendido. O acordo está terminado, a partir de já. Se o senhor ouviu o programa de Fraser hoje de manhã, não escutou nenhuma menção ao meu produto. Estou saindo fora disso também, e pagando as multas. Se o senhor acha que eu estou com medo, é porque não me conhece. Eu não tenho medo. Mas sei como agir quando as circunstâncias exigem, e é isso que estou fazendo."

Levantou-se da cadeira, inclinou-se sobre a mesa de Wolfe, estendeu um braço curtinho e bateu no cheque com um dedinho gorducho. "Não sou nenhum unha de fome! Vou pagar as suas despesas, assim como estou pagando isso aqui! Não estou culpando o senhor, dane-se tudo isso, mas a partir deste momento o senhor — não — está — mais — trabalhando — para mim!"

Acompanhando essas últimas seis palavras, o dedo batia na mesa, a um ritmo de mais ou menos três batidas por palavra.

"Vamos, Fred", comandou o presidente, e o parzinho foi saindo.

Fui acompanhá-los até a porta para garantir que eles não saíssem com meu chapéu novo de vinte dólares, e quando os dois tinham se mandado de vez voltei para a minha mesa, sentei-me e comentei com Wolfe:

"Pelo jeito ele está muito nervoso."

"Anote uma carta para ele."

Peguei meu caderno e caneta. Wolfe pigarreou:

"Não caro senhor Anderson, só caro senhor. A respeito da nossa conversa no meu escritório hoje de manhã, estou comprometido com outras pessoas assim como com o senhor, e, uma vez que meus honorários dependem do meu desempenho, sou obrigado a continuar até que esse desempenho se complete. Até então, seu cheque ficará guardado no meu cofre."

Levantei os olhos. "Sinceramente?"

"Creio que sim. Não há nada de insincero nisso. Quando você sair para despachar a carta, vá primeiro ao banco e mande visar o cheque."

"Isso muda as circunstâncias", observei, abrindo a gaveta dos papéis de carta. "Tudo depende de saber se o banco continua solvente ou não."

Foi nesse momento, no momento em que eu coloquei o papel na máquina de escrever, que Wolfe realmente começou a trabalhar no caso Orchard. Reclinou-se para trás, fechou os olhos e começou a exercitar os lábios. Estava assim quando saí para fazer o meu serviço, e continuava do mesmo jeito quando voltei. Em ocasiões assim eu não preciso andar na ponta dos pés nem evitar fazer barulho com papéis; posso martelar na máquina de escrever, telefonar ou passar o aspirador de pó — ele não escuta nada.

Durante todo o resto daquele dia, até a hora de dormir, exceto os intervalos para as refeições e a sessão vespertina na estufa das plantas, ele continuou firme, sem uma palavra ou sinal que me indicasse a pista que ele havia encontrado, se é que havia alguma. De certo modo eu aceitava isso muito bem, pois pelo menos mostrava que ele resolvera que nós faríamos nosso próprio serviço; mas, tirando esse aspecto, não era nada legal. Quando a coisa continua por horas e horas, como naquela sexta-feira, é provável que ele se ache mais ou menos acuado, e pode ficar desesperado para encontrar um buraco para sair. Há uns dois anos, depois de passar um dia todo tentando encontrar uma saída assim, acabou nos metendo numa encrenca que quase deixou nove seres humanos asfixiados, inclusive ele e eu, sem falar no inspetor Cramer.

Quando meu relógio marcava quase meia-noite e ali estava ele, no mesmo lugar, perguntei educadamente:

"Vamos tomar um café para ficar acordados?"

Quase não ouvi o seu murmúrio: "Vá dormir".

E foi o que fiz.

21

Eu não precisava me preocupar. Ele realmente deu a luz, mas não a um dos seus mostrengos. Na manhã seguinte, sábado, quando Fritz voltou à cozinha depois de buscar a bandeja do café, disse que Wolfe me chamava.

Como ele gosta de ar fresco à noite, mas também gosta do quarto bem quente na hora do café, fora necessário, há muito tempo, instalar um mecanismo que fechava sua janela automaticamente às seis da manhã. Assim, às oito horas a temperatura permite que ele tome seu café na mesa perto da janela, sem precisar vestir o roupão. Ali sentado, descalço, ainda com o cabelo despenteado e com toda a metragem de seu pijama amarelo rebrilhando ao sol da manhã, é uma figura de se admirar, e é pena que apenas Fritz e eu tenhamos esse privilégio.

Eu lhe disse que estava uma bela manhã, e ele rosnou. Ele se recusa a admitir que uma manhã seja suportável, muito menos bela, até tomar sua segunda xícara de café e vestir-se por inteiro.

"Instruções", grunhiu.

Sentei-me, abri meu caderno e tirei a tampa da caneta. Ele comandou:

"Arranje papel branco comum, barato; acho que nenhum dos nossos vai servir. Digamos uma folha de vinte por doze. Datilografe em espaço simples, sem data nem saudação."

Fechou os olhos. "Já que você é amigo de Elinor Vance, eis aqui algo que você deve saber. Durante o último ano dela na universidade, a morte de uma certa pessoa foi atribuída a causas naturais e nunca foi corretamente investigada. Outro incidente que nunca foi investigado foi o desaparecimento de um vidro de cianeto da oficina de galvanoplastia do irmão da senhorita Vance. Seria interessante saber se houve alguma ligação entre esses dois incidentes. Possivelmente uma investigação sobre ambos iria sugerir uma conexão."

"Só isso?"

"Sim. Sem assinatura. Sem envelope. Dobre o papel e deixe-o meio sujo, como se tivesse sido manuseado. Hoje é sábado, mas o jornal da manhã deu a notícia da desistência da Hi-Spot de patrocinar o programa da senhorita Fraser, portanto duvido que esse pessoal vá viajar no fim de semana. Você pode até descobrir que eles estão todos juntos, conversando; isso seria muito conveniente para nós. Mas, juntos ou separados, trate de vê-los; mostre a eles a carta anônima, pergunte se eles já viram essa carta ou alguma semelhante; seja insistente, seja uma peste."

"Mostro também para a própria Elinor Vance?"

"Deixe que as circunstâncias decidam. Se eles estiverem juntos e ela estiver com eles, sim. É possível que ela já tenha sido alertada pelos homens do senhor Cramer."

"E o professor Savarese?"

"Não, não se incomode com ele." Wolfe deu um gole no café. "É só isso."

Levantei-me. "Eu poderia conseguir mais resultados, ou resultados melhores, se eu soubesse o que estamos procurando. Estamos esperando que Elinor Vance tenha um colapso e confesse? Ou devo aborrecer algum deles até que ele aponte um revólver para mim?"

Eu deveria saber onde estava pisando, com ele ainda de pijama e todo despenteado.

"Você está seguindo instruções", disse ele irritado. "Se eu soubesse o que você vai conseguir, não precisaria apelar para esse estratagema tão mambembe."

"Mambembe mesmo", concordei, e saí.

É claro que eu iria obedecer ordens, pela mesma razão que um bom soldado obedece, ou seja, porque tem de obedecer, mas ainda não estava tão imbuído de dedicação profissional a ponto de apressar meu café da manhã. Minha atitude, enquanto me preparava para as preliminares dessa operação, foi que, se Wolfe não arranjara nada melhor que isso, ele bem poderia continuar dormindo. Não creio que ele tivesse alguma coisa contra Elinor Vance. Às vezes ele contrata Saul, Fred ou Orrie sem me contar o que eles vão fazer. Ou, mais raramente, nem mesmo me avisa que eles estão trabalhando para ele, mas eu sempre sei, vendo se foi tirado algum dinheiro do cofre. No caso, todo o dinheiro estava ali, ou fora subtraído justificadamente. Imaginem como eu me senti quando comecei a desconfiar que ele escolhera Elinor só porque eu a tinha sentado perto de mim na noite da primeira reunião.

Contudo, ele tinha razão quanto ao fim de semana. Só comecei os telefonemas às nove e meia; não desejava tirá-los da cama para fazer algo que eu considerava tão útil como atirar pedras na lua. O primeiro que tentei, Bill Meadows, disse que ainda não tomara café e não sabia quando teria tempo livre, pois precisava comparecer ao apartamento da senhorita Fraser às onze horas para uma reunião e não se podia dizer quanto tempo ela iria durar. Isso indicava que eu tinha uma chance de atirar uma pedra em duas luas ou mais, o que confirmei com mais dois ou três telefonemas. De fato, havia uma reunião em curso. Fiz as tarefas da manhã, interfonei para a estufa das plantas para informar Wolfe, e saí um pouco antes das onze em direção ao apartamento da senhorita Fraser.

Para mostrar a vocês o que um caso de assassinato faz com a vida das pessoas, a senha de entrada no prédio fora abandonada. Entretanto, isso não significava, de modo algum, que agora era mais fácil subir ao apartamento 10B. Muito pelo contrário. Até mesmo jornalistas e outros vinham tentando todo tipo de truques para conseguir subir no elevador. O porteiro não demonstrou nem uma partícula de interesse quando eu disse meu nome, e ficou duro como pedra para não dar nenhum sinal de reconhecimento. Só falou no interfone e em poucos minutos Bill Meadows desceu do elevador e veio chegando. Nós nos cumprimentamos.

"Tully Strong disse que você devia aparecer", disse ele. Nem seu tom de voz nem sua expressão indicava que eles estavam todos andando de lá para cá no apartamento, esperando por mim. "A senhorita Fraser quer saber se é urgente."

"O senhor Wolfe acha que sim."

"Venha então, tudo bem."

Estava tão preocupado que entrou no elevador antes de mim.

Decidi que se ele me deixasse sozinho naquela enorme sala de estar, com todos aqueles móveis disparatados, esperando até ser chamado, eu simplesmente iria atrás dele, mas não foi necessário. Eu não poderia ficar sozinho porque estavam todos ali.

No divã verde, Madeline Fraser recostava-se em uma dúzia de almofadas. Deborah Koppel estava sentada no banquinho do piano. Elinor Vance, empoleirada num canto da maciça mesa de madeira escura. Tully Strong apoiava a beira do traseiro na beira da cadeira cor-de-rosa de seda, e Nat Traub estava em pé. Tudo isso era esperado, mas havia uma atração extra. Também em pé, na ponta do longo divã, estava Nancylee Shepherd.

"É o Goodwin", disse Bill Meadows, mas eles deviam deduzir de qualquer modo, já que eu deixara meu chapéu e casaco no vestíbulo e estava bem ao lado dele. Falou então para a senhorita Fraser:

"Diz ele que é urgente."

A senhorita Fraser me perguntou com vivacidade: "Vai demorar muito, senhor Goodwin?". Parecia limpa e competente, como quem teve uma boa noite de sono, um bom chuveiro, uma saudável e vigorosa massagem e um café da manhã completo.

Eu lhe disse que, infelizmente, talvez sim.

"Então preciso lhe pedir que espere." Estava pedindo um favor. Tinha sem dúvida um belo talento para dar um tom pessoal, fazendo com que a gente não quisesse ir embora. "O senhor Traub tem que sair daqui a pouco para uma reunião, e precisamos tomar uma decisão importante. Você sabe, naturalmente, que perdemos um patrocinador. Imagino que eu devia estar deprimida com isso, mas na verdade não estou. Sabe quantas firmas já nos fizeram ofertas para tomar o lugar da Hi-Spot? Dezesseis!"

"Maravilha!", falei, admirado. "Eu espero, claro." Fui até o outro lado da sala e sentei-me fora da área da reunião.

Eles se esqueceram, imediatamente e por completo, que eu estava lá. Todos menos um: Nancylee. Ela mudou de posição para ficar de olho em mim, e sua expressão mostrava claramente que me considerava astucioso, traiçoeiro e indigno de confiança.

"Temos que começar a eliminar", declarou Tully Strong, segurando os óculos na mão. "Pelo que entendi, há apenas cinco competidores sérios."

"Quatro", disse Elinor Vance, olhando para um papel que segurava na mão. "Já eliminei o Fluff, a massa de biscoito para cachorro. Foi isso que você falou, não foi, Lina?"

"É uma boa companhia", disse Traub, aborrecido. "Uma das melhores. O orçamento deles para o rádio é de mais de três milhões."

"Assim você só dificulta as coisas, Nat", disse Deborah Koppel. "Não podemos aceitar todas elas. Pensei que sua favorita fossem as Meltettes."

"É mesmo", concordou Traub, "mas todas elas são contas muito boas. O que acha das Meltettes, senhorita Fraser?" Traub era o único que não a chamava de Lina.

"Ainda não experimentei." Deu uma olhada em volta. "Onde estão elas?"

Nancylee, que não estava tão concentrada em mim a ponto de perder qualquer palavra ou gesto do seu ídolo, falou: "Estão ali no piano, senhorita Fraser. Quer provar?".

"Temos que eliminar", insistiu Strong, gesticulando com os óculos para dar mais ênfase. "Devo repetir, como representante dos outros patrocinadores, que eles estão firme e unanimemente contra o Sparkle, se for servido no programa do mesmo modo como o Hi-Spot. Eles nunca gostaram dessa idéia, e não querem que continue."

"Esse já foi eliminado", disse Elinor Vance. "Tirando fora o Fluff e o Sparkle, ficamos com quatro."

"Bem", disse a senhorita Fraser, "de qualquer forma não são os patrocinadores que vão decidir. Somos nós."

"Quer dizer, é *você* quem vai decidir, Lina." Bill Meadows parecia um pouco irritado. "Que diabo, todos nós sabemos disso. Você não quer o Fluff porque Cora fez alguns biscoitos e você não gostou deles. Não quer o Sparkle porque o fabricante quer que seja servido no programa, e isso você tem toda a razão de não querer."

Elinor Vance repetiu: "Assim, ficamos com quatro".

"Certo, vamos eliminar!", insistiu Strong.

"Estamos exatamente onde estávamos antes", disse Deborah Koppel. "O problema é que não há nenhuma objeção concreta contra nenhum desses quatro, e acho que Bill tem razão. Acho que temos que deixar por conta de Lina."

"Estou preparado", anunciou Nat Traub no tom de um homem que queima as pontes atrás de si, "a dizer que vou votar nas Meltettes."

Da minha parte, eu estava preparado para dizer que eu não ia votar em ninguém. Sentado ali observando-os, me parecia que a única tensão que estavam sofrendo era aquela urgência de escolher o patrocinador certo. Se, além disso, um deles estivesse lutando contra o desgaste nervoso de dois assassinatos, esse cara era bom demais para mim. Quando a discussão esquentou, ficou claro que, embora eles concordassem que a palavra final era da senhorita Fraser, cada um tinha seu favorito entre os remanescentes. Era isso que complicava a eliminação.

Naturalmente, devido ao pedaço de papel que eu tinha no bolso, eu estava mais interessado em Elinor Vance, mas o problema do patrocinador estava monopolizando sua atenção por completo, tanto quanto os outros. Naturalmente, eu teria de seguir as instruções e desempenhar minha tarefa assim que eles me dessem uma chance, mas já estava começando a me sentir tolo. Embora Wolfe tivesse deixado tudo meio vago, uma coisa era clara: eu deveria lhes dar um severo choque, e eu duvidava que conseguiria isso. Quando eles chegaram no clímax de nomear o vencedor, decidindo qual o produto felizardo que ficaria com o papel que outros dezesseis ambicionavam, achei que introduzir o assunto de uma carta anônima, mesmo uma carta que implicava que um deles era um assassino serial, seria algo totalmente sem graça. Depois de resolver triunfantemente um problema tão sério, que lhes importava uma coisinha tão pequena como um assassinato?

Mas eu estava totalmente errado. Descobri isso incidentalmente, como subproduto da argumentação deles. Parecia que dois dos competidores eram rivais de morte, ambos disputando as moedinhas das crianças: uma barra de chocolate chamada Happy Andy e uma caixinha de deliciosas bolachas chamadas Meltettes. Era essa última que Traub decidira apoiar e, quando o problema chegou em qual dos dois eliminar, de novo ele perguntou à senhorita Fraser se ela já experimentara as Meltettes. Ela lhe disse que não. Ele perguntou se ela já experimentara a Happy Andy. Ela disse que sim. Então, insistiu ele, era justo que ela experimentasse as Meltettes.

"Tudo bem", concordou ela. "Ali no piano, Debby, aquela caixinha vermelha. Jogue aqui."

"Não!", gritou uma voz aguda. Era Nancylee. Todos olharam para ela. Deborah Koppel, já com a caixinha na mão, perguntou:

"O que acontece?"

"É perigoso!" Nancylee estava lá de mão estendida. "Dê uma para mim. Eu como primeiro!"

Era só uma criança romântica fazendo drama, e não receberia daquele bando, se eu já os conhecia bem, nada mais que uma risada de pouco caso; mas foi nesse momento que percebi como até então eu estava redondamente enganado. Não houve nem um único riso, risada ou risadinha. Ninguém disse uma palavra. Todos se paralisaram, olhando fixo para Nancylee. Com uma única exceção: Deborah Koppel. Ela não deu a caixa para Nancylee e lhe disse com desprezo:

"Não seja boba."

"Estou falando sério! Me deixe..."

"Bobagem." Deborah empurrou-a de lado, abriu a caixa, tirou algo, enfiou na boca, mastigou um pouco, engoliu e então cuspiu explosivamente, lançando um chuveiro de partículas.

Eu fui o primeiro, talvez por um décimo de segundo, a perceber que havia algo errado. Não era tanto a cuspida, pois essa poderia ser apenas a sua maneira de votar contra as Meltettes; mas foi a rápida e terrível contorsão do seu rosto. Pulei para o lado dela, enquanto ela se levantou do banquinho do piano com um espasmo, ergueu as mãos bem para o alto e gritou:

"Lina! Não! Não deixe..."

Eu já estava ao lado dela, com a mão no seu braço, e Bill Meadows também, mas suas convulsões musculares nos arrastavam junto, enquanto ela lutava para chegar até o divã, onde Madeline Fraser já estava pronta para recebê-la nos braços. Mas o fato é que nós três juntos não conseguimos levantá-la, nem colocá-la no divã. Ela caiu de joelhos, com um braço esticado e rígido sobre o assento do divã, e teria acabado de cair no chão se não fosse amparada pela senhorita Fraser, também de joelhos.

Levantei-me e disse para Nat Traub: "Chame um médico depressa". Vi Nancylee pegando a caixinha vermelha e falei, incisivo: "Largue isso aí, menina, e comporte-se". Daí disse para todos eles: "Não toquem em nada, estão me ouvindo?".

22

Lá pelas quatro horas eu poderia ter conseguido uma licença para voltar para casa, se insistisse, mas me parecia melhor ficar enquanto houvesse chances de conseguir mais algum dado para o meu relatório. Eu já telefonara para Wolfe para explicar por que não foi possível seguir suas instruções.

Todos os presentes na reunião ainda estavam lá, muito presentes, exceto Deborah Koppel, que fora retirada numa maca depois que várias gangues de cientistas municipais terminaram suas tarefas. Já estava morta quando o médico chegou. Os outros ainda estavam vivos, mas sem ânimo para regozijar-se com isso.

Às quatro horas o tenente Rowcliff e um advogado da polícia estavam sentados no divã verde, discutindo se o gosto do cianeto alertava as pessoas a tempo de elas não engolirem. Isso me parecia uma discussão sem sentido, já que, alertando ou não, em geral não dá tempo de evitar, e de qualquer forma os únicos especialistas no assunto são as pessoas que já experimentaram, e nenhuma delas tem condições de depor. Continuei andando. Na grande mesa de carvalho um tenente estava conversando com Bill Meadows, consultando seu bloco de anotações. Continuei. Na sala de jantar um sargento e um soldado estavam aborrecendo Elinor Vance. Passei reto. Na cozinha um tira segurava várias folhas de papel na mesa, enquanto Cora, a campeã de luta livre, as assinava.

Voltei pelo mesmo caminho da ida, continuei até o vestíbulo quadrado, abri outra porta e passei. Essa sala, a sala sem nome, estava mais densamente povoada que as outras. Tully Strong e Nat Traub estavam sentados em cadeiras encostadas na parede, e Nancylee postada junto a uma janela; um tira sentado no meio da sala, outro apoiado na parede, e o sargento Stebbins andando no meio de todos.

Isso terminava com a lista, pois eu sabia que Madeline Fraser estava logo ali no seu quarto de dormir, onde eu primeiro conheci aquele bando todo, conversando com o inspetor Cramer. Eu sabia disso porque acabava de ser expulso de lá pelo comissário O'Hara, que estava lá dentro com eles.

A primeira série de interrogatórios breves, pegando uma pessoa de cada vez num ritmo galopante, fora encenada na sala de jantar pelo próprio Cramer. Ele e um assistente sentaram-se à mesa com o interrogado do outro lado, e eu um pouquinho atrás da pessoa. A justificativa desse arranjo é que se a memória do interrogado entrasse em conflito com a minha, eu poderia indicar a Cramer, mostrando a língua ou fazendo algum outro sinal, sem ser visto pelo indivíduo. O tira-estenógrafo estava numa ponta da mesa, e o resto espalhado por ali.

Como eles não eram, de modo algum, estranhos para Cramer, que já era íntimo da biografia de cada um, ele poderia abreviar a coisa concentrando-se principalmente em dois pontos: a posição e movimentos de cada um durante a reunião e a caixa de Meltettes. Quanto ao primeiro ponto, havia algumas contradições em pequenos detalhes, mas apenas o que se poderia esperar dadas as circunstâncias; e eu, que estivera lá, não vi nenhuma indicação de que alguém estivesse tentando enrolar as coisas.

Quanto ao segundo ponto, a caixa de Meltettes, não havia nenhuma contradição. Na véspera, sexta-feira, por volta de meio-dia, começou a espalhar-se a notícia de que a Hi-Spot estava se retirando, embora ainda não tivesse sido publicada. Já fazia algum tempo que as bolachas Meltettes estavam na lista de espera, para pegar a primeira vaga que aparecesse no programa de Fraser. Na sexta-feira de manhã, Nat Traub, cuja agência tinha a conta das Meltettes, telefonara ao seu cliente dando a boa notícia, e esse imediatamente lhe enviara um caixote do produto por um mensageiro. O caixote continha quarenta e oito caixinhas vermelhas de papelão. Traub, não querendo perder tempo num assunto de tanta urgência e tanta importância, e não desejando arrastar o caixote todo, tirara dele uma caixinha, pusera-a no bolso e fora em pessoa levá-la até o edifício da FBC, chegando no estúdio logo antes do final do programa. Falara então com as senhoritas Fraser e Koppel em favor das Meltettes, e dera a caixa à senhorita Koppel.

A senhorita Koppel passara a caixa para a senhorita Elinor Vance, que a colocara na sua bolsa — a mesma bolsa que fora usada para transportar o café com açúcar numa garrafa de Hi-Spot. As três mulheres haviam almoçado num restaurante próximo e então foram ao apartamento da senhorita Fraser, onde mais tarde chegaram também Bill Meadows e Tully Strong, para discutir o problema do patrocinador. Logo depois de chegar ao apartamento, Elinor tirara a caixinha de Meltettes da sua bolsa e a dera à senhorita Fraser, que a colocara na grande mesa de carvalho da sala.

Isso ocorrera entre as duas e meia e as três da tarde de sexta-feira, e era só o que se sabia. Ninguém sabia como nem quando a caixa fora tirada da mesa de carvalho e colocada sobre o piano. Havia um espaço em branco, completamente branco, de cerca de dezoito horas, terminando por volta das nove horas da manhã de sábado, quando Cora, que estava tirando o pó da sala, viu a caixinha no piano. Ela a apanhara para limpar o piano com um pano e a recolocara no mesmo lugar. A próxima aparição da caixa foi duas horas mais tarde, quando Nancylee, logo depois de chegar ao apartamento, vira a caixa e sentira a tentação de servir-se, chegando a ponto de pegá-la na mão, mas ficou com medo quando viu a senhorita Koppel de olho nela. Foi por isso, explicou Nancylee, que ela sabia onde estava a caixa quando a senhorita Fraser perguntou.

Como vocês podem ver, isso tudo deixava muito espaço virgem para se escavar e peneirar centímetro por centímetro, o que era uma sorte para todo mundo, desde os detetives particulares até os inspetores que precisam ganhar seus honorários, pois não havia nenhum outro lugar onde se escavar. As relações, motivos e suspeitas já tinham sido espremidos até o fim do seu suco. Assim, às quatro horas da tarde de sábado, uma centena de homens adultos, se não mais, estavam espalhados pela cidade fazendo tudo para descobrir mais algum fato, uma migalhinha de fato, qualquer fato, sobre aquela caixa de Meltettes. Alguns, naturalmente, estavam conseguindo resultados. Por exemplo, o laboratório mandara a notícia de que a caixa, tal como viera até eles, tinha onze Meltettes; e que uma delas, que obviamente fora manipulada com bastante habilidade, continha cerca de doze grãos de cianeto misturados em sua massa; e que as outras dez eram totalmente inofensivas, sem sinal de terem sido adulteradas. As Meltettes, diziam eles, cabiam direitinho na caixa aos pares, e as duas com cianeto estavam em cima, eram visíveis assim que se abria a caixa.

E havia outros relatórios, incluindo, é claro, impressões digitais. A maioria delas fora passada a Cramer na minha presença. Não sei o que ele estava achando, mas para mim aquilo parecia um bis da história do café com açúcar na garrafa: tantas linhas se cruzavam e tantas cores se misturavam que não se podia distinguir nenhuma semelhança com algo ou alguém conhecido.

Voltando à sala densamente povoada depois da minha inspeção geral, falei qualquer coisa espirituosa para Stebbins e acomodei-me numa cadeira. Como já disse, eu poderia ter pedido licença para sair e ido para casa, mas não quis. Que perspectiva isso me oferecia? Só me restaria fazer hora até Wolfe voltar para o escritório, quando então eu lhe daria o meu relatório; e daí o quê? Ou ele iria grunhir de aborrecimento, encontrar algo para criticar e abaixar de novo sua cortina de ferro, ou entraria em outro transe e explodiria lá pela meia-noite com alguma idéia brilhante, como datilografar uma carta anônima a respeito de Bill Meadows, denunciando que ele repetiu de ano em álgebra na última série do ginásio. Eu preferia ficar por ali mesmo, na tênue esperança que algo aparecesse.

E algo apareceu: abandonei a idéia de fazer sentido daquelas linhas cruzadas e cores misturadas, desisti de tentar comunicar-me com Stebbins, e estava trocando olhares hostis com Nancylee quando a porta da sala quadrada se abriu e entrou uma senhora. Lançou um olhar penetrante em torno e disse a Stebbins que o inspetor Cramer a mandara chamar. Foi até a outra porta, que dava para o quarto de dormir da senhorita Fraser, abriu-a e fechou-a atrás de si.

Eu a conhecia de vista mas não sabia seu nome, e tinha até uma opinião sobre ela, ou seja, que era a mais apresentável de todas as policiais femininas que eu já vira. Sem nada mais a fazer, fiquei imaginando o que Cramer queria com ela, e tinha acabado de chegar à conclusão correta quando a porta abriu-se de novo e confirmei minha dedução. Cramer apareceu, seguido por O'Hara, e disse a Stebbins:

"Traga todo mundo aqui."

Stebbins obedeceu correndo. Nat Traub perguntou, ansioso: "O senhor fez algum progresso, inspetor?".

Cramer não teve nem a decência de lhe dar um grunhido, muito menos uma resposta. Como isso me parecia uma falta de educação desnecessária, falei a Traub:

"Sim, eles chegaram a uma importante decisão. Todos vocês vão ser revistados."

Não foi uma boa idéia da minha parte, em especial na presença de O'Hara, já que ele nunca me perdoou por ter sido esperto numa determinada ocasião, mas eu estava frustrado e um pouco nervoso. O'Hara me lançou um olhar venenoso e Cramer me mandou calar a boca.

Os outros vieram chegando devagar, com seus acompanhantes. Dei uma olhada geral no bando e teria sentido uma genuína pena de todos se soubesse qual deles eu deveria deixar de fora. Era indiscutível agora o stress que todos estavam passando, e não tinha nada a ver com a escolha de um novo patrocinador.

Cramer dirigiu-se a eles:

"Quero dizer que, enquanto vocês cooperarem conosco, não desejamos dificultar as coisas mais do que o necessário. Vocês não podem nos acusar por continuarmos fazendo pressão, já que todos vocês mentiram, e continuaram mentindo, a respeito da garrafa cujo conteúdo matou

Orchard. Eu os chamei aqui para dizer que vamos fazer uma revista em todos vocês. Na situação atual, estaríamos justificados se levássemos vocês para a delegacia e os detivéssemos todos como suspeitos, e é isso que faremos se algum de vocês se negar a ser revistado. A senhorita Fraser não fez objeções. Uma policial está lá com ela agora. As mulheres serão levadas lá para dentro uma de cada vez. Os homens serão levados pelo tenente Rowcliff e o sargento Stebbins, também um de cada vez, para outra sala. Alguém tem alguma objeção?"

Foi lamentável. Eles não estavam em condições de objetar nada, nem que ele tivesse anunciado sua intenção de mandar tatuar um buquê de bolachinhas Meltettes no peito de cada um. Ninguém deu um pio, exceto Nancylee, que exclamou com voz aguda:

"Oh, eu não, nunca!"

Cruzei as pernas e preparei-me para esperar. E assim fiz, até certo ponto. Stebbins e Rowcliff levaram primeiro Tully Strong. Logo a policial feminina apareceu e levou Elinor Vance. Era evidente que estavam fazendo um serviço completo, pois demorou uns bons oito minutos até Stebbins aparecer de volta com Strong e levar Bill Meadows; também a moça levou um tempo igual com Elinor Vance. Os últimos dois da lista eram Nancylee numa direção e Nat Traub na outra.

Isso é, eram os últimos na minha conta. Mas, quando Rowcliff e Stebbins voltaram com Traub e passaram umas anotações para Cramer, O'Hara latiu para eles:

"E esse Goodwin?"

"Ah, esse aí?", perguntou Rowcliff.

"Claro, ele mesmo! Ele também estava aqui, não estava?"

Rowcliff olhou para Cramer. Cramer olhou para mim.

Dei um largo sorriso para O'Hara. "E se eu objetar, comissário?"

"Experimente! Isso não vai te ajudar em nada!"

"O senhor é que pensa. Ou conservo minha dignidade ou vou começar a soltar uns fogos de artifício. Quanto o senhor aposta que o meu irmão mais velho *não* consegue dar uma surra no seu irmão mais velho?"

Ele deu um passo na minha direção. "O senhor resiste, não é mesmo?"

"Resisto firmemente." Tracei um meio círculo com a mão. "Diante de vinte testemunhas."

"Mande ele lá para o distrito, inspetor. Para o meu gabinete. Redija a acusação. E depois mande revistá-lo."

"Sim, senhor." Cramer franzia a testa. "Mas, antes, o senhor se importaria de ir até outra sala dar uma palavrinha? Talvez eu não tenha explicado bem a situação..."

"Compreendo a situação perfeitamente bem! Wolfe cooperou, assim dizem vocês — e com que objetivo? O que aconteceu? Mais um assassinato! Wolfe enrolou todos vocês, e eu já estou cansado disso! Leve esse cara para o meu escritório!"

"A mim ninguém enrolou", disse Cramer, áspero. "Stebbins, leve Goodwin para a delegacia. Vou telefonar para formalizarmos a acusação."

23

Havia duas coisas que eu gostava no escritório do comissário O'Hara. Primeiro, foi ali que eu fui esperto numa certa ocasião anterior, e portanto o local me despertava lembranças agradáveis; e, segundo, gosto de ambientes bonitos e aquela era a sala mais atraente da rua Centre, localizada numa esquina com seis grandes janelas e mobiliada com cadeiras, tapetes e outros objetos pagos pela rica esposa de O'Hara.

Acomodei-me numa das confortáveis cadeiras. Tudo que havia nos meus bolsos estava numa pilha bem arrumada no canto da grande mesa de mogno brilhante de O'Hara, exceto um item que Stebbins tinha na mão. Stebbins estava tão louco da vida que seu rosto era um pôr-do-sol vermelho, e começou a gaguejar ao falar comigo:

"Nã-não seja idi-di-ota! Se você não abrir a boca quando O'Hara chegar aqui, ele vai te prender com toda a certeza, e, como já são mais de seis horas, onde você vai passar a noite?" Sacudiu a manzorra para mim, a que segurava o objeto tirado do meu bolso. "Me fale sobre isso aqui!"

Abanei a cabeça com firmeza. "Sabe, Stebbins", falei sem rancor, "tudo isso é uma grande ironia. Você revistou aquele bando de suspeitos e não conseguiu absolutamente nada — percebi pela sua cara e pela cara de Rowcliff. Mas em mim, absolutamente inocente de qualquer malefício, você encontrou algo que acha que é incriminador. E aqui estou eu, abatido, enfrentando sabe Deus que destino. Tento vislumbrar o futuro, e o que vejo eu?"

"Ah, cale a boca!"

"Não, tenho que falar com alguém." Dei uma olhada no relógio. "Como você disse, já são mais de seis horas. O senhor Wolfe voltou da estufa das plantas esperando encontrar-me à sua espera no escritório, pronto para lhe relatar os acontecimentos do dia. Ele ficará desapontado. Você sabe como ele vai se sentir. E sabe o que ele vai fazer? Vai ficar tão histérico que é capaz até de começar a procurar números de telefone e discar sozinho. Aposto dez para um que ele já ligou para o apartamento de Fraser e falou com Cramer. Quer apostar quanto? Dez centavos? Um dólar?"

"Cale a boca, seu idiota." Stebbins estava resignado. "Guarde tudo isso para O'Hara, ele vai chegar daqui a pouco. Espero que eles te dêem uma cela cheia de piolhos e percevejos."

"Eu preferiria", falei cortesmente, "conversar um pouquinho."

"Então converse sobre isto aqui!"

"Não. Pela centésima vez, não. Detesto cartas anônimas e não quero falar sobre elas."

Stebbins foi até uma cadeira e sentou-se de frente para mim. Levantei-me, fui até a estante de livros, escolhi *Crime e criminosos*, de Mercier, e voltei com ele para o meu lugar.

Stebbins estava errado; O'Hara não chegou dali a pouco. Mais ou menos a cada dez minutos eu olhava no relógio, mas disfarçadamente, para Stebbins não achar que eu estava ficando impaciente. Eram sete e pouco quando levantei os olhos do meu livro ao ouvir tocar o telefone. Stebbins atendeu e falou alguma coisa. Desligou, voltou para a sua cadeira, sentou-se e depois de um momento disse:

"Era o comissário O'Hara. Ele vai jantar. Vou segurar você aqui até ele chegar."

"Muito bem", disse eu com aprovação. "Este livro é fascinante."

"Seu filho da mãe."

Dei de ombros.

Mantive calma total durante mais de uma hora, e então, ainda com meu livro na mão, percebi que estava perdendo o controle. O problema é que eu tinha começado a sentir fome, e isso estava me chateando sobremaneira. Havia também outro fator: que diabo estava Wolfe fazendo? Reconheço que essa dúvida não era razoável. Se ele telefonasse para alguém, seria para Cramer ou O'Hara, ou talvez para o Departamento Jurídico, e, como eu estava trancafiado naquela sala, não ouviria nem o eco do telefone. E, nem se ele já soubesse onde eu estava e tentasse comunicar-se comigo, eles não deixariam, pois Stebbins tinha ordens de O'Hara de não me autorizar a dar nenhum telefonema. Mas, como eu estava com fome e sem nenhuma notícia do mundo exterior, comecei a ficar francamente chateado, e isso não era bom. Forcei minha mente a afastar-se da comida e de outros fatores irritantes, como as voltas do ponteiro de minutos, e virei mais uma página.

Eram dez para as nove quando a porta se abriu e O'Hara e Cramer entraram. Stebbins levantou-se. Como eu estava no meio de um parágrafo, apenas dei uma olhada de soslaio, só para ver quem era. O'Hara pendurou o chapéu e o casaco num cabide, e Cramer jogou os seus numa cadeira. O'Hara foi até sua mesa a passos largos, passando tão perto de mim que eu poderia até lhe dar uma rasteira; era só esticar a perna.

Cramer parecia cansado. Sem desperdiçar nem um olhar comigo, perguntou para Stebbins:

"Ele já falou?"

"Não, senhor. Aqui está." Stebbins lhes passou o objeto. A carta já fora lida para eles no telefone, mas os dois queriam vê-la. Cramer leu duas vezes e então passou-a para O'Hara. Enquanto isso, fui até a estante e recoloquei o livro, dei uma boa espreguiçada, bocejei e voltei para a minha cadeira.

Cramer me deu um olhar gélido. "O que você tem a dizer?"

"A mesma coisa. Já expliquei para o sargento, que aliás ainda não comeu nada, que esse negócio não tem nenhuma conexão com nenhum assassinato ou com nenhum outro crime, e portanto as perguntas a respeito não são pertinentes."

"Você foi acusado como suspeito".

"Sim, já sei, Stebbins já me mostrou a acusação. Por que você não pergunta ao senhor Wolfe? Quem sabe ele esteja num momento de generosidade".

"Generosidade coisa nenhuma. Já perguntamos. Olhe aqui, Goodwin..."

"Deixe que eu cuido dele, inspetor." Era O'Hara. O filho da mãe transbordava de energia. Já se sentara atrás da sua mesa, mas agora levantou-se e deu a volta de novo para me confrontar. Ergui a vista para ele com um ar inquisitivo, nada zangado.

Ele tentava se controlar: "Dessa você não vai conseguir se safar. É incrível o topete que vocês tiveram, tanto você como Wolfe! As cartas anônimas são um fator vital nesse caso, um fator crucial. Quando você foi até aquele apartamento para falar com aquela gente, levava no bolso uma carta anônima a respeito de uma daquelas pessoas, praticamente a acusando de assassinato. E agora vem me dizer que a carta não tem nenhuma ligação com os crimes que estamos investigando?".

"Claro. Evidentemente o senhor Wolfe também tem essa posição." Fiz um gesto. "Corroboração."

"Você assume e mantém essa posição mesmo consciente da penalidade que pode lhe ser imposta por obstrução da justiça?"

"Sim."

O'Hara virou-se para Cramer: "Mande Wolfe vir para cá! Que diabo, nós já deveríamos ter arrastado o homem até aqui horas atrás!".

Agora sim, pensei, estamos tendo um pouco de movimento. Agora vamos ver algumas penas voarem.

Mas não vimos, pelo menos não como O'Hara tencionara. O que interferiu foi um telefonema. O telefone tocou e Stebbins, vendo que seus superiores estavam muito nervosos, foi até a mesa e atendeu. Depois de uma palavra, disse a Cramer: "Para o senhor, inspetor", e Cramer atendeu. O'Hara continuava me olhando furioso, mas, como sua atenção se desviou com um certo tom de voz que Cramer assumiu, virou-se para olhar para ele. Por fim Cramer desligou. A expressão no seu rosto era de alguém tentando decidir o que foi que acabou de engolir.

"E então?", perguntou O'Hara.

"Nossa central acaba de receber um telefonema da redação da WPIT. Eles estão escrevendo o texto do noticiário das dez horas, e vão incluir uma declaração recebida poucos minutos atrás de Nero Wolfe. Wolfe anunciou que solucionou os três assassinatos, sem nenhuma ajuda da polícia, e logo mais, provavelmente amanhã, estará pronto para dar ao nosso Departamento Jurídico o nome do assassino e fornecer todas as informações necessárias. O pessoal da WPIT quer saber se nós temos algum comentário a fazer."

Claro que foi vulgar, mas não consegui evitar. Joguei a cabeça para trás e soltei uma bela gargalhada. Não foi tanto pela notícia em si como pela cara de O'Hara quando percebeu toda a beleza da coisa.

"Aquele gordão cretino!", gemeu Stebbins.

Falei para O'Hara, bem distintamente: "Da próxima vez que Cramer lhe pedir para ir até outra sala com ele, eu o aconselharia a segui-lo".

Ele não me ouviu.

"O problema", disse Cramer, "não é que Wolfe me enrolou. A única questão é saber que informações ele tem, como e quando vai usá-las. Se isso for ao ar, eu simplesmente peço demissão."

"Então...", O'Hara parou para umedecer os lábios, "o que você sugere?"

Cramer não respondeu. Tirou um charuto do bolso, enfiou-o entre os dentes, tudo em câmara lenta, arrancou-o de novo e jogou-o na cesta de papéis, errando por meio metro. Foi até uma cadeira, sentou-se, respirou fundo e disse:

"Só há duas alternativas. Uma delas é deixar o barco correr. A outra é pedir a Goodwin que telefone a Wolfe e lhe peça para retirar o comunicado — e lhe diga que vai chegar em casa daqui a pouco para dar seu relatório." Cramer respirou fundo de novo. "Eu não vou pedir isso a Goodwin. Você quer pedir?"

"Não! Isso é chantagem!", gritou O'Hara, ferido.

"Sem dúvida", concordou Cramer. "Só que com Wolfe não há nada de anônimo. O noticiário vai ao ar daqui a trinta e cinco minutos."

O'Hara preferiria comer sabão. "Talvez seja blefe", implorou ele. "Puro blefe!"

"Pode ser. E também pode não ser. É muito fácil verificar — basta sentar e esperar. Se você não vai pedir a Goodwin, vou tentar falar com o secretário da Segurança." Cramer levantou-se.

O'Hara virou-se para mim. Tenho de reconhecer que ele me olhou bem nos olhos quando perguntou:

"Dá para você fazer isso?"

Dei-lhe um largo sorriso. "Aquela acusação que Stebbins me mostrou está por aí. Ela vai ser cancelada?"

"Sim."

"OK, tenho testemunhas." Fui até a mesa e comecei a recolocar meus objetos em seus respectivos bolsos. A carta anônima estava ali onde O'Hara a deixara quando avançou com trator por cima de mim. Peguei-a e disse: "Estou levando isso aqui, mas posso deixar vocês lerem mais uma vez, se quiserem. Dão licença de telefonar?".

Dei a volta na mesa, desabei na confortável cadeira de O'Hara, puxei o telefone para mim e pedi à telefonista para ligar para o senhor Nero Wolfe. Ela me perguntou quem eu era e eu respondi. Daí tivemos um pouco de comédia. Depois que eu já estava esperando há uns bons dois minutos, alguém bateu na porta e O'Hara mandou entrar. A porta abriu-se de par em par e dois indivíduos entraram de revólver na mão, severos e alertas. Quando viram a situação geral, estacaram e ficaram com cara de bobos.

"O que vocês querem?", latiu O'Hara.

"O telefone... Goodwin...", disse um deles. "Nós não sabíamos..."

"Ora, pelo amor de Deus!", explodiu Stebbins. "E por acaso eu não estou aqui?" Foi uma quebra de disciplina, já que seus superiores estavam presentes.

Os dois tropeçaram num degrau e saíram, fechando a porta atrás de si. Ninguém poderia me censurar por dar mais uma bela gargalhada, mas há limites até mesmo para o que um comissário de polícia consegue agüentar, de modo que a sufoquei e fiquei sentado quieto e rígido, até ouvir uma voz no meu ouvido que conheço melhor do que qualquer outra na face da terra.

"Aqui é o Archie", disse eu.

"Onde você está?" A voz estava gélida de raiva, mas não de mim.

"Estou no escritório de O'Hara, na mesa dele, falando do telefone dele. Estou morrendo de fome. O'Hara, Cramer e o sargento Stebbins estão presentes. Bem, para ser justo, Cramer e Stebbins são inocentes. Essa comédia idiota foi um solo de O'Hara. Mas ele reconhece plenamente seu erro e pede sinceras desculpas. O pedido da minha prisão é coisa do passado. A carta sobre a senhorita Vance está no meu bolso. Não fiz nenhuma concessão. Estou livre para ir onde quiser, inclusive para casa. O'Hara está pedindo, como um favor pessoal, que o senhor cancele aquele comunicado que deu à WPIT. Será que isso é possível?"

"É, se eu quiser. Foi um arranjo feito por meio do senhor Richards."

"Foi o que eu desconfiei. O senhor devia ter visto a cara de O'Hara quando recebeu a notícia. Se o senhor quiser, e todos nós aqui esperamos que sim, mande cancelar a notícia, e eu estarei aí em vinte minutos. Diga a Fritz que estou com fome."

"O senhor O'Hara é um energúmeno. Diga a ele que eu disse isso. Vou mandar suspender o comunicado, mas temporariamente, e sob certas condições. Fique aí. Daqui a pouco eu lhe telefono."

Segurei o fone, recostei-me na cadeira e dei um largo sorriso aos três rostos curiosos. "Ele vai ligar de novo. Ele acha que pode suspender temporariamente o comunicado, mas tem certas condições em mente." Concentrei-me em O'Hara. "Ele mandou dizer que o senhor é um energúmeno, mas acho isso uma falta de tato, de modo que não vou mencionar o assunto."

"Algum dia", disse O'Hara, "esse sujeito vai cair de cara no chão."

Todos se sentaram e começaram a trocar comentários. Não escutei porque minha mente estava ocupada. Tudo bem; marquei um ponto para Wolfe por um blefe muito bem pensado, deflagrado no momento exato e que trouxera os resultados desejados; mas e agora? Será que ele realmente tinha alguma coisa em mãos? E, se tinha, o que era? Teria de ser algo excepcionalmente bom. Cramer e Stebbins não estavam prontos para nos cumprimentar efusivamente por cima de todos aqueles cadáveres; e, quanto a O'Hara, eu só esperava que quando Wolfe ligasse não fosse para me mandar dar um tapinha nas costas do comissário e dizer que tudo não passara de uma brincadeira, e não era engraçada? Em resumo, as perspectivas eram tão negras que, quando o telefone tocou e fui atender, só gostaria de estar em qualquer outro lugar.

Wolfe perguntou se eles ainda estavam ali, eu disse que sim. Mandou-me então dizer a eles que o comunicado fora adiado e não seria transmitido no noticiário das dez, e foi o que eu fiz. Pediu então meu relatório dos acontecimentos do dia.

"Agora?", perguntei. "Pelo telefone?"

"Sim. Condensado, mas incluindo todos os dados essenciais. Se há alguma contradição a desmontar, eu preciso saber."

Mesmo picado pela desconfiança de que eu fora convocado para um papel auxiliar num enorme blefe, desfrutei bem daquele momento. Era uma situação que qualquer pessoa iria apreciar. Ali estava eu, na cadeira de O'Hara, na sua mesa, no seu escritório, dando a Wolfe um relatório detalhado de um crime que eu havia testemunhado em primeira mão e de uma operação policial que eu havia ajudado a realizar, e durante mais de meia hora aqueles três palhaços tiveram de ficar sentados escutando. Como diria Nancylee, foi simplesmente de-mais! Qualquer que fosse a atitude que eles iriam tomar dali a pouco, naquele momento não podiam fazer mais nada além de relaxar e gozar. Quanto a mim, eu realmente saboreei a situação. De vez em quando Wolfe me interrompia com uma pergunta; quando terminei, ele me pediu para preencher alguns brancos. Daí passou a dar-me instruções, e enquanto eu ouvia ficou claro que, se aquilo tudo era um blefe, pelo menos ele não ia me deixar atrás das linhas inimigas tentando escapar sozinho. Pedi-lhe que repetisse tudo, para garantir que eu compreendera bem. Ele repetiu.

"OK", falei. "Diga a Fritz que estou com fome." Desliguei e encarei os três ali sentados:

"Desculpe ter levado tanto tempo, mas é ele quem paga meu salário; o que eu posso fazer? Como já lhes disse, o aviso foi adiado. Ele está disposto a cancelá-lo, mas isso meio que depende. Ele acha que seria bom que o inspetor Cramer e o sargento Stebbins ajudassem na finalização. Ele apreciaria muito se vocês começassem levando oito pessoas ao seu escritório o mais rápido possível. Os cinco que estavam no apartamento da senhorita Fraser hoje, excluindo a garota Nancylee e Cora, a cozinheira. Ele quer também Savarese, Anderson, o presidente da Hi-Spot, e Owen, o relações-públicas. Ele quer apenas que vocês levem essas pessoas até lá e estejam também presentes, mas fica bem entendido que é ele quem vai comandar o show. Isso dito, ele afirma que quando vocês saírem de lá estarão preparados para efetuar uma prisão e levar o assassino, e o comunicado que ele deu para a WPIT não será irradiado. Vocês mesmos podem fazer o comunicado que quiserem." Levantei-me, fui até uma cadeira perto da porta e peguei meu chapéu e meu casaco. Virei-me então para me despedir:

"Já são mais de dez horas e, se esse negócio vai começar agora, eu não vou entrar nessa com o estômago vazio. Na minha opinião, mesmo que isso tudo não passe de uma jogada da parte dele — o que eu duvido —, vale a pena pagar para ver. Orchard morreu há vinte e cinco dias; Beula Poole, há nove; e a senhorita Koppel, há dez horas. Todas as conclusões a que vocês chegaram cabem num selo de correio." Eu já estava com a mão na maçaneta. "Então? Estão dispostos a ajudar?"

Cramer grunhiu para mim: "Por que Anderson e Owen? Para que ele precisa deles?".

"Sei lá. Naturalmente ele gosta de uma boa platéia."

"Não sei se vamos conseguir trazê-los".

"Vocês podem tentar. O senhor é inspetor, e o assassinato é um crime grave."

"Pode levar horas."

"Pois é, parece que a festinha vai até de madrugada. Se eu agüento, vocês podem agüentar também, sem falar no senhor Wolfe. Então tudo bem, e até logo mais." Abri a porta e dei um passo, mas virei-me de novo:

"Ah, esqueci. Ele me mandou dizer-lhes que essa carta anônima sobre Elinor Vance era apenas uma isca feita em casa, que acabou não sendo usada. Eu mesmo a datilografei hoje de manhã. Se vocês quiserem, podem datilografar uma amostra na minha máquina de escrever e comparar."

O'Hara deu um latido feroz: "Ora, por que diabos você não disse isso antes?".

"Não gostei da maneira como fui interrogado, comissário. O único homem que conheço que é mais sensível que eu é Nero Wolfe."

24

Não foi surpresa ver Cramer entregar a encomenda completa. Com certeza nenhuma daquelas pessoas poderia ser coagida a sair de noite e deixar-se transportar até o escritório de Nero Wolfe, ou a qualquer outro lugar, sem a ameaça de uma acusação; mas não é preciso muita insistência quando a gente está num buraco como aquele. Todos eles estavam lá bem antes da meia-noite.

Wolfe ficou no seu quarto, lá em cima, até todos chegarem. Eu imaginei que enquanto jantava minhas costeletas requentadas ele me faria algumas perguntas ou daria instruções, provavelmente as duas coisas; mas não. Se ele tinha achado alguma coisa, já estava em seu poder e ele não precisava das minhas contribuições. Apenas providenciou para que a minha comida estivesse quente e minha salada fresca, e chispou para cima.

A atmosfera, quando todos se reuniram, naturalmente não estava muito agradável; não propriamente tensa, mas melancólica. Eles estavam simplesmente arrasados. Assim que Elinor Vance chegou, sentou-se numa cadeira, enfiou os cotovelos nos joelhos e enterrou o rosto nas mãos, e assim ficou. Tully Strong cruzou os braços, abaixou a cabeça até encostar o queixo no peito e fechou os olhos. Madeline Fraser sentou-se na cadeira vermelha de couro, onde eu a coloquei antes da chegada do presidente Anderson, e olhou para todos os seus companheiros, um por um, mas me deu a impressão de que ela apenas queria estar bem consciente de tudo que a rodeava.

Bill Meadows, sentado perto de Elinor Vance, reclinava-se para trás com as mãos cruzadas na nuca, fitando o teto. Nat Traub estava uma figura espantosa, com a gravata torta, o cabelo despenteado e os olhos injetados. Era do tipo que precisa barbear-se duas vezes por dia, coisa que ele não fizera. Estava tão inquieto que não conseguia ficar parado na cadeira, mas quando levantava também não queria ir para lugar nenhum, de modo que se limitava a sentar-se outra vez. Não o censuro por isso, já que ele tinha todo o direito de estar meio desvairado. Afinal, uma bolacha Meltette de uma caixa que fora entregue por ele próprio havia envenenado e matado uma pessoa, e não era difícil imaginar como seu cliente reagira a isso.

Duas conversas estavam correndo em paralelo. O professor Savarese estava contando a Stebbins algo muito longo, possivelmente a última novidade em fórmulas probabilísticas, e Stebbins desempenhava seu papel de ouvinte, concordando de cabeça de vez em quando. Anderson e Owen, representantes da Hi-Spot, estavam em pé junto ao sofá conversando com Cramer e, a julgar pelos pedaços de conversa que captei, eles poderiam finalmente acabar se sentando, ou talvez não. Esses dois tinham sido os últimos a chegar. Depois de avisar a Wolfe que a trupe estava completa, eu já começava a inquietar-me com sua demora quando ouvi o barulho do elevador.

Todos estavam tão preocupados com seus assuntos particulares que Traub e eu fomos os únicos a notar que nosso anfitrião entrara na sala, até que ele chegou na ponta da mesa e virou-se para dar uma olhada geral. As conversas pararam. Savarese acorreu para apertar-lhe a mão. Elinor Vance levantou a cabeça, mostrando um rosto tão infeliz que precisei controlar o impulso de tirar a carta anônima do bolso e rasgá-la ali mesmo. Traub sentou-se pela vigésima vez. Bill Meadows soltou as mãos cruzadas e apertou as pontas dos dedos na testa. O presidente Anderson despejou, com raiva:

"Desde quando é o senhor quem manda no Departamento de Polícia?"

É isso que se espera de um grande executivo: que vá direto ao ponto.

Wolfe, desvencilhando-se de Savarese, foi até sua poltrona e acomodou-se. Creio que é em parte o seu tamanho, sem dúvida impressionante, que chama a atenção quando ele está em movimento; mas sua maneira e seu estilo também contribuem. A gente fica ao mesmo tempo surpreso e em suspense. Você imagina que ele vai fazer algum movimento desengonçado e fica esperando para ver, mas não vê. De repente lá está ele, na sua poltrona ou onde quer que se destine, e não houve absolutamente nada de desajeitado. Tudo foi suave, equilibrado e eficiente.

Wolfe olhou para o relógio de parede, que marcava vinte para meia-noite, e observou para a platéia: "É tarde, não?". Daí contemplou o presidente da Hi-Spot:

"Não vamos começar a brigar, senhor Anderson. O senhor não foi arrastado aqui à força — ou foi? Com certeza veio motivado pela preocupação, ou então pela curiosidade. Seja como for, o senhor não vai embora antes de ouvir o que eu tenho a dizer, e, sendo assim, por que não se sentar e escutar? Se quer brigar, espere até saber contra o que vai ter que brigar. As coisas funcionam melhor assim."

Olhou para os outros. "Talvez, porém, eu devesse responder à pergunta do senhor Anderson, embora obviamente se trate de uma pergunta retórica. Eu não mando no Departamento de Polícia, longe disso. Não sei o que lhes disseram quando lhes pediram para vir até aqui, mas assumo que vocês sabem que nada do que eu digo tem o apoio de nenhuma autoridade oficial, pois eu mesmo não tenho nenhuma autoridade do gênero. O senhor Cramer e o senhor Stebbins estão presentes na qualidade de observadores. Correto, senhor Cramer?"

O inspetor, sentado no canto do sofá, concordou: "Eles compreendem a situação".

"Muito bem. Nesse caso, a pergunta do senhor Anderson não foi apenas retórica, foi bastante tola. Vou agora..."

"Tenho uma pergunta!", disse uma voz aguda e tensa.

"Sim, senhor Meadows, o que é?"

"Se essa reunião não é oficial, o que acontece com as anotações que Goodwin está fazendo?"

"Depende do que nós conseguirmos. Elas podem nunca sair desta casa e acabarem indo para uma pilha no sótão. Ou, quem sabe, uma transcrição delas pode acabar sendo aceita como prova num tribunal. Eu gostaria que o senhor se sentasse, senhor Savarese. O ambiente fica mais tranqüilo quando todos estão sentados."

Wolfe mudou seu centro de gravidade. Durante seus primeiros dez minutos na poltrona, sempre são necessários alguns pequenos ajustes.

"Devo começar", disse ele com um laivo de irritação, "reconhecendo que estou numa posição altamente vulnerável. Eu disse ao senhor Cramer que quando ele sair daqui levará consigo um assassino; mas embora eu saiba quem cometeu o assassinato, não tenho nenhum fiapo de prova contra essa pessoa; nem eu nem ninguém. Mesmo assim..."

"Um minuto", rosnou Cramer.

Wolfe abanou a cabeça. "Senhor Cramer, é importante manter isso tudo não oficial, até eu atingir um certo ponto — se é que vou chegar lá. Portanto, seria melhor o senhor não dizer absolutamente nada." Seus olhos passearam pelos presentes. "Creio que a melhor abordagem é explicar como fiquei sabendo da identidade do assassino — e, aliás, aqui está um ponto interessante: embora eu já estivesse próximo da certeza, a coisa só se revelou para mim duas horas atrás, quando o senhor Goodwin me disse que havia dezesseis candidatos ansiosos pelo patrocínio que a Hi-Spot acabava de abandonar. Isso eliminou todos os meus vestígios de dúvida."

"Pelo amor de Deus", estourou Nat Traub, "vamos deixar para lá os detalhes! Vamos logo ao que interessa!"

"Um pouco de paciência, por favor", censurou-o Wolfe. "Não estou apenas relatando, estou fazendo um trabalho. O fato de um assassino ser preso, julgado e condenado depende inteiramente da maneira como eu lidar com esta situação. Não existem provas, e se eu não espremê-las de vocês aqui, agora, esta noite, pode ser que elas nunca mais existam. O problema todo, tanto para a polícia quanto para mim, é que nenhum dedo apontou para nenhum lugar sem tremer. Quando se busca um criminoso tão bem escondido quanto esse, sempre é necessário pisar nas hipóteses improváveis para abrir caminho, mas é imprudente fazer isso até que uma determinada direção fique claramente indicada. Dessa vez não houve nenhuma indicação assim clara e, francamente, eu já estava começando a duvidar que haveria — até ontem de manhã, quando o senhor Anderson e o senhor Owen visitaram este escritório. Eles me deram a indicação."

"É mentira!", disse Anderson.

"Estão vendo?", disse Wolfe. "Algum dia, meu caro senhor, o senhor vai embarcar num trem errado tentando subir no trem antes de ele chegar. Como sabe se eu estou mentindo ou não, antes de saber o que tenciono dizer? O senhor de fato veio aqui. O senhor me deu um cheque no valor total dos meus honorários, disse-me que eu não estava mais a seu serviço, e que o senhor desistira de patrocinar o programa da senhorita Fraser. Como motivo para retirar o patrocínio, alegou que uma chantagem fora introduzida no caso, e o senhor não queria que seu produto estivesse ligado na mente do público com nenhuma chantagem, porque é algo sujo e dá nojo nas pessoas. Não é verdade?"

"Sim. Mas..."

"Deixe os 'mas' para mim. Depois que o senhor saiu, sentei-me nesta cadeira doze horas seguidas, com intervalos apenas para as refeições, aplicando meu cérebro ao senhor. Se eu soubesse que até o fim do dia dezesseis outros produtos estariam lutando para assumir o lugar do seu Hi-Spot, eu teria chegado à minha conclusão em muito menos de doze horas; mas eu ainda não sabia. O que eu estava explorando era a pergunta: o que aconteceu consigo? O senhor estava tão ansioso para obter publicidade que chegou a vir até aqui só para aparecer comigo numa fotografia. E agora, de repente, estava fugindo como uma moça bonita que ouviu falar de um surto de varíola. Por quê?"

"Eu já lhe disse..."

"Eu sei. Mas aquilo não bastava. Examinada com cuidado, a desculpa era, na verdade, tênue. Não pretendo recitar todas as minhas circunvoluções durante essas doze horas, mas logo em primeiro lugar rejeitei a razão que o senhor me deu. O que seria, então? Considerei todas as circunstâncias possíveis e todas as combinações concebíveis. Que o senhor mesmo era o assassino, e temia que eu pudesse farejá-lo; que o senhor não era o assassino mas sim o chantagista; que o senhor, mesmo inocente, sabia a identidade de um dos culpados, ou de ambos, e não queria ficar associado a essa revelação; e mil outras possibilidades. Sobre cada uma das minhas conjecturas, apliquei tudo o que sabia sobre o senhor — sua posição, seu passado, seu temperamento, seu caráter. No final, apenas uma suposição me satisfez por completo. Concluí que, por algum motivo, o senhor estava convicto de que alguém intimamente relacionado ao programa que o senhor patrocinava cometera os assassinatos, e que havia a possibilidade de esse fato ser descoberto. Mais ainda: concluí que esse alguém não era a senhorita Koppel, nem a senhorita Vance, nem o senhor Meadows, nem o senhor Strong, e com certeza não o senhor Savarese. É com o público que o senhor se preocupa, e no imaginário do público essas pessoas são totalmente insignificantes. Na verdade, a senhorita Fraser *é* aquele programa, e aquele programa *é* a senhorita Fraser. Só podia ser ela. O senhor sabia, ou achava que sabia, que a própria senhorita Fraser matara o senhor Orchard, e possivelmente a senhorita Poole também, e estava tratando de afastar-se dela de qualquer maneira, o mais rápido possível. Seu rosto está me dizendo que o senhor não está gostando disso."

"Não", disse Anderson friamente, "e o senhor também não vai gostar quando chegar o final de tudo isso. Já terminou?"

"Ora, ora, claro que não. Eu mal comecei. Como disse, cheguei a essa conclusão, mas não era nada de espetacular. O que eu deveria fazer com ela? Eu tinha algo contra o senhor, mas não parecia sensato apressar-me demais, e considerei outros expedientes. Confesso que o que acabei escolhendo foi medíocre, até chinfrim; mas eu o concebi hoje de manhã ainda antes de terminar meu café e vestir-me, e o senhor Goodwin estava inquieto e eu queria dar-lhe algo para fazer. Além disso, eu já havia feito uma sugestão ao senhor Cramer para dar a todos a impressão de que havia provas de que a senhorita Vance fora vítima de chantagem, de que ela estava sob fortes suspeitas, e poderia ser acusada de assassinato a qualquer momento. Havia uma chance, pensei eu, de que uma ameaça iminente à senhorita Vance, que é uma jovem tão bem-apessoada, poderia motivar alguém a falar."

"Então foi o senhor que começou tudo aquilo", disse Elinor Vance, num tom seco.

"Sim", disse Wolfe. "Não estou me gabando disso. Já confessei que o estratagema foi de terceira categoria, mas achei que o senhor Cramer bem que poderia tentar algo por aí; e hoje de manhã, antes de vestir-me, não consegui inventar nada melhor do que pedir ao senhor Goodwin para datilografar uma carta anônima sobre a senhorita e levá-la até lá — uma carta sugerindo que a senhorita já assassinara pelo menos duas pessoas."

"Muito bonito", disse Bill Meadows.

"Mas ele não escreveu essa carta", disse Elinor Vance.

Wolfe decepcionou-a: "Escreveu, sim. E levou a carta no bolso, mas não chegou a usá-la. A morte da senhorita Koppel foi responsável não só por isso, mas também por outras coisas — por exemplo, por esta reunião de agora. Se eu tivesse agido com rapidez e energia após a conclusão que cheguei há vinte e quatro horas, a senhorita Koppel poderia estar viva hoje. Devo a ela minhas desculpas, mas não posso transmiti-las. O que posso fazer é isso que estou fazendo".

Wolfe lançou um olhar agudo para Anderson e fixou-se nele. "Vou apertar a prensa no senhor. Não vou perder tempo lhe pedindo, em nome da justiça ou de qualquer outra coisa, que me conte por que o senhor virou as costas e fugiu tão de repente. Seria inútil. Em vez disso, vou lhe contar um pequeno fato, simples e despretensioso: saiba que a senhorita Fraser só bebeu Hi-Spot nas primeiras vezes que foi servido no programa; depois precisou parar e substituí-lo por café. Isso porque o seu produto lhe virava o estômago. Dava-lhe uma violenta indigestão."

"É mentira!", disse Anderson. "Mais uma mentira!"

"Se é mentira, não vai resistir muito. Senhorita Vance. Certas coisas não são mais tão importantes como eram. A senhora ouviu o que eu falei. É verdade?"

"Sim."

"Senhor Strong?"

"Eu acho que isso não..."

"Ora bolas, o senhor está na mesma sala, sentado na mesma cadeira! É verdade ou não?"

"Sim."

"Senhor Meadows?"

"Sim."

"Isso deve bastar. Então, senhor Anderson..."

"Tudo tramado em segredo!", exclamou o presidente com desprezo. "De qualquer modo, já saí daquela porcaria de programa."

Wolfe abanou a cabeça. "Eles não estão sentindo falta nenhuma do senhor. Já tiveram dezesseis ofertas para escolher. Não, senhor Anderson, o senhor está numa enrascada. A chantagem é algo que o deixa revoltado, e o senhor está sendo chantageado. É verdade que os jornais relutam em ofender os anunciantes, mas alguns deles não teriam como resistir a um fato tão saboroso e pitoresco como este: que o produto que a senhorita Fraser glorificava para dez milhões de pessoas, com tanto sucesso, lhe fazia tão mal que ela não se atrevia a dar nem um golinho. Sim, sem dúvida os jornais vão publicar; e vão conseguir esse dado a tempo de alcançar a edição de segunda-feira de manhã."

"Seu filho da mãe!" Anderson estava desesperado. "Mas eles não vão tocar nesse assunto. Não é verdade, Fred?"

Mas o diretor de Relações Públicas estava paralisado, mudo de horror.

"Pois creio que vão publicar, sim", insistiu Wolfe. "Um jornal pelo menos vai, disso eu sei. E uma publicação aberta pode ser até melhor do que os boatos que vão se espalhar depois que a coisa começar. O senhor sabe como os comentários vão se distorcendo; alguém vai até acabar dizendo que nem era necessário acrescentar nada ao Hi-Spot para envenenar o senhor Orchard. Realmente, o potencial de chantagem disso aqui é muito alto. E o que o senhor precisa fazer para detê-lo? Algo terrível e insuportável? Nada disso. Apenas me dizer por que o senhor de repente decidiu desistir."

Anderson olhou para Owen, mas Owen estava olhando fixo para Wolfe como se ele fosse a personificação do mal.

"Será inútil", disse Wolfe, "tentar qualquer subterfúgio. Estou preparado para o senhor. Passei o dia inteiro de ontem em cima disso, e duvido que eu aceite qualquer coisa a não ser aquilo que já especifiquei: que alguém, ou alguma coisa, convenceu o senhor de que a própria senhorita Fraser estava correndo perigo de ser denunciada como assassina ou chantagista. Contudo, o senhor pode tentar."

"Não preciso tentar." O homem era teimoso mesmo. "Eu já lhe disse ontem. Aquela era a minha razão de ontem, e continua sendo a minha razão de agora."

"Ah, pelo amor de Deus!", gemeu Fred Owen. "Ah, meu Deus!"

"Puxa vida", exclamou Anderson para ele. "Eu dei minha palavra! Estou preso numa promessa! Eu prometi!"

"Para quem?", interrompeu Wolfe.

"Tudo bem", disse Owen amargamente, "mantenha a sua palavra e perca até o seu último tostão. Isso aqui é a ruína! Isso aqui é dinamite!"

"Para quem?", insistiu Wolfe.

"Não posso lhe dizer, e não vou dizer. Faz parte da promessa."

"Deveras? Nesse caso, as coisas ficam mais simples." Wolfe lançou um olhar arguto para a esquerda. "Senhor Meadows, uma pergunta hipotética. Se foi para o senhor que o senhor Anderson jurou não falar, o senhor o libera dessa promessa?"

"Não foi para mim", disse Bill Meadows.

"Não foi isso que lhe perguntei. O senhor deve saber o que é uma pergunta hipotética. Por favor, responda ao 'se'. Se foi o senhor, o senhor o libera?"

"Sim, eu o libero."

"Senhor Traub, a mesma pergunta. Com aquele 'se': o senhor o libera?"

"Sim."

"Senhorita Vance? A senhora o libera?"

"Sim."

"Senhor Strong?"

Naturalmente, Tully Strong tivera tempo, um minuto inteiro, para decidir o que dizer. E ele disse:

"Não!"

25

Onze pares de olhos fixaram-se em Tully Strong.

"Ahá", murmurou Wolfe. Recostou-se na poltrona, deu um fundo suspiro e pareceu contente.

"Notável!", ecoou uma voz profunda. Era o professor Savarese. "Tão simples!"

Se ele esperava com isso atrair alguns olhares na sua direção, não conseguiu. Todos continuaram fixos em Strong.

"Isso foi um golpe de sorte", disse Wolfe, "e me sinto grato. Se eu tivesse começado pelo senhor, senhor Strong, e recebido o seu 'não', os outros poderiam não ter simplificado tanto as coisas."

"Eu respondi a uma pergunta hipotética", afirmou Tully Strong, "só isso. Não significa nada."

"Correto", concordou Wolfe. "Pela lógica, não significa. Mas eu vi o seu rosto quando o senhor percebeu que a pergunta vinha vindo na sua direção, o dilema que o senhor teria que enfrentar dali a alguns segundos, e isso foi o suficiente. O senhor espera agora refugiar-se na lógica?"

Tully Strong simplesmente não estava dando conta da situação. Seu rosto não apenas dissera tudo quando chegou sua hora, mas ainda continuava dizendo. Os músculos em torno dos seus lábios finos tremiam, e via-se que ele precisava enviar-lhes uma ordem para deixar cada palavra passar.

"Eu apenas respondi a uma pergunta hipotética, só isso", era tudo o que ele tinha para oferecer. Era patético.

Wolfe suspirou de novo. "Muito bem. Imagino que vou ter que esclarecer as coisas para o senhor. Não o condeno por ser tão obstinado, já que podemos assumir que o senhor andou se comportando mal. Não porque tenha escondido informações da polícia; a maioria das pessoas faz isso, às vezes por razões muito mais vergonhosas do que as suas. Estou falando do seu comportamento para com os seus empregadores. Uma vez que o senhor é pago pelos oito patrocinadores em conjunto, sua lealdade a eles é indivisível; porém o senhor não avisou a todos eles que a senhorita Fraser estava, ou poderia estar, rumando para a desgraça e o desastre, e portanto era melhor que eles saíssem de perto; aparentemente, o senhor limitou-se a avisar o senhor Anderson. Em troca de uma quantia recebida, ou a ser recebida, presumo, por um bom serviço?"

Wolfe deu de ombros. "Mas agora isso tudo acabou." Ele olhou para mim. "Aliás, Archie, já que o senhor Strong logo irá nos dizer de que modo ele ficou sabendo que a senhorita Fraser era a assassina, é melhor você ficar de olho. Ela é capaz de qualquer coisa, e é ágil como uma língua de cobra. Examine a bolsa dela."

Cramer ficou em pé de um pulo. "Eu não vou..."

"Não estou lhe pedindo nada", interrompeu Wolfe. "Ora bolas, o senhor não percebe como isso tudo é delicado? Tenho plena consciência de que ainda não tenho provas, mas não vou deixar essa mulher demonstrar sua extraordinária astúcia aqui no meu escritório. Archie?"

Eu levantara da minha cadeira e fora até perto dela, mas estava numa posição um tanto embaraçosa. Não sou incapaz de usar a força com uma mulher, já que, afinal de contas, nenhum homem encontra nada de melhor para usar com elas quando a necessidade aperta; mas Wolfe ainda não esquentara as coisas a ponto de deixar a platéia a meu favor. E, quando estendi a mão para a bela bolsa de couro no colo de Madeline Fraser, ela me lançou um olhar com toda a força dos seus olhos verdes acinzentados e me disse distintamente:

"Não toque em mim."

Retirei a mão. Ela olhou para Wolfe:

"O senhor não acha que já é hora de eu dizer algo? As coisas não ficariam melhores?"

"Não." Wolfe sustentou seu olhar. "Eu a aconselho a esperar, madame. A única coisa que a senhora pode nos dar agora é uma negativa. O que mais a senhora pode dizer?"

"Eu não me daria ao trabalho de negar", disse ela com desprezo. "Mas me parece tolo ficar aqui sentada deixando isso tudo prosseguir indefinidamente."

"De maneira nenhuma." Wolfe inclinou-se para ela: "Deixe-me garantir-lhe uma coisa, senhorita Fraser, com toda a sinceridade. Seja o que for que a senhora diga ou faça, é altamente improvável que eu venha a considerá-la tola. Estou totalmente convencido do contrário. Nem mesmo se o senhor Goodwin abrir a sua bolsa e encontrar nela a arma com que a senhorita Poole foi assassinada."

"Ele não vai abri-la."

Ela sabia o que estava dizendo. Dei uma olhada para o inspetor Cramer, mas o microcéfalo ainda não estava pronto para mexer nem um dedo. Peguei a mesinha que estava ao lado da cadeira vermelha de couro, levei-a até a parede, trouxe uma cadeira amarela e sentei-me, tão perto de Madeline Fraser que nossos cotovelos poderiam tocar-se. Com isso eu não poderia mais tomar notas, mas não se pode ter tudo ao mesmo tempo. Quando me sentei ao lado dela senti uma leve aragem de um perfume forte. Minha imaginação devia estar muito ativa, pois lembrei-me do odor que me alcançou naquele dia no apartamento dela, vindo do hálito de Deborah Koppel quando tentei deitá-la no divã, antes de ela cair morta. Não era o mesmo cheiro, de modo nenhum, exceto na minha fantasia. Perguntei a Wolfe:

"Assim está bom, não é?"

Ele concordou e voltou para Tully Strong. "De modo que o senhor não tem uma só razão para relutar, mas várias. Mesmo assim, o senhor não pode mais varrer a coisa para debaixo do tapete. Já ficou claramente demonstrado para o senhor Cramer que o senhor está retendo informações importantes, diretamente pertinentes aos crimes que ele está investigando, e todos vocês já abusaram bastante da paciência dele. Ele vai cravar os dentes no senhor e não vai soltar mais. E temos também o senhor Anderson. A promessa que ele lhe fez já está meio sem valor, agora que nós sabemos que foi ao senhor que ele a fez. E com a ameaça que estou fazendo a ele, não se pode esperar que ele conserve sua palavra por muito tempo."

Wolfe fez um gesto. "O que eu realmente preciso é de apenas um detalhe. Creio que já sei muito bem o que o senhor disse ao senhor Anderson. Mas o que aconteceu ontem, quando ele ficou tão alarmado e partiu para a ação? Os jornais da manhã deram a história das cartas anônimas — o esquema de chantagem que obrigava as pessoas a fazerem pagamentos ao senhor Orchard e à senhorita Poole. Quer dizer que essa reportagem forneceu o elo que faltava para alguém. Para quem, e como? Digamos que foi para o senhor Anderson. Digamos que ele recebeu, algumas semanas atrás, uma carta anônima, ou várias, denegrindo a senhorita Fraser. Ele mostrou as cartas a ela, e depois não recebeu mais cartas. É só isso que ele sabia sobre o caso. Pouco depois o senhor Orchard foi convidado ao programa e foi envenenado, mas não havia motivos para o senhor Anderson relacionar esse fato com as cartas anônimas que recebeu. Foi esse o serviço que os jornais de ontem lhe prestaram; eles estabeleceram a conexão. Estava agora perfeitamente claro: cartas anônimas sobre a senhorita Fraser; assinatura da senhorita Fraser ao *Almanaque das Pistas;* o método pelo qual essas assinaturas eram conseguidas; e a morte do senhor Orchard ao beber o café envenenado que aparentemente se destinava à senhorita Fraser. Isso não fazia a senhorita Fraser culpada de assassinato, mas tornava extremamente desaconselhável continuar como seu patrocinador. Assim, o senhor Anderson tratou de dar o fora."

"Não recebi nenhuma carta anônima", declarou Anderson.

"Acredito." Wolfe não tirava os olhos de Tully Strong. "Rejeitei, tentativamente, a hipótese de que o próprio senhor Anderson tenha recebido as cartas anônimas, por diversos motivos, mas principalmente porque não seria próprio do seu caráter mostrar uma carta anônima à pessoa acusada nessa carta. Seria muito mais característico dele mandar investigar as alegações da carta, e havia boas razões para assumir que isso não foi feito. Assim, assumi que não foi o senhor Anderson, mas sim alguma outra pessoa que certa vez recebeu uma carta anônima, ou várias, a respeito da senhorita Fraser, e que ontem ficou sabendo pelos jornais do elo que faltava. Era uma hipótese plausível que essa pessoa fosse uma das que estão aqui presentes, e portanto tentei, como experiência, mandar a polícia insinuar uma ameaça à senhorita Vance, na esperança de que isso soltaria algumas línguas. Mas fui cauteloso demais. A tentativa falhou lamentavelmente, e a senhorita Koppel morreu."

Wolfe estava falando apenas com Strong. "Naturalmente, não tendo nenhuma prova, não tenho certeza de que a informação que o senhor deu ao senhor Anderson relacionava-se com cartas anônimas. É possível que sua convicção ou desconfiança acerca da senhorita Fraser tivesse alguma outra base. Mas gosto da minha hipótese porque é clara e abrangente; e só irei abandoná-la se for necessário. Ela explica tudo, e não há nada que a contradiga. Explica até mesmo, como espero, por que o senhor Orchard e a senhorita Poole foram assassinados. Dois dos pontos mais refinados do esquema de chantagem eram estes: ele exigia apenas uma pequena fração da renda da vítima, limitada a um ano; e as cartas não expunham, nem ameaçavam expor, um segredo real do passado da vítima. Mesmo que eles soubessem de tais segredos, não os usariam. Porém, mais cedo ou mais tarde — e esse é um ponto sobre o qual o senhor Savarese poderia falar com a autoridade de um especialista, mas não agora, algum outro dia —, mais cedo ou mais tarde, pela lei das probabilidades, eles acabariam usando um segredo assim inadvertidamente. Mais cedo ou mais tarde esse bicho-papão que eles inventaram seria, para a vítima, não uma calúnia maldosa, mas um terror real e verdadeiro."

Wolfe continuou: "Sim, sim. E foi o que aconteceu. A vítima viu a carta, que lhe foi mostrada por algum amigo — pelo senhor, senhor Strong —, e viu-se confrontada não apenas com a necessidade de pagar um tributo financeiro sem importância, mas com o terrível perigo de uma revelação insuportável; pois ela não poderia saber, naturalmente, que o conteúdo da carta fora inventado e que sua concordância com a realidade era puro acaso. Assim, ela agiu. E como agiu! Ela matou o senhor Orchard. Ficou sabendo então, por meio de uma estranha voz feminina ao telefone, que o senhor Orchard não era o único proprietário daquela informação que ela achava que ele tinha; e novamente ela agiu. Ela matou a senhorita Poole".

"Meu Deus", interrompeu Anderson, "o senhor está jogando duro, e sem carta nenhuma na mão!"

"Estou mesmo", concordou Wolfe. "Já é hora de eu receber algumas boas cartas, não acha? Com certeza eu mereço pelo menos um ás de copas. O senhor mesmo pode dá-lo para mim, ou o senhor Strong. Que mais vocês querem, pelo amor de Deus? Que eu tire um coelho da cartola?"

Anderson levantou-se, deu alguns passos e enfrentou o secretário do Conselho dos Patrocinadores. "Não seja idiota, Tully", disse num tom ríspido e autoritário. "Ele já sabe de tudo, você escutou. Vá em frente, fique livre!"

"Vai ser ótimo para mim", disse Tully com amargura.

"Teria sido ótimo para a senhorita Koppel", disse Wolfe, abrupto, "se o senhor tivesse falado vinte horas atrás. Quantas cartas o senhor recebeu?"

"Duas."

"Quando?"

"Em fevereiro. Meados de fevereiro."

"O senhor mostrou as cartas a qualquer pessoa além da senhorita Fraser?"

"Não, só para ela, mas a senhorita Koppel também estava lá, de modo que ela também viu."

"Onde estão essas cartas agora?"

"Não sei. Dei à senhorita Fraser."

"O que diziam elas?"

Os lábios de Tully se abriram, ficaram abertos um momento, e fecharam de novo.

"Não seja burro", cortou Wolfe. "O senhor Anderson está aqui. O que diziam elas?"

"Diziam que era uma sorte para a senhorita Fraser que quando o marido dela morreu ninguém desconfiou de nada, nem mandou um grafólogo especializado examinar as cartas de despedida que ele deixou."

"Que mais?"

"Só isso. A segunda carta dizia a mesma coisa, com outras palavras."

Wolfe lançou um olhar afiado para Anderson. "Foi isso que ele lhe disse?"

"Sim, foi isso", disse o presidente. "Não é suficiente?"

"Até demais, no contexto." Wolfe encarou a dama ao meu lado. "Senhorita Fraser. Ouvi falar de apenas uma carta de despedida que o seu marido escreveu, e deixou para um amigo dele, um advogado da cidade. Houve mais alguma? Para a senhora, talvez?"

"Não creio", disse ela, "que seria sensato da minha parte tentar ajudá-lo." Não consegui detectar a mínima diferença na sua voz. Wolfe fora até moderado quando disse que ela era uma mulher extremamente perigosa. Ela continuou: "Especialmente porque parece que o senhor está aceitando todas essas mentiras. Se o senhor Strong recebeu qualquer carta anônima, ele nunca mostrou para mim — nem para a senhorita Koppel, tenho certeza".

"Ora essa!", exclamou Tully Strong, olhando para ela atônito.

Foi maravilhoso, e mostrou muito bem a maneira como Madeline Fraser conseguia ganhar as pessoas. Tully Strong já fora capaz de aceitar que ela matara duas pessoas, mas, quando a ouviu dizer algo que ele sabia que era uma mentira deslavada, ficou absolutamente estupefato.

Wolfe dirigiu-se a ela. "A senhora está consciente de que ainda não há provas, exceto a palavra do senhor Strong contra a sua. É óbvio que tudo aponta para a carta que seu marido escreveu para o amigo, já que a ameaça que despertou a sua ferocidade se relacionava a essa carta." Virou-se para o inspetor. "Senhor Cramer, por acaso o senhor sabe se essa carta ainda existe?"

Cramer estava atento. Foi até o telefone na minha mesa e discou. Dali a um momento falou:

"O Dixon está aí? Quer chamá-lo? Dixon? É Cramer. Estou no escritório de Nero Wolfe. Sim, ele conseguiu, mas puxando a coisa de trás para a frente. Duas coisas, rápido. Chame Darst e mande ele telefonar para a polícia de Fleetville, em Michigan. Ele já esteve lá e conhece o pessoal. Escute bem: antes de Lawrence Koppel morrer, deixou uma carta para um amigo. Queremos saber se essa carta ainda existe e onde ela está; se possível, peça que eles consigam a carta e a tragam, mas pelo amor de Deus que não assustem esse amigo, para que ele não queime nem coma a tal da carta. Diga a Darst que isso é importantíssimo, resume o caso inteiro. Depois consiga um mandato de busca para o apartamento da Fraser. Estamos procurando cianeto, e pode estar em qualquer lugar — num salto de sapato, por exemplo. Você sabe quem convocar para esse serviço — só os melhores homens. Wolfe conseguiu agarrar a coisa, num daqueles mergulhos malucos que ele dá num tanque de meio metro, mas agora nós precisamos amarrar todas as pontas. O quê? Sim, caramba, é claro que é ela! E feche a boca por enquanto!"

Desligou, veio até mim, fez sinal para eu me afastar, tirou minha cadeira e postou-se ao lado da senhorita Fraser. Olhando firme para ela, falou:

"Pode falar um pouco mais, Wolfe."

"Eu poderia falar a noite inteira", declarou Wolfe. "A senhorita Fraser bem vale isso. Ela teve sorte, mas em geral a má sorte vai para os amadores, e ela não é nenhuma amadora, longe disso. A morte do seu marido deve ter sido armada com grande habilidade, não tanto porque ela enganou as autoridades, o que talvez não seja uma grande proeza, mas porque enganou completamente a irmã do marido, a senhorita Koppel. Toda a operação com o senhor Orchard foi concebida e executada com a mais fina sutileza, até os mínimos detalhes — por exemplo, fazendo a assinatura em nome da senhorita Koppel. Mas o melhor de tudo foi o clímax — conseguir que o café envenenado fosse servido para a vítima. Esse foi um dos seus golpes de sorte, já que o senhor Traub, que não sabia de nada sobre a garrafa com a fita, inocentemente a colocou na frente do senhor Orchard; mas ela teria conseguido mesmo sem isso. Numa mesa estreita, com o senhor Orchard bem na frente dela, e estando com o programa no ar, ela conseguiria manipular a garrafa sem dificuldade, e provavelmente sem ninguém perceber. Com certeza sem despertar nenhuma desconfiança, nem antes e nem depois."

"OK", concordou Cramer. "Isso não me preocupa. Nem o caso de Beula Poole, já que não há nada contra. Mas e o que dizer de Deborah Koppel?"

Wolfe assentiu: "Essa foi a obra-prima. A senhorita Fraser tinha a seu favor, com certeza, anos de intimidade durante os quais conquistara a lealdade, o afeto e a confiança inquestionáveis da senhorita Koppel. Isso tudo se manteve firme mesmo quando a senhorita Koppel viu as cartas anônimas que o senhor Strong recebera. É bem possível que ela própria também tenha recebido cartas semelhantes. Nós não sabemos, e acho que nunca saberemos, o que finalmente fez nascer nela o germe da desconfiança.

Não foram os artigos de jornal sobre a chantagem e as cartas anônimas, já que isso só apareceu ontem, sexta-feira, e foi na quarta-feira que a senhorita Koppel tentou tomar um avião para Michigan. Podemos agora assumir, já que sabemos que ela vira as cartas anônimas, que algo a deixou tão desconfiada que ela quis examinar a carta de despedida que seu irmão enviara para o amigo, e podemos assumir com certeza que a senhorita Fraser, ao saber o que a sua amiga mais querida e mais íntima tentara fazer, sabia muito bem por quê."

"Isso está bem claro", disse Cramer, impaciente. "O que eu quero dizer..."

"Eu sei. O senhor quer saber o que eu quis dizer quando falei em obra-prima. Exigiu criatividade, uma improvisação de primeira categoria e engenho para utilizar a oportunidade quando o senhor Traub trouxe a caixa de Meltettes; e só tendo nervos de aço ela poderia ter deixado aquelas bolachinhas mortais em cima do piano, onde qualquer pessoa poderia comer uma casualmente. É provável que uma investigação nos mostrasse que isso não foi tão casual como parece; que todos sabiam que a caixa estava lá para ser experimentada pela senhorita Fraser, e portanto ninguém iria abri-la e comer. Mas o desempenho real, conforme o senhor Goodwin me relatou, foi impecável. Não havia perigo para ninguém, pois, se qualquer pessoa, exceto a senhorita Koppel, começasse a comer uma bolacha, a senhorita Fraser poderia facilmente evitá-lo. Se a caixa fosse dada para a própria senhorita Fraser, ela poderia adiar a prova, ou então pegar uma bolacha da segunda camada. Que chance havia de que a senhorita Koppel comeria uma das bolachas de cima? Uma chance em cinco, uma em mil? De qualquer modo, ela jogou com essa chance, e mais uma vez teve sorte; mas não foi apenas sorte, e seu desempenho foi esplêndido."

"Mas é incrível", disse Madeline Fraser. "Eu sabia que sou uma mulher forte, mas não sabia que era capaz de fazer isso. Há poucas horas a minha amiga mais querida, Debby, morreu nos meus braços. Eu deveria estar com ela, sentada ao lado dela conversando noite adentro, mas aqui estou eu, sentada, escutando este... este pesadelo..."

"Corta essa", disse Bill Meadows, áspero. "Noite adentro, pesadelo. Corte um dos dois."

Os olhos verdes acinzentados chisparam flechas para ele: "Quer dizer que você está caindo fora, não é, Bill?".

"Sim, estou caindo fora. Eu vi Debby morrer. E acho que ele tem razão. Acho que foi você que a matou."

"Bill!" Era Elinor Vance desmoronando. "Bill, não estou agüentando!" Estava de pé, tremendo inteira. "Não agüento mais isso!"

Bill a abraçou com força. "Calma, filha. Espero em Deus que ela receba o que merece. Você também estava lá. E se você tivesse resolvido comer uma bolacha?"

O telefone tocou e eu atendi. Era para Cramer. Stebbins foi substituí-lo ao lado da senhorita Fraser, e ele atendeu. Quando desligou, disse a Wolfe:

"O amigo de Lawrence Koppel guardou a carta. Está em segurança."

"Muito bem", disse Wolfe com aprovação. "Por gentileza, dá para o senhor retirá-la daqui? Já faz uma hora que quero beber uma cerveja, e não sou louco a ponto de comer ou beber qualquer coisa com essa mulher aqui na casa." Olhou em volta. "Todos estão convidados para ficar, se quiserem. Vocês devem estar com sede."

Mas parece que eles não estavam gostando muito do ambiente. Foram todos embora.

26

Os especialistas ficaram entusiasmados com a carta que Lawrence Koppel escrevera para seu amigo. Disseram que era uma das falsificações mais bem-feitas que já haviam visto. Mas o que agradou mais a Wolfe foi o esconderijo do cianeto. Estava no salto de um chinelo que fora todo escavado, e evidentemente era o resto do suprimento que a senhora Lawrence Koppel roubara seis anos atrás da prateleira do marido.

Foi no dia 18 de maio que ela foi sentenciada pelo assassinato em primeiro grau de Deborah Koppel. Eles decidiram que essa seria a melhor acusação para levá-la ao tribunal. No dia seguinte, numa quarta-feira, logo antes do almoço, eu e Wolfe estávamos no escritório checando alguns catálogos de flores quando o telefone tocou. Atendi na minha mesa.

"Escritório de Nero Wolfe, fala Archie Goodwin."

"Posso falar com o senhor Wolfe, por favor?"

"Quem é?"

"Diga-lhe que é um assunto pessoal."

Tapei o fone com a mão. "Assunto pessoal. Um homem cujo nome esqueci."

"Ora, pergunte a ele!"

"É um homem", disse eu claramente, "cujo nome esqueci."

"Ah." Wolfe franziu a testa. Terminou de conferir o catálogo e atendeu na sua mesa, enquanto eu continuava ouvindo no meu telefone. "Alô, aqui é Nero Wolfe."

"Eu reconheceria essa voz em qualquer lugar. Como está o senhor?"

"Muito bem, obrigado. Eu o conheço?"

"Sim. Estou ligando para manifestar-lhe minha apreciação pela maneira como o senhor tratou o caso Fraser, agora que já terminou. Estou contente e acho que o senhor deveria saber disso. Fiquei um pouquinho aborrecido, e ainda estou, mas sei que o responsável não é o senhor. Tenho boas fontes de informação. E lhe dou os parabéns por manter a sua investigação dentro dos limites que eu determinei. Isso só fez aumentar minha admiração pelo senhor."

"Gosto de ser admirado", disse Wolfe, seco. "Mas, quando inicio uma investigação, só aceito os limites que o serviço exige. Se esse serviço me tivesse obrigado a cortar o seu caminho, ali o senhor teria me encontrado."

"Então foi sorte para mim — ou para o senhor."

O homem desligou.

Sorri para Wolfe. "Que brusco, esse filho da mãe!"

Wolfe deu um grunhido. Voltei para o meu posto na extremidade da sua mesa e peguei meu lápis.

"Uma ideiazinha", sugeri. "Por que não dar um telefonema para o doutor Michaels e perguntar se alguém telefonou mandando-o mudar sua assinatura para outro jornal? Não, isso não iria funcionar, ele já pagou tudo. Quem sabe Marie Leconne?"

"Não. Eu só chamo as encrencas quando sou pago para isso. E, para lidar com ele, o pagamento seria muito alto."

“OK”. Chequei mais um item. “O senhor se meteria numa bela encrenca, mas esse dia pode chegar.”

“Pode ser. Espero que não. Você tem algum *Zygopetalum crinitum* nessa página?”

“Deus do céu, não. Começa com Z!”

ESTA OBRA FOI COMPOSTA PELA TYPE-LASER DESENVOLVIMENTO EDITORIAL EM BASKERVILLE E IMPRESSA PELA PROL EDITORA GRÁFICA EM OFF-SET SOBRE PAPEL IMPRESSIO DA VOTORANTIM PARA A EDITORA SCHWARCZ EM ABRIL DE 1996.